AF450688

**Edmond Jaloux**

# L'AGONIE DE L'AMOUR

## La Renaissance du Livre
78, Boulevard Saint-Michel, PARIS

# L'AGONIE DE L'AMOUR

# EDMOND JALOUX

# L'AGONIE DE L'AMOUR

*ROMAN*

—

HORS-TEXTE DE CIOLKOWSKI

PARIS

LA RENAISSANCE DU LIVRE

78, BOULEVARD SAINT-MICHEL, 78

# EDMOND JALOUX

Edmond Jaloux, né à Marseille en 1878, n'est pas seulement provençal par la famille dont il est issu, il l'est par lui-même : c'est en effet à Marseille qu'il a été élevé et qu'il a vécu ; sa première venue à Paris date, si je ne m'abuse, de 1903. Au demeurant notre métropole ne l'a pas conquis d'une façon absolue, c'est à Marseille surtout qu'il a continué à vivre et je crois fort que désormais sa vie se partagera entre la capitale des rives de la Seine et cette autre capitale qui règne en face de son port bruyant et divers et du château d'If cher au père Dumas.

Cette existence en province n'a jamais été pour M. Edmond Jaloux une désagréable obligation, une manière de pensum : les lieux où il vivait, il les aimait, il les comprimait, et ces lieux lui ont rendu sa tendresse. Cette compréhension et cet amour ont assuré à son œuvre une des causes, non les moins savoureuses, de son originalité. Ce n'est point là, au demeurant, le seul bénéfice que M. Edmond Jaloux ait tiré de la vie de province. Plus que l'existence surchauffée où les parisiens se laissent presque tous entraîner, elle est favorable aux longues et méthodiques lectures. Ainsi le jeune auteur prenait connaissance non seulement de notre littérature nationale mais encore des livres des meilleurs auteurs contemporains de diverses langues étrangères. Et c'est là une force que peu d'entre nous ont su acquérir. Cette érudition qui ne s'alourdit jamais professoralement, car M. Edmond Jaloux — et combien je m'en félicite ! — est tout le contraire d'un professeur, cette érudition lui permit de devenir rapidement un des meilleurs critiques de notre génération.

M. Edmond Jaloux était bien jeune encore quand, en mars 1896, parut son premier volume ; c'était un recueil de vers intitulé *Une Ame d'Automne*. Par la suite M. Edmond Jaloux ne publiera plus de poésies, mais, en prose, il demeurera par excellence un poète. Cette *Ame d'Automne* n'était point sans avoir subi l'influence de M. Henri de Régnier ; c'est que M. Edmond Jaloux appartient à une génération pour laquelle le grand poète et le grand prosateur qu'est le poète des *Jeux Rustiques et Divins*, le romancier du *Mariage de Minuit* et du *Passé Vivant* a été le maître entre tous.

Son premier roman, — *L'Agonie de l'Amour* — parut en 1899. Il fut suivi par les *Sangsues* (1903) ; *Le Jeune Homme au Masque* (1905) ; *L'Ecole des Mariages* (1906) ; *Le Démon de la Vie* (1908) ; *Le Reste est silence...* (1909). Il faut s'arrêter sur ce dernier livre qui obtint le « prix à la Vie Heureuse » et causa dans les milieux littéraires la plus vive sensation. Sensation entre toutes justifiée ! *Le Reste est silence...* est en effet un des plus beaux romans qu'ait produit notre génération. C'est, vu par les yeux de l'enfant, le désaccord qui se produit entre son père et sa mère. Tout y est traité en touches aussi fines qu'aiguës. Je crois qu'on a rarement été aussi loin dans l'étude du cœur humain, que rarement avec des moyens volontairement aussi simples on a fait éprouver au lecteur une si profonde et si noble émotion. *Le Reste est silence...* demeurera dans

la littérature française. Des nombreux articles qui furent à ce moment écrits sur ce livre, je citerai ceci que, dans le *Gaulois*, M. Henri de Régnier lui consacrait le 6 juin 1909 : « M. Jaloux est fort apprécié des Lettres et lorsque, ce qui ne saurait tarder, il trouvera l'accès d'un public plus étendu, on éprouvera une heureuse surprise à découvrir en lui un des romanciers les mieux doués d'aujourd'hui, un romancier non seulement ingénieux et subtil mais possédant une véritable puissance romantique... » L'année d'après (1910) parut le *Boudoir de Proserpine*, puis en 1911 l'*Eventail de Crêpe*. M. Edmond Jaloux s'affirmait là essayiste et auteur de poèmes en prose, genre entre tous difficile, que plus d'un a tenté et où peu ont réussi.

De 1911 à 1918, M. Edmond Jaloux n'a rien publié, mais il avait travaillé, car il est de ceux qui ne laissent sortir un livre que quand ils l'ont porté à son maximum de valeur. Cette année-ci (1918), coup sur coup sortaient l'*Incertaine*, œuvre charmante où tous les ressorts de la comédie italienne sont mis en jeu avec une originalité d'esprit, une légèreté de touche aussi, qui ne se démentent point, puis *Fumées dans la Campagne* (La Renaissance du Livre), au sujet duquel, de même que pour le *Reste est silence...*, on a pu sans exagération prononcer le mot de chef-d'œuvre. Il est intéressant de noter qu'une parité existe entre ces deux romans, ou du moins entre le *Reste est silence...* et la première partie de *Fumées dans la Campagne*. Certains des personnages de ce dernier ouvrage ne s'oublieront pas : Raymond de Bruys, sa mère, et surtout Maurice de Cordouan, l'homme qui parle sa vie. Enfin La Renaissance du Livre vient de publier son dernier roman, *Au-dessus de la Ville*, œuvre d'une psychologie aiguë et douloureuse qui se développe dans les plus beaux décors de l'Espagne, et dont le succès est considérable. Je signalerai encore que plusieurs romans publiés par M. Edmond Jaloux dans des revues : *Les Femmes et la Vie (Pays de France)*, *La Fête Nocturne (Nouvelle Revue)*, *Les Amours perdues (Revue de Paris)*, *Hébé (Revue de Hollande)*, *L'Abbé Galuchat (Le Feu)* n'ont pas encore été publiés en volumes.

M. Edmond Jaloux qui est aujourd'hui au seuil de la quarantaine a derrière lui une œuvre déjà belle et devant lui un avenir non moins beau. Je me souviens que M. Francis de Miomandre écrivait à son sujet, ou à peu près, qu'en lui une âme de poète et d'honnête homme sensible se cache derrière le psychologue et c'est là un jugement qui, dans sa brièveté, est fort exact. Joignez-y le respect de son métier d'écrivain, cet amour de l'effort littéraire que je signalais plus haut, cette vertu de ne jamais lâcher un livre, le don du style, une vision poétique et originale et la science d'animer des personnages qui pour beaucoup paraîtraient devoir rester en dehors de la vie, et vous aurez les caractéristiques principales de l'auteur du *Jeune Homme au Masque*. Dois-je finir en indiquant son violon d'Ingres ? C'est d'aimer les livres pour eux-mêmes, c'est à dire d'aimer en faire collection avec non moins de soins et de passion qu'il met à les écrire.

# L'AGONIE DE L'AMOUR

*A Paul Adam.*

## LIVRE I

## LA JEUNESSE

### I

> Je crois bien que deux bouches n'ont
> Bu, ni son amant, ni ma mère,
> Jamais à la même chimère
> Moi, sylphe de ce froid plafond.
>
> STÉPHANE MALLARMÉ.

Luc d'Hermany cessa d'écrire et s'approcha de la fenêtre. Les nuages noirs, qui avaient envahi le ciel depuis le matin, venaient de déchirer leurs flancs opaques ; une averse torrentielle et bruyante ruisselait sur les jardins. Des rafales de vent bouleversaient la chute verticale de la pluie et jetaient contre les croisées des trombes gémissantes d'écume et d'eau. Le long des vitres, de grosses gouttes rondes roulaient et s'écrasaient en laissant derrière elles un long sillage brillant.

Luc revint près de sa table de travail et prit les feuillets qu'il avait couverts de son écriture nerveuse et brusque. C'étaient les fragments épars d'un roman bizarre et mystérieux où il s'efforçait de rajeunir le mythe antique de Phaéton. Il fut attristé de les relire. Rien de ce qu'il avait voulu y mettre ne demeurait sous le faste éblouissant des mots. Sa pensée, trop chargée de fleurs, disparaissait, presque étouffée dans un linceul d'images éclatantes et pompeuses. Son style l'énerva. Il désirait maintenant des paroles tendres comme des regards, prenantes comme une musique, douces comme la chevelure des femmes. Il retrouvait une langue capricieuse et fardée, miroitante et fausse, trop belle pour émouvoir.

— Encore des mensonges ! murmura-t-il.

Il ouvrit brusquement la croisée et déchira son œuvre. Les lambeaux de papier blanc s'envolèrent dans la pluie. Les tourbillons du vent les emportèrent. Ainsi que des papillons, ils avaient les ailes lourdes d'une lumineuse poussière — cendre de rêves humains qui allait se dissoudre et s'effacer dans le triomphe lugubre de la fange.

En bas, au fond d'un puits humide, formé par les murailles des hautes maisons, un petit jardin s'épanouissait tristement. Une nymphe de marbre y présidait aux jeux d'un jet d'eau qui retombait dans un bassin verdâtre, étroit et long comme un antique tombeau. Quelques arbres majestueux et désolés perdaient leurs feuilles, que le lâche octobre leur arrachait, et qui pourrissaient misérablement dans la vase des allées rongées de mauvaises herbes. Le long d'une treille, les bras sanglants d'une vigne vierge, violée par l'automne, pendaient avec une lamentation muette. C'est dans ce morne jardin, pareil à un cimetière abandonné, que l'aventureux et brillant Phaéton termina par une chute nouvelle son existence rajeunie.

De cet enclos, à demi-nu déjà, montait une odeur écœurante et fade. Ce n'était plus le vivifiant parfum des terres mouillées par les pluies d'été, mais un âcre relent, une fiévreuse senteur de marécage, de champignons et de souches spongieuses, désagrégées par la corrosion de l'eau et par la boue.

Luc, frissonnant, se jeta dans un fauteuil et commença à se désespérer. Chez lui, à certaines heures, la tristesse montait comme une marée d'équinoxe. Des flots de lassitude et d'ennui déferlaient vers son âme, il se sentait à moitié submergé, noyé enfin par l'invasion de cette amère mélancolie qui le laissait sans courage et sans force, indifférent à la vie, comme une épave aux vagues qui la roulent.

La pluie, lui semblait-il, l'avait lavé de l'être nouveau, sceptique et railleur qui s'était formé en lui ; elle avait effacé le masque de littérature qu'avaient posé sur sa face les livres, ses désirs et ses fréquentations, et il ne retrouvait plus en son âme que l'enfant gâté, nostalgique et rêveur d'autrefois. Il aurait aimé, ce soir-là, s'agenouiller aux pieds d'une femme aimée, appuyer sa tête au creux d'une robe, sentir une main fraîche sur son front brûlant. Il désirait être consolé doucement, avec des baisers chastes et des paroles de tendresse discrète. Et autour de lui, il n'y avait que des livres, ces amis qui mentent, ces camarades qui vous intéressent quand vous avez l'esprit joyeux et qui ne vous répondent plus quand vous souffrez.

Il prit au hasard un bouquin au milieu de la pile jaune qui couvrait le divan. C'était un recueil de vers. Il commença à lire un poème sonore, étincelant et chargé de gemmes, mystérieux comme l'aspect d'une grotte au front alourdi de lierre ou comme le regard céleste d'une opale. Il s'égara dans un dédale de pensées trop subtiles qui fuyaient à la manière des papillons pour ne laisser entre les doigts, quand on croyait les avoir saisies, qu'un sable léger, ironique et changeant.

— Les livres sont comme les hommes, pensa le jeune homme. Bien peu ont une âme, et ceux qui en possèdent une la cachent sous un rire ou sous un joyau, sous une grimace ou sous un diadème de roses.

— Pour réagir contre sa tristesse, Luc voulut se réfugier dans l'orgueil. Que de fois il l'avait invoqué, à ses heures de découragement ! Mais l'orgueil lui-même l'abandonna. Il cherchait vainement cette supériorité dont il était si fier. Il ne la retrouvait plus. Il eut le rare courage d'être humble et sincère en face de soi-même. Il se regarda cruellement, le sourire aux lèvres et le cœur serré, cherchant ses tares secrètes, ses lacunes, ses vices spirituels, tous les défauts de sa personnalité.

Il avait compliqué et déformé sa pensée à un tel point qu'aucune émotion humaine ne pouvait plus le toucher. (Il avait ri de tout pour n'avoir à s'éprendre de rien.) Il vivait sans amour et sans amitié, au milieu de camarades railleurs et de filles grossières et bruyantes. Était-ce tout cela qu'il appelait orgueilleusement sa supériorité ?

Il reconnut bien alors qu'il ne souffrait pas d'un mal imaginaire et romantique, mais seulement du vide et de l'inutilité de son existence, égoïste et repliée sur elle-même, et qui ne prenait plus son plaisir dans ces satisfactions de l'intelligence qu'il avait longtemps préférées à tout.

Luc jeta avec colère le livre qu'il lisait.

— Ah ! Je crains bien, s'écria-t-il avec amertume, que cet abus de l'esprit ait peu à peu annihilé toutes mes autres facultés. Mes sensations elles-mêmes sont usées. Une chose inconnue n'a plus pour moi le charme de la nouveauté ; trop de psychologie m'apprit d'avance la sensation que j'en retirerai. Je suis entré dans le monde à dix-sept ans, avec une vision empruntée aux romans modernes. Je savais parfaitement ce que l'amour cache sous ses fleurs, je n'ignorais pas que l'amitié est une

bague perdue, que Dieu est un mot élégant, destiné à remplacer celui de hasard avec plus de politesse, que la vie est ennuyeuse, absurde et monotone. Délicieuses notions ! Comme tant d'autres, j'ai voulu me réfugier dans un univers intérieur, me créer une cité avec des ailes de chimères. J'ai été le servant d'une littérature quintessenciée et désolante, où plus rien de contingent ne venait secouer mon dégoût et mon apathie. Et le jour où j'ai senti le besoin de respirer un peu d'air pur, de sortir de cette atmosphère de brume et d'encens, j'ai trouvé mes poumons incapables de fonctionner comme ceux des autres hommes. La vie m'a repoussé ainsi que je l'ai repoussée moi-même. Mon cerveau me pèse. Je suis inquiet et souffrant. Je ne sais pas aimer, ni sortir de ce moi où je me suis volontairement emprisonné. Et je n'ai même plus le courage de travailler résolument à une œuvre qui me permettrait au moins de m'estimer et qui me montrerait ma valeur ! — Misérables livres, je vous hais ! Je connais tout et je ne trouve de goût à rien. Je vous vois toujours devant moi, vous m'empêchez de vivre et d'agir. Ô sinistre muraille de mots que je n'ai pas la force d'abattre ! Spectres cruels de la science, de l'expérience et de l'à-quoi-bon, livres décevants et lugubres, avec quel plaisir vous brûlerais-je, si je ne portais pas déjà en moi-même tout votre poison !

Luc, en parlant ainsi, s'était extraordinairement animé. Il marcha furieusement dans sa chambre, jetant à terre des piles de bouquins, les piétinant avec impatience. Puis il sourit de sa colère. Il pensa avec ironie à son long monologue et le trouva exagéré. Il constata qu'il prenait de plus en plus l'habitude de s'exprimer avec emphase, comme s'il pouvait donner du ressort à la platitude de son existence en la regardant sous un jour volontairement romantique. Mais cette lucidité moqueuse l'exaspéra, il se reprocha ce perpétuel sourire qui l'empêchait d'agir en lui défendant de se prendre au sérieux.

Dehors, la pluie, qui tombait toujours, lavait les vitres livides. Le soir approchait. D'énormes nuages d'un gris sale et comme frotté de suie rampaient au ras des maisons ainsi que des bêtes sournoises. Le crépuscule se tendait d'angle en angle, pareil à une immense toile arachnéenne, destinée à étouffer les derniers rayons, moucherons roses du jour. Des coins d'ombre s'agrandissaient dans le cabinet de Luc ; ils noyaient les rideaux tachés de fleurs, les tableaux pendus aux murs, les photographies de la cheminée, les vases couronnés de rameaux de houx. La glace brillait comme un lac pris par le gel ;

dans le pénombre où elle s'enfonçait graduellement, cette surface lumineuse devenait inquiétante et douloureuse, obsédante, ainsi qu'un remords. Luc s'y examina. Sa taille haute et mince se voûtait déjà un peu. Il remarqua sa figure pâle, ses grands yeux gris, profondément cernés, sa bouche épaisse et sensuelle. Il passa sa main trop blanche et trop fine, sa main de femme convalescente, dans sa chevelure tombante et bouclée. Il se raidit comme un homme que l'on regarde.

— Pauvre moi ! fit-il, avec pitié, qui dirait que tu as vingt-deux ans et qu'avec cette physionomie enfantine tu n'es plus capable de rien !

Il rôda de nouveau dans la pièce, l'âme flottante et vide. Des souvenirs, pareils à de pâles figures de tapisserie, l'entourèrent un moment. Le visage de son père, mort depuis six ans, passa devant lui, il revit confusément ses yeux fumeux et vagues, son grand front de rêveur, son menton effacé, noyé dans une fluviale barbe d'or. C'est de lui que Luc tenait son inaptitude à vivre, son tempérament fantasque et porté à la mélancolie, ses habitudes d'indolence. Mais l'atavisme maternel avait un peu corrigé chez le jeune homme ce que cette ressemblance avec son père lui donnait de faible et d'inachevé. Comme sa mère, il était orgueilleux, méprisant et dominateur, de nature presque sauvage, prompt à se cabrer au moindre froissement comme un cheval de race.

Mme d'Hermany habitait toute l'année, en Provence, une grande propriété qu'elle surveillait et dont elle dirigeait la culture. Elle présidait elle-même aux vendanges, aux moissons, à la cueillette des olives. Elle était âpre au gain, sans générosité, plus habile qu'un notaire dans toutes les affaires d'intérêt. Elle aimait l'argent d'un amour servile et exclusif, avec cette passion bizarre et comme désintéressée que ressentent pour lui ceux qui n'en ont pas absolument besoin et qui se plaisent à entasser. Elle discutait avec les paysans pendant des heures, mettant son amour-propre à ne pas se laisser voler. Rien ne la rebutait. Elle courait au grand soleil, dans la pluie ou dans le vent, d'un bout à l'autre des champs, pour invectiver une paresse, préparer un travail ou faire cesser un abus.

Luc songeait tristement à la difficulté qu'il éprouvait de vivre avec sa mère. L'identité de leurs caractères leur défendait d'être heureux ensemble. Ils se heurtaient sans cesse par tous les points qu'ils avaient de communs. De plus, Mme d'Hermany ne pouvait souffrir que Luc manquât aussi totalement de sens pratique ;

elle avait détesté ce défaut chez son mari, elle le retrouvait avec plus d'indignation encore chez son fils. C'était un sujet de continuelles disputes. Aigrement ou méprisamment, elle lui reprochait ses tendances à la songerie, son indifférence pour l'argent, son dédain des soucis quotidiens de la vie, sa volonté nette de ne pas s'occuper de la propriété rurale et de faire son droit à Paris. Luc, trop nerveux, se fâchait alors, pris de fureurs subites qui lui faisaient briser les verres sur la table, ou bien, il se moquait durement des défauts de sa mère, de ses goûts paysans, de son économie mesquine, de ses lamentations continuelles sur l'insuffisance des récoltes ou la mauvaise foi des fermiers. Chaque fois qu'ils se revoyaient, leur rapports étaient plus tendus ; ils créaient entre eux de l'irréparable.

Pourtant, Luc souhaitait parfois le retour à la maison paternelle ; quand il était trop las de sa solitude, il regrettait la musique des soirs d'automne, les douces rêveries de l'hiver, près de l'immense cheminée où les branches de pins brûlaient en craquant, la vie simple, familiale, baignée d'affection comme une plante l'est de soleil et d'air. Il revoyait tels détails de son enfance, tels paysages de là-bas, une tante qui l'avait adoré, des jours de pluie où déjà il pleurait de tristesse, assis aux pieds de sa mère qui le consolait doucement ; il se rappelait un long canal bleu sous des saules, de vastes terrains marécageux, encombrés de roseaux frissonnants et sensitifs, d'osiers aux tiges d'or, de touffes de joncs, les petites collines sèches qui embaument la lavande et le serpolet, une escarpolette accrochée à deux ormeaux, les grandes meules chaudes, en été, où il se plaisait à grimper, pour en glisser, lentement d'abord, puis de plus en plus vite, et tomber dans un lit de foin sec. Il lui semblait entendre encore les cloches argentines, vibrant comme la voix même de l'espoir mystique, d'un couvent, où, le dimanche, on le menait entendre la messe, les longs abois des chiens, le bourdonnement des abeilles autour des ruches, le murmure du vent dans les peupliers où il fait le bruit d'une averse, le mugissement de l'eau aux écluses...

Ces souffles rustiques, qui venaient de l'autrefois et qui passaient sur l'âme de Luc comme une brise marine sur des plaines brûlées par l'été, avaient un moment distrait son ennui. Mais quand le torrent varié des nuages changea de cours, quand il se retrouva seul, dans la nuit tombante, jeté au fond d'un fauteuil trop large, sa souffrance devint plus amère. A sa lassitude, à son inertie, le regret s'ajoutait. Il évoqua dans un éclair l'univers fictif, le monde des livres où son cerveau se nourrissait, il lui préféra la vie réelle, les gens qui existent, les paroles qui sont un écho des souffrances ou des joies. Il se leva, n'osant pas effronter ainsi la désespérante longueur de ce crépuscule d'automne ; il sortit pour trouver un bruissement humain, l'oubli momentané des cafés, des camarades dont la conversation stupide le fatiguerait, mais l'empêcherait de se renfermer en lui-même pour y rouler toujours, comme un rocher de Sisyphe, les mêmes pensées.

Il ne pleuvait plus. Les rues humides brillaient comme des canaux. Des becs de gaz luisaient aux carrefours mélancoliques, allumant de longs reflets vacillants sur la boue des trottoirs. Ailleurs, il y avait des perles électriques, d'une lividité effrayante, étincelant d'une lumière magnétique et dure, qui se dilatait par moment ou se rapetissait comme les prunelles mobiles des chats. La foule, comme un fleuve noir, remplissait les rues ; les hommes et les femmes se bousculaient et se coudoyaient dans un va-et-vient perpétuel ; les voitures tanguaient au milieu du flot humain ; des chevaux glissaient sur les pavés humides, les coups de fouet claquaient dans l'air. Luc, sorti de son silence, s'étonnait de cette activité fiévreuse et voyait passer la vie comme dans une hallucination.

Des femmes élégantes et rapides traversaient la foule. Elles retroussaient très haut leurs jupons, moins sans doute pour se garantir de l'eau, que pour attiser les désirs des hommes qui les suivaient, les regards fixés sur leurs mollets chaussés de bas noirs et sur la forme de leurs reins moulés par l'étoffe tendue. Les brillantes lumières du soir avivaient l'éclat de leurs yeux, la splendeur de leurs chevelures d'ombre ou d'or, la pourpre de leurs lèvres sanglantes. — La luxure s'éveillait avec la nuit. Ces femmes la portaient sur elles, dans les plis de leurs robes, la blancheur de leurs dentelles, l'éclair de leurs sourires, l'odeur violente et fauve de leurs toisons. Quelques-unes avaient dans la hâte de leur toilette et de leur fuite un peu de la fièvre qui les faisait courir aux rendez-vous adultères dont elles sortaient. Des ouvrières se bousculaient, serrant contre leurs jambes des cartons à chapeaux ou des paquets mal ficelés. Les regards des jeunes gens brillaient. La démarche des vieillards était incertaine et saccadée. Des cheveux blancs auréolaient des figures sinistres, pochées par le vice, usées par de sinistres débauches. Des éphèbes promenaient une physionomie fatiguée, aux yeux ivres de convoitises charnelles. Des parfums grisants se mêlaient aux émanations de la boue. Et les

magasins autour de cette humanité glacée et triste arboraient un décor de luxe et de fête. Des torrents de lumière coulaient sur les soies et les velours des étalages, les fourrures et les chapeaux de fleurs, sur les joyaux en feu et les pierreries cruelles des bijoutiers.

Luc, bousculé par les remous de la foule, las de patauger dans la boue noirâtre et visqueuse qui s'attachait à ses bottines, sentit plus vivement encore le besoin d'une présence féminine, mais un désir aigu et moins chaste s'y mêlait. Sa chair se réveillait âprement, secouée par les images de luxure que le soir évoquait.

Le souvenir d'une courtisane qu'il fréquentait de temps en temps apporta à son esprit une invitation sensuelle à laquelle il ne résista pas. Il revit brusquement dans son imagination cette Cora, ardente et brune, ses hanches étroites et ses jambes fuselées, d'autres femmes qu'il avait connues passèrent devant lui, mêlant dans une vision maladive et vague leurs yeux pâmés de volupté et leurs chevelures dénouées, leurs corps brûlants, leurs épaules roses et leurs délices amoureuses. Il se rappela d'étranges caresses, des bouches savoureuses comme de beaux fruits, d'admirables bras, des nuques et des reins cambrés. Puis ce fut un flot de gravures obscènes, attirant et fatal, humiliant et plus fort que toute volonté...

Luc, vivifié par ces désirs violents, s'approcha d'un fiacre et donna à mi-voix l'adresse au cocher. Mais quand il fut confortablement calé dans un coin de la voiture qui l'emportait à travers les rues populeuses, il se sentit de nouveau saisi par le découragement. Hélas ! ne savait-il pas la morne issue de l'aventure, l'écœurante tristesse de cette union animale, violente et brève ? Que de fois déjà s'était-il jeté dans des bras accueillants de filles pour boire le plaisir et surtout l'oubli aux coupes cuivrées de leurs lèvres et de leurs seins ! Et il pensait à de sinistres réveils, dans l'aube en larmes, quand les premières lueurs du jour jettent des rayons blafards sur ces corps de femmes vautrées, tièdes de sueurs, dormant d'un lourd sommeil accablé dans le désarroi du lit livide comme un tombeau...

Lorsqu'il fut descendu sur le seuil de la maison où logeait Cora, Luc resta immobile, ne sachant s'il devait monter chez la courtisane ou regagner sa demeure. L'ennui de passer seul cette interminable soirée le décida. Il grimpa dans un escalier obscur et glissant, traversé des fuseaux de lumière que laissaient couler sur les paliers et sur les murs les fentes des portes entr'ouvertes.

La bonne qui vint ouvrir à Luc était bavarde

et familière, elle expliqua en gesticulant que Madame était sortie, qu'elle ne tarderait pas à rentrer, que Monsieur pouvait l'attendre. Le jeune homme, impatienté, interrompit ce verbiage en s'enfonçant dans le corridor, vers le salon qu'il connaissait bien. C'était une petite pièce, affreusement banale, éclairée par une lampe à pétrole. Des bibelots d'un goût abominable encombraient les étagères ; des plantes artificielles se tenaient aux encoignures, raides, avec des feuilles qui semblaient découpées dans du zinc. Des flacons de toilette, des robes décousues, des mouchoirs sales traînaient sur les meubles. Au milieu de la cheminée, un bouquet de chrysanthèmes achevait de se faner dans un verre ébréché, plein d'une eau saumâtre que l'on n'avait pas dû changer depuis que ces fleurs y étaient plongées.

— Ah ! le galant appartement ! murmurait Luc, écœuré, comme on y est tout de suite accueilli par des idées de beauté, de grâce et de volupté ! Cela suffirait, je crois, à rendre vertueux un satyre. Et cette odeur d'ylang-ylang et d'eau savonneuse qui flotte là-dedans comme dans un fond de cuvette !

Luc était depuis une heure dans le salon, occupé à feuilleter des journaux de modes et à caresser un chat quand Cora parut. Elle entra en coup de vent. Elle avait un visage dur et brun, la bouche ourlée d'un duvet d'ombre, de grands yeux noirs, aigus, troubles comme une eau marécageuse où s'allumeraient parfois des feux follets. Elle était perpétuellement décoiffée, et son costume d'un goût indiscret et barbare serrait un corps maigre et souple, qui avait l'élancement d'un jeune arbre et le fuyant d'une rivière.

— Tiens, Luc, dit-elle en le voyant, tu es là, je ne t'attendais pas ce soir. Qu'est-ce que tu es devenu, pauvre vieux, depuis si longtemps ! Il y a au moins un mois que tu n'as pas paru.

Elle commença une longue histoire pour expliquer sa sortie. Elle entassait tant de détails inutiles que l'on oubliait peu à peu le fil du récit. Elle était de ces femmes qui ne pensent que lorsqu'elles parlent ; il lui était aussi nécessaire de faire des phrases et d'entendre le son de sa voix que de manger et de dormir. Luc la laissait aller sans l'écouter. Quand elle s'aperçut de l'indifférence du jeune homme pour sa conversation, elle appela sa bonne et lui reprocha le désordre du salon, où elle avait fait entrer le visiteur. Elle cria un quart d'heure en agitant son parapluie qu'une tête de chien terminait.

— Assez, cria Luc, énervé, finissons-en ! Il se sentait excédé, prêt à pleurer d'agacement et de dégoût. Il se rongeait les ongles,

avec une fureur de bête enfermée. Cette lugubre atmosphère de vie étroite et stupide le faisait souffrir presque physiquement.

Cora l'emmena dans sa chambre, froide et triste et qui avait cette physionomie hostilement anonyme des appartements où tout le monde couche. Et Luc retomba dans sa torpeur ennuyée. Il n'en sortit qu'en entendant ce bruit si cher aux sensuels des étoffes que l'on froisse et qui tombent. Le désir se réveilla en lui quand il vit sortir du corsage de la jeune femme ses bras bruns et forts, couverts d'un fin duvet, ses épaules rondes, les fruits de ses seins. Il s'élança vers elle et, de ses mains qui s'égaraient, il l'aida à arracher ses jupons. Il roula avec elle sur le grand lit mal fait. Ce fut un assaut brusque et rapide, l'amour réduit à une parodie sinistre, sans ardeur, sans frisson, presque sans volupté, un essoufflement de bête qui obéit à l'obscur instinct.

Cora s'était rhabillée, et Luc restait étendu sur les draps saccagés, immobile, ivre d'épouvantable tristesse, la bouche amère d'une persistante saveur de cuivre. Toute la misère de sa vie le tenaillait sur cette couche fripée où souvent déjà il avait connu l'âpre réveil de l'esprit, dans l'apaisement de la chair satisfaite.

Ah ! ce besoin d'une amie caressante et douce, sur qui appuyer sa tête lourde, ce rêve d'une intimité charmante, d'une affection dévouée et pure qui l'avait hanté dans sa chambre ! C'était ici que cela finissait, dans cette jouissance hébétée, près d'une femme qu'il n'aimait pas et qu'il méprisait, au milieu de ces meubles qui sentaient l'huissier, l'expertise et la vente aux enchères. Les rideaux blancs qui pendaient devant les vitres lui semblaient pareils à des suaires, — suaires pour ses rêves agonisants, pour ses illusions défuntes, pour sa jeunesse vaine et morne qui se traînait lamentablement sous une pluie infinie !

— Des à peu près, murmurait-il, toujours des à peu près !

Cora se recoiffait devant la glace en sifflotant un air de café-concert. Elle n'avait pas encore remis son corsage, et elle levait les bras pour enrouler les serpents ténébreux de sa chevelure. Luc regardait ses aisselles touffues et sombres ; et cela lui rappelait des coins plus intimes de son corps. Tout son dégoût lui revint dans une nausée, il cacha son front dans ses mains et s'efforça une minute de tout oublier de son destin ; alors il se sentit seul dans la vie, affreusement seul, irréparablement seul !

## II

> Les hommes souvent veulent
> aimer, et ne sauraient y réussir ; ils
> cherchent leur défaite sans pou-
> voir la rencontrer ; et si j'ose ainsi
> parler, ils sont contraints de
> demeurer libres.
>
> LA BRUYÈRE.

Le soir jetait des flammes rouges dans le ciel. Les fenêtres qui regardaient le lumineux Occident brûlaient comme des brasiers de feuilles mortes. Une cendre rose glissait sur les murs, se fondait dans les ruisseaux, traînait le long des trottoirs, insinuante et légère comme une poussière de pastel. C'était l'heure tragique et douce, où les rayons de soleil meurent dans une apothéose, sous le brouillard gris qui monte des faubourgs, usines mugissantes de la Nuit.

Une pénombre discrète noyait le salon de Guéthary. Des éclairs de cristaux, des coins d'or vieilli, des montures d'argent agonisaient ainsi que des fleurs dans la brume. Les rideaux s'imprégnaient d'ombre. — Sur la table, des tasses de thé fumaient avec une vapeur odorante qui s'évanouissait en spirales. Des porcelaines précieuses enfermaient des sandwichs et des petits fours.

— L'Amour, murmura Luc d'Hermany, étendu nonchalamment sur un canapé, ah ! fermons cette porte, je vous prie. La maison sent le renfermé. Il sera temps d'en chercher une autre.

— Tu crains les courants d'air, fit Collonges.

— Plutôt le mercure, ajouta Guéthary.

Luc haussa les épaules. Il ajouta avec plus de violence :

— Il y a vraiment trop longtemps que l'on s'efforce de cacher sous le mensonge sentimental cette fonction physiologique. On devrait commencer à s'avouer la vérité ! L'Amour ! Mais c'est le réveil de tout ce qu'il y a encore en nous de barbare, d'animal et de primitif. Le jour où il entre dans notre vie, nous devenons stupides, vaniteux et jaloux, nous trompons nos amis, nous sommes sur la piste d'une femme, les sens affolés, comme un chien sur celle d'une femelle, nous usons nos heures dans les plus médiocres occupations, nous supportons des humiliations, des outrages, le déshonneur même pour un plaisir que la moindre fille nous accorde pour moins d'un louis. Nous faisons d'un petit être banal et menteur le centre de l'univers. Il n'y a pas de folies que nous n'accomplissions. Ô misérables enfants que nous sommes ! Quand pour-rons-nous donc enfin nous créer une vie moderne, harmonieuse et belle, loin de l'Amour ? Abandonnons aux matelots, aux ouvriers, aux paysans ce sport inférieur. Occupons-nous d'autre chose. Et quand nous serons pressés par les nécessités de notre nature, ne parlons point d'un sentiment !

— Tu es saoul, Hermany ! fit Apremont de sa voix grave.

— Saoul, moi ? Comme ça tombe bien ! Pour une fois où je suis raisonnable !

Je crois que tout le malheur, reprit-il, après un instant de silence, vient de l'ignorance où nous laissons les enfants. Si on leur apprenait ce qui se cache sous le mystère qui affole leur curiosité, l'Amour cesserait vite d'avoir de l'importance. Si les jeunes filles connaissaient la triste réalité de leurs rêves, elles construiraient leur vie sur une nouvelle base ; elles ne prendraient pas pour un désir de l'âme la fièvre de leur sexe. Elles ne s'intéresseraient plus aux baisers sous la lune et aux promenades sentimentales. Combien de femmes se sont-elles écrié, après la sanglante révélation de leur nuit de noces :

— « C'était donc cela, cet amour tant rêvé ! »

Luc aurait pu continuer longtemps sur ce ton. Il se sentait en veine d'étourdir son spleen avec des phrases énervées et vengeresses. Mais Apremont l'interrompit de nouveau pour laisser tomber de ses lèvres minces :

— Quand tu auras fini de divaguer !

— Tu m'embêtes ! dit Luc en allongeant la main vers la table, pour y cueillir un gâteau.

Apremont s'approcha de la fenêtre et joua sur la vitre avec ses ongles longs et durs une marche wagnérienne.

— Mon pauvre Luc ! fit-il d'une voix apitoyée.

— Luc a raison, s'écria Guéthary, prêt à partir en bataille pour y soutenir les paradoxes de son ami. Ce sont les poètes qui ont créé l'Amour ; ils ont jeté tant de lyrisme autour des femmes que nous ne pouvons plus les considérer froidement. Tout l'énorme trésor des théâtres et des livres nous affole quand nous nous trouvons en face d'elles... Au fond, nous avons honte, je crois, de notre irrémédiable bassesse, nous voulons nous la dissimuler avec de grands mots. Dès qu'un homme est amoureux d'une femme, il la considère comme un ange et lui colle deux ailes dans le dos, — quitte à la plumer ensuite.

— Oui, reprit Luc, et ce qui prouve l'ignominie de l'Amour, c'est le tréfonds de vase qu'il remue en nous. Consulte, Apremont, ces tristes femmes que nous appelons des filles de joie, demande-leur le récit des goûts singuliers de leurs clients ; elles te raconteront les dépravations monstrueuses, les effroyables manies, toute l'horreur de ce sadisme qui s'éveille en nous devant la femme, devant la chair, devant la hantise amoureuse !

— Il y a pourtant des passions purement cérébrales, hasarda Collonges. Te rappelles-tu, Luc, de ces jeunes filles que nous menions dans des jardins mystérieux et compliqués? Nous leur demandions de porter des iris violets à longue tige pour les faire ressembler à Hertulie. Nous leur baisions cérémonieusement la main en les quittant... Comment donc s'appelaient-elles?

— Bah ! fit Luc, nous ne les avons jamais aimées ! Nous n'aimions qu'Henri de Régnier en ce temps-là.

— L'Amour, déclara Morhange, c'est à proprement parler un microbe... C'est dans la société un élément de fermentation et de dissolution, quelque chose comme les bacilles dans le corps humain. Regardez la pourriture qu'il laisse derrière lui !

— C'est le taret des consciences, acheva Launoy, d'un ton triomphal.

Guéthary et Morhange commencèrent à déblatérer contre les femmes. Ils les accusèrent avec violence d'être bêtes, menteuses, frivoles, sensuelles, vaniteuses, hypocrites et avides.

— C'est à travers vous-mêmes que vous les voyez, jeta Apremont.

Mais Luc et Launoy ajoutèrent encore à ces blâmes. Pendant vingt minutes, ils déversèrent leur rancune et leur pessimisme, dans un flot de bile, où ils mêlaient leur injustice et leur rancune.

Les satires hyperboliques des pères de l'Église revenaient sur leurs lèvres, mêlées à des boutades d'écrivains mysogynes, à des anecdotes personnelles, à de légendaires récits. — Collonges se taisait.

De petits jeunes gens de seize à dix-huit ans, qui, en se promenant dans les préaux des collèges, méprisent et bafouent les femmes, sans savoir autre chose de la vie que quelques grossièretés primordiales, sont simplement ridicules. Mais l'opinion de leurs aînés de vingt-deux à vingt-cinq ans est à considérer, parce qu'elle repose sur quelques expériences, et surtout parce qu'elle va devenir une conviction indéracinable. Nos idées préconçues ont une vive influence sur les moyens que nous employons pour trouver le bonheur. Ces hommes qui se marieront demain avec cette étrange vision de leurs compagnes n'agiront-ils pas d'après elle, et comment sauraient-ils alors posséder quelque joie?

— Entre nous, messieurs, dit Apremont, avouez que si vous débinez l'Amour, c'est que vous lui en voulez de ne pas le connaître.

— Comment donc? s'écria Morhange, mais pour qui nous prenez-vous, je vous prie? Croyez-vous donc que je n'aie pas déjà fait toutes sortes de folies très raisonnables pour de jeunes personnes? Je me souviens, entre autres, d'une petite ouvrière pour qui j'ai eu une grande passion, pendant je ne sais combien d'années. — au moins trois mois ! Tu sais bien, Launoy, cette Margot...

— Ah ! oui, fit l'interpellé. C'était une fameuse rosse ! C'est toi qui l'as reçue à son arrivée de province et qui l'as lancée. Elle venait des montagnes, de la Savoie ou des Hautes-Alpes...

— Chef-lieu Gonape, interrompit Guéthary, en riant.

— Je ne veux pas vous parler, reprit Apremont, de vos petites débauches et de vos caprices sensuels, mais de l'Amour, de ce sentiment que vous niez, de ce souffle mystérieux et terrible qui vient du fond des siècles, de ce brasier où a brûlé Troie et où est morte Didon, de cette énigmatique passion, qui n'est pas seulement, comme le croit Hermany, l'instinct de l'espèce, car alors on s'en tiendrait à la seule satisfaction charnelle et on ne souffrirait pas. — Avez-vous passé des nuits sans dormir, des jours sans manger, des soirs à pleurer, parce qu'une femme se détournait de vous ou qu'elle vous quittait? Avez-vous traversé des mois de désespoir et connu cette angoisse plus forte que tout qui brise le cœur, vide le cerveau et vous fait haleter vers la mort comme la caravane dans le désert vers la source fraîche où elle s'abreuvera? En un mot, avez-vous aimé?

— Non, répondit Morhange, je l'avoue.

Et les autres, après lui, laissèrent tomber ce même « Non ! » de leurs lèvres desserrées. Les paroles d'Apremont étaient lumineuses, elles entraient dans leurs esprits comme des torches, elles éclairaient des coins qu'ils ne connaissaient pas, des notions qu'ils avaient oubliées, des replis de conscience qu'ils préféraient ignorer.

Guéthary ajouta :

— J'ai souvent pensé à cet amour dont tu parles, je l'ai désiré, je me suis efforcé de m'éprendre ainsi...

Plus bas, comme honteux de ce qu'il disait, il ajouta :

— Je n'ai pas pu.

— Moi, dit Collonges, j'ai toujours eu beaucoup de goût pour les jeunes filles. Souvent, j'ai cru devenir amoureux de l'une ou de l'autre, je commençais à m'exalter, ça allait venir... Et le lendemain, j'en voyais une seconde, je la trouvais aussi charmante que la première, et j'éprouvais pour elle le même sentiment et les mêmes pensées...

Un long silence plana. Le temps dévora d'interminables minutes, lourdes d'anxiété, d'ennui, de tristesse inexprimable. Une horloge à la voix grelottante et fêlée sonna une demie. Un meuble craqua avec le bruit sec d'un bras qui s'étire. — Dans la rue, les voitures roulaient, rapides, incessantes, emportant des hommes à leurs amours, à leurs affaires, à leurs soucis, à tous les rendez-vous où ils usaient leur fièvre de vie.

Les jeunes gens restaient immobiles dans l'ombre de plus en plus épaisse où scintillaient les points rouges de leurs cigarettes. — Il leur semblait que quelque chose venait de se creuser à leurs pieds. Marchaient-ils depuis longtemps au bord de cet abîme? Pourquoi ce vertige montait-il à leur tête? Quel Sésame avait ouvert devant eux les portes de leur vie intérieure? Ce non! qu'ils avaient jeté en pâture à la question d'Apremont, devenait la tare secrète de leur vie. Sous leurs sourires sceptiques, sous leurs railleries et sous leur gaieté, ils considéraient la misère de leurs âmes. Ils se voyaient secs et durs, usés par l'égoïsme, avides d'argent, sans chaleur, sans générosité, sans illusion juvénile. Ils avaient des ambitions mesquines, des goûts d'hommes fatigués, une passion servile pour le luxe. Ils remplaçaient l'amour par la débauche, l'amitié par une camaraderie instable et fausse. Ils ne possédaient plus que la parodie de ce que les hommes avaient aimé. Leur esprit luttait, s'agitait, analysait, s'assimilait des notions, mais leur cœur râlait comme un agonisant.

Ils étaient lâches, ils reculaient devant l'intensité de la Vie, ils avaient peur d'aimer, peur de souffrir, peur de devenir responsables. Ils se serraient les uns contre les autres pour se sentir les coudes. Ils cherchaient un bonheur à leur portée, un bonheur facile et solitaire où ils se pelotonneraient comme dans un fauteuil. Combien étaient-ils? Cinq? Six? Non, les murs de la chambre s'élargissaient. Toute une jeunesse s'y pressait, qui était pareille à eux. Les visages paraissaient charmants, rieurs, très jeunes encore, mais sous ce masque il y avait des rides, des plis, des yeux qui mentaient, des lèvres que crispaient l'ironie, le culte exagéré de soi-même, l'envie, le souci de parvenir, l'impuissance d'aimer et de se dévouer.

— Triste chose, pensait Luc, que des vieillards élèvent les enfants! Ceux-ci apportaient une sensibilité riche et neuve, une pensée spéciale, un être original qui ne saurait être compris des générations précédentes. Tout cela ne pourra se développer que dans une forme d'éducation qui lui soit absolument adaptée. Un fossé sépare ces

hommes qui partent de ceux qui arrivent. Ils se regardent comme des ennemis ; chez les uns, il y a de la jalousie, l'horreur de vieillir, de laisser sa place, de descendre vers le Néant; chez les autres, l'impatience du joug qu'on leur impose, la souffrance intime de ne pas être compris, la haine de ces vieillards qui les oppriment, qui offrent à leur soif de vivre et de sentir des règles qu'ils sentent surannées, des idées mortes que rien ne ressuscitera. Ils se plient mal à cette éducation qui ne leur convient point. Ils se révoltent ou sont déformés. Nous appartenons à une race inquiète, prématurément vieillie, ardente et lassée. Nous supportons le poids de notre instruction intensive, de notre précocité fiévreuse qui nous donne à vingt ans des cœurs de quadragénaires, du développement anormal de notre cerveau, des livres que nous avons lus et qui nous ont enlevé la foi au bonheur, — unique raison de vivre, cependant! — des mornes expériences qui ont été pour nous la révélation de l'Amour.

Luc se rappelait son enfance charmante et tendre, facile et douce ; il avait été longtemps un enfant gâté. Sa mère et sa tante l'avaient câliné, adulé et choyé. On lui avait donné ce besoin de caresses et d'affection qui depuis qu'il était seul le faisait si fréquemment souffrir. Mais quand il avait passé de l'enfance à l'adolescence, il s'était senti étranger dans sa famille. Il avait eu l'impression de ne pas parler la même langue que ses parents ; il appartenait à une autre race qu'eux ; il s'était alors renfermé en lui-même. On le mit au collège ; il y connut les longues heures tristes, dans l'odeur de l'encre et la poussière de la craie, la satiété des bouquins, le dégoût d'une société qui lui était imposée et qui froissait sa nature nerveuse et fine, l'ennui des leçons et des devoirs, du temps méthodiquement réglé, d'où tout imprévu est absent, des élèves grossiers, vulgaires et brutaux. Cela avait enfin passé. Longtemps, le souci de l'Amour tourmenta Luc. Mais il rencontra la réalité de cette ombre charmante dans de tristes luxures épuisantes, d'une intolérable saveur et qui l'avaient longtemps écœuré du misérable décor où elles se jouaient, des colloques qui les précédaient ou les suivaient, des chairs vénales, souvent blettes et molles, dont le souvenir le hantait. Puis, comme les autres, il s'était habitué à cette existence. Il avait ri, il s'était cru satisfait. Et tout à coup, le vide immense de sa vie lui apparaissait, comme un trou qu'il ne pourrait jamais combler. Il ne connaissait pas cet amour dont Apremont avait évoqué l'image. Il se plaisait pourtant dans la société des femmes, mais jamais aucune ne lui était apparue, couronnée de songes, comme celle que l'on attend. Et ces idées, qui se jetaient sur son esprit, se succédaient rapidement, roulaient une cascade d'images, devenaient une âcre mélancolie, inemplissable comme un tonneau de Danaïde.

Et Luc regardait ses camarades. Il les voyait hantés par des souvenirs pareils, par de semblables rêves et d'identiques désillusions.

Pour Guéthary, la vie avait toujours été facile; sa situation indépendante et riche l'avait mis à l'abri de ces soucis de situation, si fastidieux dans les premières années de jeunesse. Il aimait les beaux livres, sans avoir abusé d'une culture d'esprit trop intense. Son intelligence d'ailleurs n'était pas philosophique. Il restait un bon élève de rhétorique, préférant les phrases mesurées, élégantes et gracieuses ou orageuses et romantiques aux plus fortes idées. Les vers éclatants, les romans féeriques et les contes le satisfaisaient. Désireux de mettre dans sa vie un peu de cette ardeur poétique dont débordaient les livres qui l'enchantaient, il avait longtemps poursuivi l'Amour. Le voyant avec une imagination romanesque, il avait cru le saisir dans quelques aventures galantes dont il était sorti déçu. Il avait reconnu son impuissance à sentir, née d'une imagination trop vive qui déflorait les impressions en leur donnant d'avance un absolu qu'elles ne pouvaient jamais atteindre dans la suite. Alors il s'était arrangé une existence oisive et calme, loin des femmes, parmi des recherches de bibliophiles, quelques amis, des voyages dans des pays de lumière.

Collonges, peintre habile et délicat, nature artiste et fine, qui adorait les fleurs, les étoffes changeantes, les bijoux, les chats, les souples mouvements, ne pouvait se passer de la société féminine. Il était très mondain et un peu célèbre, déjà. Il usait tout son temps avec des jeunes filles et des courtisanes, des ouvrières et des bourgeoises mariées. Mais jamais un choix unique n'avait pu le fixer ici ou là. Et il sentait plus vivement son absence d'affection, puisqu'il vivait continuellement avec celles qui le lui rappelaient.

Morhange possédait un caractère d'homme encore primitif, violent et sanguin, bruyant, irraisonné, facile à amuser, comme ces sauvages qui admirent une étoffe rouge ou des colliers de coquillages. Étudiant en droit, il se réjouissait seulement d'une existence de paresse et de fêtes ; ses débauches étaient crapuleuses et gaies. Il avait pour ordinaire compagnon de ses nuit, Launoy, aussi inconscient et aussi libertin que lui, mais qui posait pour le sentimental parce qu'il mettait l'apparat d'une affection de romance autour de ses plaisirs charnels,

Launoy, jaloux des filles publiques qu'il choisissait et qui parlait de se suicider pour la servante d'une de ces brasseries où il passait ses journées.

Apremont, qui connaissait bien ses camarades, diagnostiquait nettement leur physionomie intérieure. Se retournant vers lui, i voyait un étudiant en médecine, austère et grave, penché sur les livres ou sur les tables de dissection. Plus tard, reçu docteur, il s'était passionné pour ces études qui unissent la guérison des maladies morales à celle des maladies physiques. Il s'efforçait de tout comprendre de l'homme avec une remarquable intuition psychologique, un esprit toujours en éveil et naturellement observateur, une philosophie indulgente et large. Lui-même vivait tristement, en homme dont le cerveau seul existe moralement, qui souffre de ne sentir qu'à travers son esprit et se complait dans sa souffrance tout en la maudissant.

Pendant ce long silence, une sorte de gêne avait peu à peu remplacé la cordialité qui unissait pour quelques heures ces jeunes hommes si divers de tendances et de pensées.

Le malaise du soir devint à la longue si angoissant que Guéthary, sortant péniblement d'une pénible léthargie, sonna pour faire allumer une lampe. Un valet de chambre, muet et sombre comme un serviteur de la nuit, glissa sur le tapis velouté. De ses doigts fusa une étincelle qui grandit, s'élargit en flamme et vécut dans le globe laiteux d'une lampe, — phare qui avait emprunté sa forme à celle des nénuphars. La lumière régna. Elle éclaira la figure pâle et mélancolique, la longue chevelure bouclée et les blondes moustaches tombantes de Luc, le visage olivâtre et dur d'Apremont, la face large joviale et barbue de Guéthary, la taille élégante et svelte, le regard bleu et le nez en bec d'aigle de Collonges, l'aspect anglais, la peau rose, les cheveux blonds et le col de porcelaine de Morhange, le teint rouge, les moustaches retroussées et les grosses mains de Launoy. Elle fit miroiter les nombreux cristaux vénitiens, fuselés en jets blancs, élargis en coupes profondes, analogues au calice des fleurs, bombés en croupes de Pégases, cambrés en torses de sirènes, tordus en queues de dauphins. Elle ressuscita du royaume des ombres, les marines écumantes et violettes dans leurs cadres de soleil, les miroirs encadrés de berges en vieil argent, les coussins à fleurs, les rideaux aux plis grimaçants, toute l'intimité charmante, les soirs fumeux et mélancoliques d'octobre, d'une pièce odorante et discrète, luxueuse et aménagée pour la rêverie ou pour la conversation.

Il y eut avec le retour de la clarté comme une convention tacite de ne plus parler des choses fâcheuses dont on avait agité le spectre un moment avant. Personne n'aime à se montrer inférieur, même en matière de sentiment, quoique l'on avoue plus volontiers cette déchéance-là que toute autre. On jeta du silence sur ces souvenirs douloureux, — comme des pelletées de terre lourde sur le cercueil d'un mort.

— Avez-vous lu le dernier bouquin de Paul Adam? demanda Guéthary.

— Oui, répondit Luc.

Et une longue discussion littéraire s'engagea entre eux. Ils étaient tous deux du même avis, mais on ne s'en serait pas douté à la violence avec laquelle ils débitaient leurs arguments, comme si chacun eût voulu convaincre de ce qu'il assurait un interlocuteur déjà convaincu.

Morhange détailla les perfections d'une femme hongroise qu'il disait merveilleuse et qu'il avait découverte dans une maison publique. Comme il avait un léger vernis de mauvaise littérature, il répétait :

— C'est une sphynge, je vous assure, une sphynge...

Launoy parla des courses et Collonges de la peinture. Il venait d'en visiter une exposition : il déplorait la décadence des peintres, leur servilité, leur absence d'idéal, leur manque d'originalité.

— Ah ! disait-il sur un ton de mélopée, Botticelli, Mantegna, Léonard de Vinci, Poussin !

— Rubens ! ajouta Guéthary.

— Non, fit Collonges, je n'aime pas Rubens.

— Je comprends ça, dit Apremont en ricanant, comment apprécierais-tu la peinture de la force, des chasses rouges, des ripailles, le maître énorme de la vie, toi, pauvre Collonges, qui dessines des femmes maigres, des Narcisses anémiés et des fleurs qui se fanent ?

Collonges haussa les épaules et dédaigna de répondre. Luc, las de parler, se leva pour prendre congé de Guéthary.


### III

*Hartman*
Tu as le mois de mai sur les joues
*Fantasio*
C'est vrai, et le mois de janvier
dans le cœur. Ma tête est comme
une vieille cheminée sans feu ; il
n'y a que du vent et des cendres.
ALFRED DE MUSSET.

Luc traversa de longues journées désespérément vides et mornes. L'automne s'achevait.

C'était une arrière-saison douloureuse et jaunâtre qui se fondait dans la brume et dans la pluie. Les feuilles s'en allaient des jardins en haillons déchirés et roussis. Le vent gémissait à travers les branches nues comme un enfant à l'agonie. La terre, inondée par de continuelles averses, ne séchait plus. Partout, la boue régnait, sinistre et noire, pareille à un marécage où la joie des étés se serait enlisée pour jamais. Le soleil lui-même était mort ; les amas de nuages fuligineux l'avaient terrassé, et ils se tenaient accroupis sur lui, comme des nains difformes sur la poitrine d'un roi assassiné.

Luc se sentait de plus en plus étranger à la Vie. Rien ne lui communiquait ce petit émoi chaleureux qui est un trait d'union entre l'âme et les choses. Il était partout celui qui passe et qui regarde avec indifférence, là où les autres s'agitent, souffrent et pleurent. Il avait perpétuellement l'impression qu'il se refusait. Les livres, qu'il avait tant aimés, commençaient à le lasser. Il leur en voulait de son existence misérable, il les rendait responsables de son ennui. Parfois, il se remettait au travail : il écrivait deux ou trois pages de son Phaéton, puis il rejetait les feuillets dans un tiroir, et, couché sur un divan jonché de coussins, il fumait d'innombrables cigarettes. Les spirales bleues, qui s'échappaient de ses lèvres, montaient doucement dans l'air et y dessinaient d'illusoires buires ou des cornets de cristal. Elles se déchiraient au moindre vent, plongeaient brusquement et se fondaient comme un soupir de la brise dans l'épaisse ramure d'un cyprès.

Luc se rappelait alors tous les rêves qu'il avait formés, quand il était plus jeune, en regardant mourir les nuées odorantes du tabac. Ce souvenir le grisait d'un vertige éphémère ; il écoutait le chant de buccin de la Gloire se mêler aux flûtes modulatrices de l'Amour. L'ambition le fouettait de ses cris et de ses désirs, ardente comme une meute de chiens à la poursuite d'un cerf... Mais la petite pluie de l'existence quotidienne était tombée sur tout cela, elle avait étouffé les buccins et les flûtes sous son linceul humide, — ainsi que l'on tue un feu d'herbes en jetant sur lui un trop lourd amas de feuilles mortes.

Et toujours Luc en revenait à cette constatation que sa vie était déplorablement vide et qu'il ne savait comment combler ce trou qui s'agrandissait sans cesse sous toutes ses journées.

— Ce qui me manque, se disait-il, c'est un but, un point central auquel je ramènerais tous mes actes.

C'était ce but qu'il ne parvenait pas à trouver.

Dans la torpeur où il s'engourdissait, il voyait chaque chose sous un jour si misérable qu'il finissait par ne plus sortir, de peur d'avoir à s'habiller, à prendre une décision, à écouter parler ses camarades. La perspective du moindre effort à faire le navrait. Il passait ainsi des semaines. Puis il était saisi d'une fièvre d'agitation bizarre. Il sortait dès le matin, il parcourait les rues, les places, les boulevards, les jardins. Les omnibus le promenaient sur leur impériale d'un bout à l'autre de la ville. L'énorme bruit de la vie grondait à ses oreilles avec un fracas marin ; il voyait chaque homme s'agiter et travailler selon ses forces à l'œuvre commune de civilisation. Lui seul n'y participait pas ; il restait las et désœuvré, inutile à tous et à lui-même. Pour se distraire un peu, il déjeunait dans les restaurants, il faisait des visites. Le soir, il retrouvait des jeunes gens dans les brasseries ou, plus souvent, dans les cafés-concerts. — Sur la scène, une femme fardée venait chanter d'absurdes chansons en relevant brusquement ses jupes sur de luxueux dessous. En se penchant vers la rampe, elle montrait ses seins.

L'invitation de ses gestes se faisait pressante ou langoureuse, franchement voluptueuse ou secrètement obscène.

Des courtisanes en robes chatoyantes erraient dans les promenoirs. Une atmosphère de désirs refrénés se créait autour d'elles ; la salle frissonnait d'un grand souffle éperdu. Une haleine lascive et charnelle courbait les fronts, humectant les nuques et les tempes. Les yeux devenaient fixes, les lèvres séchées se fendaient sur les dents serrées, les poings se crispaient sur les cannes... Pendant des heures, Luc, énervé, écoutait des étudiants débiter des plaisanteries stupides autour de leurs bocks couverts d'écume.

Et toute cette activité maladive et mal ordonnée, désorientée et trépidante, aboutissait au même sentiment d'inutilité, d'indifférence totale, — de néant.

De nouveau, Luc restait dans sa chambre. Il ne lisait plus de livres, mais il feuilletait les revues. Cela plaisait à sa paresse. Il ouvrait au hasard un magazine jaune et violet, vert ou blanc. Il le parcourait distraitement, glissant sur les articles sérieux de sociologie ou de métaphysique, commençant les contes et les romans, cherchant son nom dans les manifestes, les polémiques, les études d'ensemble sur la jeune littérature. Il y était connu par quelques poèmes éloquents et subtils, par des dialogues ironiques, par des fragments de ce fameux *Phaéton* auquel il travaillait depuis quatre ans sans avoir réussi à en écrire plus d'une trentaine de pages.

Il est vrai qu'il l'avait expliqué si souvent et à tant de gens que tout le monde le connaissait.

Quelquefois, Luc prenait dans sa bibliothèque les volumes qui relataient l'existence de certains poètes. Il se désolait alors plus nettement ; c'était son époque qui l'écœurait. Il avait soif d'héroïsme et d'espace, de vie pathétique, mouvementée, changeante et féerique. La médiocrité qu'il trouvait partout autour de lui le prenait à la gorge, il trouvait l'atmosphère qu'il respirait si viciée qu'il craignait emphatiquement l'asphyxie.

Il songeait à Byron, combattant sur la terre grecque, à Shelley, errant en voilier sur le golfe de la Sezzia, à Chateaubriand, parcourant les solitudes du Nouveau-Monde. Il enviait de tels hommes.

— Certes, ils ont souffert, pensait-il, mais leurs souffrances étaient profondes et superbes. Ils ne connaissaient pas le dégoût. Leur époque pouvait encore leur fournir de la beauté. Leur vie était pleine à en déborder !

Des ombres charmantes venaient se pencher sur la rêverie de Luc, figures légères qui se commençaient au pastel et s'achevaient en cendre. Et c'étaient la Guiccioli, Mary Godwin et Emilia Viviani, et c'était M^me Récamier.

Et pensant au mélancolique René, Luc s'écriait :

— Je suis venu trop tard dans un monde sans imprévu, où il n'y a même plus de Peaux-Rouges !

Et toutes ces exaltations mouraient au seuil de l'ennui, comme de petites vagues sur les sables d'une grève. Quand les désirs de tendresse et de présence féminine se réveillaient dans l'esprit du poète, il allait retrouver Cora. La luxure alors secouait son apathie. Il serrait entre ses bras ce corps brûlant et souple comme s'il voulait convulsivement imprimer sur lui son étreinte. Les grands cheveux bruns l'inondaient d'un flot soyeux dont il respirait avec délices l'âcre senteur. Il mordait les lèvres chaudes, le cou lisse, les épaules veloutées. Et contre sa poitrine, il se plaisait à sentir le frottement des petits seins aigus et durs. Il se disait que seules les joies de la chair existent, qu'il faut user de tous les plaisirs avant l'éternel sommeil. Il s'enivrait de voluptés, il en goûtait les plus perverses et les plus douloureuses. Il étouffait dans la débauche les lamentations de son âme. Morhange le conduisait chez la jeune Hongroise qu'il avait découverte, chez d'autres femmes encore. Chaque soir, Luc entrait dans une chambre nouvelle pour goûter de nouvelles caresses.

Puis, un matin, le dégoût de ces étreintes le reprenait. Ces fausses amours l'écœuraient. Plus tristement encore qu'avant, il retournait à sa vie tranquille, à bout de forces, sans désirs. Et comme un tout petit enfant, il avait envie de pleurer, — mais de pleurer près d'une femme qui l'apaiserait doucement.

### IV

> Les hommes meurent parce que
> la sympathie ne coule plus en eux.
> Leur être n'a plus de racines.
> EMMANUEL SIGNORET.

— Mon pauvre Luc, dit Apremont, tu ne sais pas du tout ce que c'est que l'amour ! Non, tu n'en as pas la moindre idée... Tu en parlais avec trop de haine, un soir d'octobre, chez Guéthary, pour que je prenne au sérieux tes paroles. Mais enfin, puisque tu es venu me voir et que nous sommes seuls aujourd'hui, laisse-moi en discourir un peu longuement avec toi. Si tu savais toutes les folies que tu as dites ! — Je me suis tu, ce jour-là, à cause des autres, puis tu paraissais souffrir trop, Luc, pour qu'encore j'aie l'air de te réprimander... Vois-tu, mon ami, on doit s'efforcer de tout comprendre sur la terre. Dès que nous sommes impuissants à nous assimiler une notion, nous nous avouons inférieurs... — Voici du thé, Luc, voici des cigares, du marasquin, du vin de Tokay, tout ce que tu voudras. Prends et écoute-moi.

Apremont s'arrêta devant la cheminée pour allumer sa pipe. Il reprit ensuite sa marche de long en large dans sa chambre, qui était vaste et tiède, avec des murs couverts d'affiches, une lampe que supportait un svelte Mercure, nu dans son bronze verdi, un tapis épais comme un banc de mousse et qui étouffait le bruit des pas.

— Quand j'étais plus jeune, reprit Apremont, quand j'étais encore un étudiant en médecine, qui croit connaître les hommes parce qu'il a disséqué beaucoup de cadavres, je riais comme toi d'un amour où l'on ferait du sentiment. Pour qui me prenait-on, voyons, pour me débiter ces sornettes? J'ai dit, moi aussi, que l'Amour n'est rien que l'union animale; que, l'acte sexuel accompli, il est inutile de continuer le mensonge. C'est pour les femmes, me disais-je, que l'on respecte l'ignorance des enfants, alors qu'il serait si simple de les instruire des lois biologiques, — comme on leur apprend l'histoire et la géographie. Je pensais que cette science les éloignerait de l'amour en leur en enseignant scientifiquement le jeu. Fou que j'étais de croire qu'avec quelques notions de plus on peut modifier le fonds même des races ! Besoin de fidélité, croyance à une unique passion, me disais-je aussi, c'est aux femmes que nous sommes redevables de ces déplorables illusions. Je dois avouer que ma largeur d'esprit me permettait cependant de comprendre les passions purement cérébrales. — Plus tard, quand j'ai vu le monde réel, j'ai bien été forcé d'admettre que je m'étais souvent trompé, que tout ne s'y passait pas exactement comme me le disaient les livres. J'ai voulu alors réformer ce que j'appelais mes notions fausses. Je me suis baigné de toutes parts dans l'existence, je m'y suis plongé comme un pêcheur d'éponges dans la mer. Après m'être souvent demandé, pensant à mes idées d'alors : — Est-ce bien cela, cet amour, que les poètes ont chanté, qui fit la vie de tant d'hommes si belle, que les femmes aiment encore? J'ai voulu me pencher vers le visage de la vérité. Alors j'ai fréquenté des femmes, je suis devenu l'ami des jeunes filles ; elles me racontaient leurs espoirs et surtout leurs déceptions, je leur communiquais souvent un courage dont je manquais moi-même pour vivre. J'ai écouté les vieilles dames intelligentes qui se plaisent à raconter leurs souvenirs. J'ai fait parler des ouvrières, des filles de la campagne, les maîtresses de mes amis. J'ai scruté des consciences ténébreuses comme les grottes sous-marines ou limpides comme les ruisseaux au printemps. Pour toutes, l'Amour était l'unique joie, le seul espoir, le seul avenir, le seul passé ! — Est-ce donc l'instinct qui les pousse, pensais-je, les croyant d'abord exclusivement sensuelles ? Mais j'ai vu que chez elles l'amour est avant tout un besoin du cœur. — Le cœur ! ce mot mystérieux que l'on n'emploie plus aujourd'hui et auquel il faut toujours revenir pour expliquer bien des choses qui sans lui demeureraient énigmatiques. — Cette sentimentalité des jeunes filles dont tu riais, ce n'est pas simplement l'excitation de la puberté. Je ne nie pas que cela y soit pour beaucoup. Mais la vie morale et la vie physique sont si étroitement unies que l'on se tromperait de beaucoup en ne considérant que l'une des deux. Ne sais-tu qu'une des pires souffrances pour un être jeune et délicat est la solitude morale? C'est le cas pour la plupart d'entre elles. Avec la révélation mystérieuse qui les préoccupe souvent, le mariage, — ou l'amour, — (car pour elles ces deux mots n'ont qu'un même sens,) est pour leur rêve, la fin de leur isolement, l'époque où elles auront un bras sur qui s'appuyer, un refuge dans leurs heures de détresse, une intelligence unie à la leur et qui d'elles comprendra tout. Pauvres illusions chéries que le moindre vent de l'expérience, soufflant par la porte ouverte de la vie, emporte comme un bouquet de feuilles mortes !

Aimer, selon nous, mon cher Luc, c'est jouir brutalement d'un être ; — mais c'est pour elles vivre pour quelqu'un, lui dévouer toutes ses heures, n'avoir de pensées que pour lui, en faire le but unique de son Destin. C'est un besoin de confiance, de tendresse et de soutien. C'est le désir de ne pas se sentir seule, d'avoir à soigner, à guérir, à consoler. Penses-tu que l'instinct suffise uniquement à expliquer de tels sentiments? D'ailleurs, dans cet amour dont je parle, l'union des corps est glorieuse, — non plus cette corvée rapide dont tu te plaignais tout à l'heure, — dont on se lève avec dégoût, la bouche amère et le corps las ; c'est la fusion complète de deux êtres en un, l'harmonie totale, la conclusion logique d'une fonction déjà morale, — intérieure, si tu veux. — Il semble que nous soyons malheureux tant que notre moi règne sur nous sans partage, que le bonheur est de faire celui d'un autre être, — que le bonheur ne vient à nous que lorsque nous partageons tout, couche et pensées, table et tendresse, promenades et paroles.

Mais je crois qu'aujourd'hui, hélas ! les femmes seules se souviennent d'aimer encore avec leur cœur. Les hommes n'ont plus que leur sensualité. C'est là l'abîme, la source de tant de souffrances, la cause de cette déchéance du mariage dont on commence à s'inquiéter. De ces êtres que l'on unit, l'un est jeune, avide de connaître et de se dévouer, l'âme ardente, souvent bonne, ignorant presque tout de la vie, délicat et sensible, l'autre est moralement vieilli, las de vivre, effroyablement égoïste, revenu de tout, le cœur ridé comme le visage, souvent cruel, toujours railleur, brutal et sans ménagement, usé par les plaisirs. O misère ! unir entre eux ces deux êtres qui n'ont pas un point de rapport ! — Tu sais aussi bien que moi, Luc, ce qui arrive. Souvent tu as dû, toi aussi, gémir sur la perversité de la femme. C'est la mode en littérature. Aujourd'hui, il est de bon ton de plaindre les hommes. Sans doute, les romanciers en veulent à toute la race féminine d'avoir été trompés par quelques courtisanes, dans leurs jeunes années. — Mais on a tort, dans les mariages, de raisonner ainsi. A qui la faute, en vérité? Si la femme insatisfaite cherche ailleurs des consolations, ayons plus d'indulgence, Luc. C'est une terrible déchirure qui va toujours s'agrandissant. Mais à qui la faute, encore une fois !

Apremont se tut. Il s'approcha de la fenêtre et regarda dans la rue. Il avait plu toute la matinée. Des nuages fuyaient au-dessus des maisons. En

bas, dans la boue, des passants se pressaient vers le but de leurs journées, comme si la rapidité de leur course, l'importance des affaires où ils se précipitaient devaient leur faire éviter la dangereuse issue de la vie. Des chevaux aux crinières secouées charriaient de lourds omnibus couverts de mouchetures de fange. Les femmes s'arrêtaient devant le luxe des magasins, guettant d'un œil envieux l'écume légère des mousselines et la pourpre pompeuse des velours. l'opulence des argenteries et des cristaux, les étagères où sourient et attendent de fragiles bibelots à l'âme luxueuse, bizarre et charmante, les parterres de chrysanthèmes éclos derrière les vitres. C'était l'heure où les enfants sortent des collèges. D'un lycée qui se trouvait dans ce quartier, des groupes de jeunes filles s'en allaient. Elles défilaient tristement, perdues dans la foule et dans le tumulte. Jeunes fleurs jetées au torrent de la vie, plantes jaillies de l'humus humain et qui s'étioleraient vite de ne pas sentir descendre sur elles le soleil de l'Amour ! Chacune de ces femmes en bouton qui cheminait, les pieds dans l'eau, la tresse souvent encore flottante, avait déjà sa vie à soi, portait mystérieusement comme une galerie de statuettes, Sèvres et Tanagras, son univers intérieur de rêves, de désirs, d'affections, secret qu'elle ne communiquerait à personne ; chacune gardait en elle une terre promise où nul ne chercherait jamais à entrer. Et cette mince paroi crânienne, diaphane et que couronnaient de frêles cheveux, était plus épaisse, plus lourde et plus isolante que la dalle livide d'un tombeau !

Apremont, devant ce spectacle de foule énorme et tapageuse qui remplissait les rues, sentait plus âcrement l'horreur de la solitude. Entre ces divers êtres qui couraient et se bousculaient dans les jets de boue, quelque point de contact demeurait-il? Chaque âme était isolée au milieu d'un silence toujours en suspens comme une île au milieu de la mer.

Apremont s'assit dans un fauteuil et reprit d'une voix plus basse :

— Tu te plains, Luc, que ta vie soit inoccupée. Tu sens, me dis-tu, tes journées se fondre tristement dans l'ennui. Mais tu n'es pas le seul, hélas! Nous portons tous le même poids. Que de fois, que de fois, moi aussi, en ai-je voulu à la vie de ne pas m'offrir autre chose ! Dans une colère impuissante, je me suis redressé, j'ai blasphémé l'amour, l'amitié, le cœur humain, j'ai voulu tout haïr et ne plus croire à rien. Si quelque femme avait alors refermé sur moi des bras pleins de tendresse, je me serais, je crois, abandonné aux larmes. Mais j'ai refoulé des pleurs puérils. Tout cela a déposé en moi un fond de fiel, — comme l'eau bourbeuse laisse sa boue au fond d'un étang qui semble limpide. Parfois, aux heures de tourmente, cette vase remonte et m'étouffe... Et tu me verras, ces jours-là, le rire et le sarcasme aux lèvres, parcourir la vie en raillant ceux qui m'entourent et ceux qui passent, des amis et des inconnus. Ce n'est pas impunément qu'on peut bafouer, — ne fût-ce qu'une fois ! — ce qu'il y a de plus pur et de plus saint dans l'homme. Au fond, ce dont tu souffres est aussi ce qu'il y a de douloureux en moi, et nous avons tous le même mal.

Apremont s'était de nouveau levé, il parlait abondamment et très vite, comme s'il avait peur d'oublier quelque chose d'important, comme si cette confession lui pesait depuis si longtemps sur le cœur, qu'il voulait en avoir fini avec elle, d'un seul coup. Ce n'était plus à Luc qu'il parlait, mais à lui-même. Il mettait à jours, dans une brusque poussée de franchise, ses inquiétudes, ses méditations, l'aveu de tout ce qui l'oppressait comme le remords sur la conscience d'un meurtrier ou le poids des siècles sur l'homme qui visite une crypte funéraire. Il continua :

— Ce mal dont nous souffrons tous, c'est l'impuissance d'aimer. C'est le signe distinctif de notre époque, la tare secrète qui la ronge. L'Amour y agonise ! Signe terrible de l'aveulissement d'une race ! L'Amour a été longtemps la plus adorée des divinités ; c'était lui qui faisait la vie si charmante et si enivrée, il inspirait les poètes, il entourait la jeunesse des hommes d'une si belle auréole que le souvenir en était à jamais inoubliable. Il apparaissait dans un rayonnement héroïque ou champêtre, galant ou simple, passionné ou spirituel, poétique ou familial. Il dominait la vie et la mort. On lui sacrifiait tout. On l'aimait, on le respectait, on le servait fidèlement. C'est fini, maintenant. Nous l'avons chassé, ce n'est pas assez, nous voulons le tuer, nous le tuons à notre manière, avec des mots, avec des sourires, avec le ridicule. Si bien qu'aujourd'hui on n'ose plus confesser que l'on est amoureux, on en rougit comme d'une chose honteuse et qui déconsidère. — Dans un cercle de jeunes gens, on avoue plus facilement une maladie inavouable que l'amour. — Regarde autour de toi, Luc, cherche ceux qui ont mis une grande passion dans leur existence ! Tu n'en trouveras pas, j'en ai vu bien peu et j'ai plus de camarades que toi. Tous ont le même mal. Oui, je sais, ce n'est pas nouveau, cela existait avant nous. Mais alors les seuls atteints constituaient un petit groupe d'intellectuels, c'est-à-dire d'hommes qui avaient abusé de leur cerveau et qui ne sentaient plus comme les autres. Depuis, l'épidémie s'est répandue ; — car les maladies morales suivent le même mouvement que les maladies physiques, — elle a frappé des êtres qui n'ont jamais pensé par eux-mêmes, jamais ouvert un livre. Elle atteint jusqu'à ces jeunes gens simples qui faisaient jadis des amants si passionnés, si dévoués, si exclusifs. Ah ! nous sommes trop raisonnables, trop pratiques pour croire encore aux vieilles folies ! Du moins, c'est ce que nous disons. Mais pourquoi sommes-nous donc si lassés ?

Notre maladie a bien des causes. La première vient, je crois, de l'éducation que nous recevons. Au culte de la noblesse, la Révolution française et notre bourgeoisie ont fait succéder le culte de l'argent. Nous roulons dans notre sang le goût effréné du lucre ; c'est à lui que nous sommes prostitués. Nous ne vivons plus pour vivre, mais pour posséder. — Posséder, terme absurde, mot vide de sens, puisqu'il signifie moins posséder une chose qu'être possédé par elle ! — Nous sommes ceux qui tenons. Les vieillards, — ces êtres qu'il faudrait haïr, car, au nom de l'expérience, ils nous arrachent tout ce qui devrait rendre notre vie bel et généreuse, — les vieillards nous ont donné la passion unique de l'or et le dégoût des actions qui n'ont pas un intérêt immédiat et mesquin. Misère de nous ! Jeunes et forts, nous voyons l'existence comme ces hommes avilis, blasés, finis, chez qui rien ne bat plus que des intérêts médiocres. Nous voulons à vingt-cinq ans nous reposer dans du luxe ; notre égoïsme s'est terriblement accru. Nous avons peur de la lutte ; nous ne pouvons plus mettre dans notre barque la jeune femme qui nous aiderait du feu de ses regards : nous craindrions d'aller moins vite. Nous sommes lâches. Nous reculons devant la responsabilité d'une vie qui aurait autrui pour but. L'argent est entré dans notre âme trop exclusivement pour y laisser vivre l'Amour. Ce sont des passions sans partage. Et nous avons fait du mariage une spéculation moins hasardeuse que les opérations de bourse. Nous nous en occupons en passant, entre la hausse sur l'emprunt turc et les mines du Transvaal. Nous sommes âpres au gain comme les paysans, et devant la femme qui fera peut-être notre bonheur ou notre malheur, nous discutons et nous hésitons pour avoir quelques milliers de francs de plus ou de moins.

Il faut aussi considérer les débauches de notre jeunesse. Que peut être à vingt-huit ans l'esprit d'un homme qui court les filles depuis plus de dix ans et qui se complaît déjà aux moins normales voluptés, — à celles jusqu'ici réservées aux mâles sans vigueur ? Marié, il ne pourra rester près de sa femme, parce qu'elle ne lui fournira pas les jeux énervants auxquels il est habitué. A ne vivre qu'avec des grues, nous gagnons vite le mépris et l'ignorance de celle qui sera notre compagne. Nous finissons par la considérer uniquement comme un instrument de plaisir à qui on doit faire donner tout ce que l'on peut en tirer, — comme d'un violon ou d'un piano. Et dès lors comment croire un bonheur possible avec une seule femme, quand il y en a tant d'autres et de si belles que l'on peut avoir avec facilité !

Nous savons tout cela, et nous en rions, quand nous causons ensemble autour des tables de café. Et le jour où, comprenant que tout cela n'est qu'un simulacre absurde, une vision fausse de la vie, nous voulons revenir à la simplicité, réaliser enfin le vieux rêve de grande tendresse que l'humanité porte éternellement en elle, nous comprenons que c'est trop tard, que nous ne pouvons plus. Ah ! certes, alors nous donnerions bien des années de notre vie pour effacer tout ce passé qui stagne en nous comme un poison !

Luc, en écoutant les paroles d'Apremont, voyait se lever en lui des figures. Il se reconnaissait, il reconnaissait ses camarades. Il avait longtemps vécu dans l'oubli de cet enseignement qui avait le bonheur pour objet. Et les yeux de son ami éclairaient comme des torches de ténébreuses consciences modernes, véreuses comme celles de Lorenzaccio, — mais sans action généreuse à invoquer pour excuse à cette corruption. Et la figure olivâtre et dure, brûlée de passion, maigrie sous ses longs cheveux noirs qu'Apremont tendait vers les dernières colorations du jour, apparaissait à Luc comme celle d'un Dante inquiet et souffrant, égaré dans la géhenne de l'impuissance à sentir et de l'impuissance à aimer.

— Considère aussi l'ironie, reprit Apremont. Funeste habitude que nous avons prise de rire de tout et de nous-mêmes ! Ce ne fut d'abord que la timidité et la peur d'être bafoué. Nous avouions avec un sourire, pour bien marquer que nous savions à quoi nous en tenir, que nous n'étions pas de ces naïfs qui prennent tout au sérieux. Puis nous nous sommes englués à ce piège. Il est si facile de rire au lieu d'avoir à agir ! Nous évitions ainsi les désillusions et les dures leçons de l'expérience. Nous avons enfermé la vie entre des sourires comme entre deux parenthèses. Le jour où quelque chose d'humain s'est éveillé en nous, nous avons ri, de peur de paraître émus, ce qui paraît grotesque à nos contemporains. De l'Amour plus

que de tout le reste, nous avons médit en badinant. Nous nous sommes poussé le coude, avec un regard d'intelligence, devant ceux qui « y coupaient » encore, comme tu dis. Mais quand nous avons voulu y entrer, nous avons eu peur de l'opinion, nous avons manqué du beau courage de Bénédict, nous avons reculé. Soif de l'or, égoïsme, abus de l'intelligence, abus de la chair, voilà ce qui fait ton agonie, ô Amour. En te disant ces choses, mon cher Luc, je renouvelle mes souffrances. Oui, j'ai eu honte de moi-même et de ma génération. Ah ! cette vie que je promène depuis dix ans, cette vie que nous traînons tous, vie de brasseries et de cafés-concerts, d'études stériles et de noces tristes ! O jeunesse, est-ce ainsi que nous usons le plus beau temps de notre vie ! Nos années passent, vite effeuillées, et au lieu du débordement de ferveur dont notre cœur devrait se gonfler, nous avons de petits soucis, de petites occupations, de petites mélancolies, de l'ennui à petites doses et un avenir sans espoir. Au moins, si comme un grand vent se levaient sur nous des passions, si des amitiés grandioses ou de sublimes désespoirs remuaient les eaux profondes de notre cœur, mais non, rien que le dégoût, le croupissement, l'éternelle et terrible analyse !

— Crois-tu, interrompit Luc, que ceci soit personnel à notre temps? N'y eut-il pas à toutes les époques les mêmes crises et les mêmes inquiétudes?

— Il se peut que jadis quelques détraqués aient traversé les mêmes angoisses que nous, mais ce furent des exceptions, j'imagine. — Prends les livres, ces fidèles miroirs d'une époque ! — Longtemps, l'Amour en fut seul le sujet, — l'Amour dont je t'ai parlé. On n'y voyait que de jeunes couples entrant unis dans la vie. Vois aussi les mémoires et les livres de souvenirs. Mais cherche l'Amour dans la littérature contemporaine, étudie les romans où se confessent les jeunes hommes. Que de complications et d'incertitudes ! Tu n'y trouveras plus que le plaisir. L'adultère, qui fut si superbe aux années romantiques, n'est qu'un caprice encombré de mensonges et d'intérêts qui se heurtent. Antony est devenu Armand de Querne. L'Amour qui créa les plus beaux romans et les plus belles tragédies, l'Amour qui fit Roméo et Juliette, Paul et Virginie, Werther et Charlotte, l'amour de Félix de Vandenesse pour Mme de Mortsauf, de Raphaël pour Elvire, l'Amour qui rendit sublime l'existence d'Abélard, par qui le Tasse devint fou, qui remplit la Destinée de Pétrarque et du Dante, voilà ce qu'on ne rencontre plus ni dans les livres, ni dans la vie. Ah ! tu diras que j'exagère, que tout le

monde sait cela, que j'ai l'air de découvrir des choses déjà trop célèbres. Mais qu'importe qu'elles le soient puisque chacun les oublie, puisque toi-même ne les sais plus. Il faut donc perpétuellement les redire ! Je crois que tu riras aussi, te disant avec ironie : « Le voici marchand de morale ! » Je n'en connais qu'une : s'efforcer d'être heureux. Si nous l'étions, je ne demanderais rien de plus. Est-ce qu'aucun de nous l'est? J'en cherche donc les causes et aussi le remède. Je vois que l'absurdité de notre vie, notre égoïsme, notre sensualisme effréné nous éloignent chaque jour un peu plus du bonheur. C'est alors que je m'insurge et que je renie mon époque. — Tout s'est coalisé contre nous pour nous défendre la joie, les convenances, barrière plus cruelle que les règles humaines ou divines, les fausses morales bourgeoises, refuge de l'hypocrisie, les lois sociales...

— Mon cher Apremont, interrompit Luc, tout ce que tu dis est évidemment très bien, et tu as mille fois raison. J'ajouterai toutefois que tu perds là beaucoup de copie et que tes phrases feraient très bien comme réquisitoire contre la décadence des mœurs dans une revue universitaire ou protestante...

— Tu vois, Luc, que la maladie est invétérée chez toi. Voilà une demi-heure que je te parle gravement et tu fais de l'ironie...

— N'y fais pas attention, mon cher, c'est plus fort que moi, mais cela n'empêche pas les sentiments. Pour te prouver mon respect de tes paroles, je vais d'ailleurs te poser une sérieuse objection.

— Je t'écoute.

— Tu as fait tout à l'heure une apologie des femmes que je n'ai pas à critiquer, je reconnais d'ailleurs qu'il y a beaucoup de vrai dans ta généreuse et candide profession de foi. Mais enfin tu nous donnes tous les torts et que fais-tu, je te prie, des jeunes filles, des jeunes filles vraiment modernes, que nous connaissons tous, et qui ont bien leur importance dans notre impuissance, comme tu dis, puisque c'est pour les avoir connues que nous ne croyons plus à elles?

— Oui, dit Apremont, je sais que de telles jeunes filles existent. Elles appartiennent aussi à notre race, à celle qui ne veut plus rien avoir de commun avec l'Amour. Il y a beau temps qu'elles savent l'unique importance de l'argent. Que ne feraient-elles pas pour en avoir ! Que veux-tu? Elles y ont été élevées. Des sentiments, des rêves, des serments, est-ce qu'on peut mettre cela, voyons, en balance avec des robes, des chapeaux, des équipages? Comme elles sont aussi sensuelles, elles jouent un peu au plaisir avec de petits jeunes gens sans im-

portance. Elles sont ambitieuses et factices. Songe au jour où nos féroces arrivistes se heurteront à ces superbes oiseaux de proie ! La terrible lutte ! On se battra à mort. A qui le triomphe, la palme éblouissante? A elles, sans doute. Elles seront toujours plus fortes que nous. Déjà, leur renom s'accroît. A toute une classe d'êtres, on attribue les défauts propres à un petit groupe de femmes brillantes, élégantes et cruelles. Mais n'oublie pas, Luc, qu'il y a à Paris, dans des quartiers retirés et calmes, partout en province, des jeunes filles que l'on a élevées simplement à être bonnes, à avoir du cœur, qui sont dans l'ombre, que l'on oublie et que l'on rend en généralisant, comme c'est la sotte coutume de le faire, inconsidérément responsables des extravagances des autres.

— Je sais, reprit Luc, très grave, que quelques jeunes filles ont déçu bien des éphèbes de ma promotion. On m'a dit qu'Hector Luminais souffrait d'aimer Rose Peartree. Lui-même n'a jamais voulu me l'avouer. Mais Guéthary m'a assuré que c'était vrai.

— Il y a aussi Condamin comme type de jeune homme qui a beaucoup souffert, ajouta Apremont. Je l'ai connu fiévreusement amoureux d'Henriette Gaudens. Il avait pleine confiance en elle, il se croyait aimé. Elle le lui avait dit. Belle raison, ma foi ! Puis il a découvert qu'elle jouait la même comédie avec trois autres de ses amis et qu'elle leur accordait les mêmes faveurs. Le cas échéant, elle eût pris pour mari le plus riche.

— Pépinière d'époux latents, avec plates-bandes d'amants probables et futaies pour approvisionner de bois l'heureux élu.

— Condamin a pris tout cela très au sérieux. Il en est resté comme blessé, et incapable d'avoir une seconde fois la même confiance. Seuls parmi ceux que j'ai étudiés, Luminais et Condamin aimèrent avec frénésie, avec un entier détachement d'eux-mêmes. Quelle bizarre fatalité que ces deux cœurs ardents et emballés soient tombés sur ces fleurs de serre chaude au lieu d'apporter leur jeunesse à celles qui les auraient appréciés et compris !

Ils se turent. Le retentissant écho de leurs paroles réveillait en eux des ombres à demi endormies de sentiments, de songeries et de tristesses.

Le ciel faisait au soleil mort d'éclatantes funérailles. Des tentures violettes lamées d'or pendaient du firmament, pareil à un dôme d'église, durant l'octave de la Toussaint. Un long sillage sanglant creusait son ornière entre les faîtes des maisons roses. Les bruits de la journée s'ouataient de silence, se fondaient dans une atmosphère encore bruissante, mais qui s'enveloppait d'une taciturnité mélancolique et comme religieuse.

— Alors, fit Luc, devenu, tout à coup, très grave, le bonheur pour moi, Apremont !

— Pour toi, comme pour tout le monde, d'aimer simplement, de te dévouer, de laisser tout dilettantisme et toute manie d'analyse, de faire d'une jeune femme le but de ta vie.

— Mais je n'ai pas encore rencontré celle....

— Bah ! tu la trouveras un jour ou l'autre, conclut Apremont, si tu veux t'en donner la peine et si tu cherches patiemment !

## V

Nous sommes lourds et bien nourris.<br>MAURICE BARRÈS.

En poussant la porte de la brasserie, Luc sentit sur sa figure la caresse d'une chaleur pénétrante et douce qui rougit brusquement ses joues. Une flamme subtile l'enveloppa, il respira largement et déboutonna son paletot. — Dehors, il faisait un temps aigre et morne, l'âpre vent soufflait dans les rues, sournois et violent, froid comme s'il avait passé sur les banquises du Pôle. Les ruisseaux, en murmurant tristement, se brisaient contre des écluses de glaces. Le ciel pesait comme une dalle de plomb.

Luc, doucement réchauffé, chercha son chemin dans la brasserie. C'était une sorte de caverne profonde et bleue, où roulaient silencieusement d'épais nuages de tabac. Des garçons habiles et rapides passaient dans cette brume pour tendre vers les consommateurs des bocks chargés de bière. De vieilles têtes d'habitués, usées et sans expression, plus indispensables que les tables de marbre, se penchaient vers d'immenses journaux-paravents. Des cris bizarres, des éclats de rire jaillissaient du brouillard. Des mains crochues ou grasses agitaient convulsivement les dominos qui grinçaient.

Luc se faufila lentement au milieu des groupes et s'avança vers le coin de la salle où ses amis se réunissaient d'habitude aux heures tardives de la journée.

Une triple clameur accueillit sa venue.

— Tiens, Luc !

— Voici d'Hermany !

— Vive Luc d'Hermany !

A la voix qui prononça ces derniers mots, le jeune écrivain reconnut Durbec, qu'il détestait. Il eut, une seconde, envie de retourner vers la rue, mais il était trop tard déjà. Il prit sa figure lasse et ennuyée, il serra des mains au hasard, il sentit des bagues et des ongles froisser son épiderme et mâchonna quelques noms. Puis il s'affala sur un canapé de cuir et demanda du kummel. Durbec, comme toujours, pérorait au milieu de ses camarades ; il avait choisi la meilleure place, et gros, court, rouge et bruyant, il s'imposait carrément à l'attention générale. Près de lui, il y avait Condamin, avec sa jolie et fine figure Louis XIII, ses grands cheveux blonds, ses moustaches en bataille, la mouche qui ornait son menton. Pelvoux, le romancier, impassible et grave, se tenait très raide dans sa longue redingote noire et dans son immense col qu'entourait une épaisse cravate à triple tour. Un monocle voilait à demi son œil gris-bleu, dur et froid. Il avait des moustaches tombantes, et ses mains étaient décorées de rubis. Mareuil, un hercule roux, mal contenu par un complet à carreaux, et Peartree, long et maigre garçon à face imberbe, fumaient silencieusement leurs pipes.

Luc, ennuyé, examinait ses camarades, tandis que Durbec reprenait avec Pelvoux et Condamin sa conversation brutale et rieuse. Il s'amusa malicieusement à faire le portrait du bavard, tandis qu'il se livrait avec ingénuité à son esprit observateur et perspicace.

— Durbec, se disait-il, représente le médiocre encombrant. Il y en a qui restent dans leur coin et ne s'aventurent pas à discourir à tout propos ; celui-ci s'étale. Il est large, il a le teint coloré, des yeux à fleur de tête, les cheveux luisants et bien séparés. Il voudrait paraître élégant, il ne sera jamais qu'endimanché. Il parle, il se croit spirituel, il rit très fort de tout ce qu'il dit, il se plaît. « N'est-ce pas que je suis bien amusant? » semble-t-il vous insinuer en vous regardant. Il jouit de la gaieté d'un lycéen en vacances ou d'un calicot en piquenique. Sa vanité n'exclut pas la familiarité. Il fait des calembours et récite des monologues. Il ne sait rien et il s'appuie sur son énorme ignorance pour juger de tout avec mépris et autorité. Les autres ne semblent agir que pour encourir son blâme ou son éloge. Il est l'arbitre de la politique, des livres qui paraissent, des affaires de bourse, des mariages, des nouvelles pièces de théâtre. Sa conversation vaut un tribunal. C'est aussi le Français éternellement rieur, — race terrible ! Parlez-vous sérieusement? Agitez-vous une question de morale, de philosophie, de littérature, d'art? Durbec arrive, il chantonne un refrain de café-concert, il vous interrompt pour vous raconter une anecdote scandaleuse, pour vous expliquer la dernière opérette ou le dernier vaudeville. Il n'a ni tact, ni délicatesse. Il parle trop abondamment pour observer les lois de la mesure et des proportions. Pour tout cela, cependant, il est estimé. Il est partout chez lui, on l'invite à toutes les soirées, les mères le couvent pour leurs filles, les cocottes se l'arrachent. Il plaît également, — et pour les mêmes raisons, — à la femme du grand agent de change chez qui il est coulissier et à la fille de maison publique auprès de qui il va passer la nuit ; au banquier millionnaire qui l'invite à déjeuner et à son valet de chambre avec qui il se plaît à causer, car il redoute de passer pour fier. Il est l'avénement de la démocratie dans la société, le nivellement de toutes les intelligences devant la même sottise bruyante et grivoise. Il fera un mariage riche, il trompera sa femme et lui mangera son argent avec des danseuses, il parlera à ses enfants de l'honneur et de la dignité, il les élèvera dans le culte de l'or et de la patrie, car il est aussi patriote.

— A quoi penses-tu, d'Hermany ? cria Durbec, en se tournant vers Luc, tu ne dis rien, tu as l'air triste comme un bonnet de nuit, allons, secoue-toi, nous sommes ici pour rigoler !

Il lui allongea une claque amicale sur le genou en éclatant de rire et il demanda un nouveau bock.

— Je pensais à toi, répondit Luc, en souriant avec une ironie dont il pouvait seul apprécier toute la saveur.

— Très flatté, vraiment, fit l'autre en s'inclinant. Et pourrait-on savoir ce que tu pensais de moi ?

— Tu es trop indiscret, je n'en dirai rien. A quoi bon, d'ailleurs ? Si c'était du bien, il est inutile de te le répéter, nul ne pourra en penser autant que toi-même. Si c'était du mal, tu ne me croirais pas, et tu serais capable de m'en garder rancune.

— Alors, garde ton secret.

Et Durbec, se renfermant dans sa dignité et dans son pardessus, se disposa à s'en aller. Mais il n'avait pas fini de parler sans doute, car il se rassit et de la main étendue, il réclama le silence.

— J'allais oublier de vous dire le plus amusant, prononça-t-il. Figurez-vous que l'autre jour je vois arriver Louisa avec une figure à l'envers. — Louisa, vous savez, cette épatante ouvrière que j'ai dénichée ! — Elle me dit qu'elle est enceinte et que je suis le père du crapaud. Je lui ai gueulé : « Ah ! non, tu sais, on ne me la fait pas ! » — Comme si j'avais été le seul à l'avoir ? Je l'ai plaquée. Qu'elle se débrouille avec son gosse ! Je ne vais pas encombrer ma vie pour lui faire plaisir, hein ?

— Mais elle te retrouvera, fit Marcuil, elle viendra te relancer jusque chez toi. Elles sont embêtantes, les femmes dans ce cas !

— Pas de risques, j'ai prévu cela. Je lui ai donné une fausse adresse et d'ailleurs elle ne me connaît que sous un pseudonyme, Durand ou Martin, je ne sais même plus lequel.

— Alors, tu peux dormir du sommeil du juste, fit Luc, railleur et pincé.

Malgré sa connaissance du caractère de Durbec, cet égoïsme et cette lâcheté le mettaient intérieurement en fureur. Il se rappelait cette Louisa, pâle et chétive enfant aux yeux noirs, ouvrière dans un magasin de deuil. Elle avait aimé Durbec dans sa vie misérable et triste dont il fut la seule joie. Il l'avait eue encore vierge, il le savait, elle lui était restée fidèle. Et le jour où la responsabilité d'une charge humaine tombait sur Durbec, il abandonnait tranquillement sa maîtresse et le futur enfant, souhaitant presque que Louisa l'eût trompé pour avoir tous les droits et étouffer ainsi ce qu'une conscience pourtant vermoulue pouvait parfois tenter comme remords.

Mais au fond de cette indignation, Luc sentit tout à coup que lui-même en pareil cas agirait sans doute comme Durbec. — Vais-je donc devenir un austère moraliste comme Apremont ? pensa-t-il. Il se rappela moqueusement les discours de son ami. — Comme il prend les choses au tragique ! Comme il est naïf ! se dit-il encore. Un sourire latent flotta dans son esprit, il n'osa s'épanouir jusqu'à ses lèvres. L'idée fondamentale d'Apremont germait dans la cervelle de Luc, elle y poussait de profondes racines que nourrissait comme un suc l'expérience de chaque nouvelle journée. Pour la centième fois, le jeune homme se demanda si Apremont n'avait pas raison, si la vie simple et bonne qu'il conseillait n'était pas la seule digue d'être vécue.

Maintenant, c'était Pelvoux qui racontait ses dernières aventures. Il posait pour être l'amant des mondaines, il avait fait de l'adultère la grande occupation de sa vie. Une dame très belle, pleine de distinction, mais âgée de trente-cinq ans, s'était éprise de lui avec cette passion que mettent à aimer les femmes que le temps harcèle et qui sentent la vieillesse descendre comme une sombre nuit sans étoiles sur leur beauté.

Cette intrigue flatta la vanité du jeune écrivain. Il en goûta la complication et les mensonges en homme élevé dans *le Rouge et le Noir* et dans *les Liaisons dangereuses*. Il crut en diriger la stratégie alors qu'il n'était qu'un jouet aux mains de l'Amour et du Hasard. Les mois passèrent sans lasser la fièvre d'affection de la dame ; Pelvoux s'en fatigua le premier. Il trouva son amie un peu crampon et eut en sous-mains d'autres maîtresses. Elle l'ignora.

Le psychologue, agacé par une liaison qui menaçait de s'éterniser, l'avertit lui-même par des lettres anonymes. Torturée par la jalousie, la pauvre femme obéit aux conseils des missives secrètes, elle courut surprendre son amant dans une garçonnière, où il se trouvait, en ce moment-là, très occupé à savourer comme un fruit mûr le corps blond d'une jeune comédienne. Pelvoux eut une scène violente avec celle qu'il appelait sa maîtresse en titre ; et, cynique, insolent et brutal, il signifia son congé à cette amante éperdue comme à une domestique. Elle alors s'apitoya, elle pleura, elle supplia Pelvoux de lui pardonner. Il fut impitoyable et ne la revit plus.

— J'ai appris qu'elle est partie pour une grande propriété qu'elle a en Touraine, dit-il, en achevant son récit. Elle se consolera facilement ; aucune femme n'est inconsolable. Peut-être sera-t-elle aidée à cela par quelque jeune clerc de notaire, blond comme Fortunio, ou quelque Lovelace de petite ville. Il est des gens qui se plaisent aux bonnes œuvres.

Il sortit de sa poche un mouchoir mauve, délicatement parfumé et brodé, et s'essuya les lèvres avec un mouvement félin. Les rubis de ses bagues étincelèrent ainsi que des gouttes de sang.

— Celui-ci, avec toute son intelligence, vaut bien l'ignoble Durbec, pensa Luc.

Mais la dureté de Pelvoux l'étonnait moins, car elle était universellement connue. Lui-même s'avouait égoïste et sec, avec un amusant cynisme. L'ambition seule, au fond, remplissait sa vie. Il aimait à se comparer au diamant sur qui rien ne peut mordre. Il se servait des hommes et des femmes comme des degrés d'un escalier ; tout, chez lui, procédait d'un calcul. Il n'avait pas une maîtresse inutile, pas un ami sans profit. Spirituel et méchant, on le craignait. Quand il avait épuisé les ressources d'une connaissance, il la mettait dans un roman. Ses livres étaient des serrures dont il donnait la clef à tout le monde ; ils étaient aussi ses vengeances. Il y disséquait les critiques qui le béchaient, les mondaines qui le dédaignaient, les amis qui se refusaient à le servir, ses amantes quand il les avait quittées. Il détaillait leurs défauts avec une âpreté opiniâtre et fielleuse. Il insistait même sur les habitudes intimes et les imperfections physiques des femmes. Comme il était excellent psychologue et observateur remarquable, il traçait des portraits criants d'exactitude.

Condamin dit à Pelvoux :

— Tu as bien fait d'agir ainsi, mon cher ; jamais nous ne serons assez féroces envers les femmes. Jamais nous ne leur ferons autant de mal qu'elles nous en font.

Un éclair de haine traversa les yeux du jeune homme et durcit sa figure douce et fine. La désillusion amoureuse avait passé sur lui comme une avalanche. Toute sa foi à un idéal de tendresse et de confiance avait croulé comme croulent les sapins quand tombe sur eux la tempête des neiges. Son âme, jeune encore et conservée longtemps vivace et fraîche, s'était flétrie, pareille aux asters à la fin de l'automne. Au-dessus de toute femme, il voyait l'image d'Henriette Gaudens, rose et blonde, dans la parure de son sourire virginal et mensonger.

— Les femmes sont comme les tortues, dit Mareuil, avec un gros rire, il faut les mettre tout de suite sur le dos.

Celui-là représentait exactement ce que peut donner une éducation uniquement sportive. Sa force musculaire s'était admirablement développée, mais aux dépens de son cerveau. Sûr de la puissance de ses biceps, il ne craignait pas de se montrer brutal et emporté. Il se plaisait à se battre avec des souteneurs et à quereller les cochers. Incapable de tout effort intellectuel, il s'enorgueillissait de sa supériorité à tous les exercices physiques, qui était réellement écrasante. L'amour chez lui se réduisait à un rut de taureau. Assis auprès de la table, il oscillait lentement sur sa chaise, haussant, sous une rase chevelure rousse, un front bas, des lèvres lippues, un menton énorme et carré.

A côté de lui, Peartree semblait un échalas. Ce garçon mince et voûté, aux joues glabres, aux cheveux emmêlés et collés sur les tempes, passait sa vie sur la selle d'une bicyclette. Il n'était plus précisément un homme, mais un coureur. Très timide, bégayant un peu, il ne savait plus parler d'autre chose que de records.

— Les femmes, les femmes ! soupira-t-il, comme c'est compliqué ! On vit si tranquillement sans elles. Parlez-moi d'une bonne bécane !

Comme le garçon qui portait des sandwichs le regardait en passant, Peartree rougit et se tut. Il avait avant tout peur du ridicule. Il craignait d'affirmer quoique ce fût, tant il redoutait de paraître grotesque par la liberté hasardeuse d'une opinion. Il se reprocha de s'être laissé aller si légèrement devant le garçon dont le regard lui avait paru plein de raillerie. Il fut gêné, il se promit de ne plus revenir dans cette brasserie pour ne plus avoir à le retrouver.

Mais de grands cris jaillirent de la porte qui s'ouvrait sur la rue glacée. Guéthary, Collonges, Morhange et Launoy arrivaient en agitant leurs chapeaux et leurs cannes. Durbec, prêt à partir, ôta aussitôt son paletot et l'accrocha au portemanteau. Les groupes s'abordèrent avec des éclats de voix qui remplirent la brasserie de tumulte. Les nouveaux venus frappèrent sur les tables pour réclamer des bocks et des sandwichs.

— Et de la moutarde, ajouta Morhange.

Luc, dans la torpeur du lieu, se laissait lâchement aller. Il avait eu d'abord l'intention de fuir les plaisanteries trop connues, les rires trop bruyants, les conversations oiseuses, toute cette trivialité choquante des jeunes hommes que le hasard lui avait donnés pour compagnons et dont il méprisait la goujaterie, la sottise et la vanité. Mais que faire, où passer? Il préférait encore cet absurde et fatigant tapage à l'ennui de son intérieur solitaire. Il se décida à rester et travailla à l'édification unanime d'une architecture de fumée, instable et mouvante, fondue dans l'atmosphère et aussitôt reconstruite, bleue comme les horizons voilés de brumes, au matin, des sous-bois d'automne.

Morhange proposait à Durbec et à Mareuil de faire sortir la jeune Hongroise de la maison où elle était enfermée, de payer ses dettes et de l'installer en ville.' Launoy était de la combinaison. Condamin ricana dans un coin, Pelvoux les considéra avec le dédain d'un homme qui connaît mieux que cela.

Morhange répétait :

— Elle est épatante, vous savez, demandez à Launoy...

Launoy hochait affirmativement la tête, autant du moins que le lui permettaient les cruelles pointes d'un col rigoureusement haut.

— Comment voulez-vous que je paye ses dettes? grognait Mareuil, je ne peux pas arriver à payer les miennes !

— Moi, j'en suis, déclara Durbec, — ça me va !

Alors les visages de Morhange et de Launoy s'épanouirent. Des mains se serrèrent entre les piles de soucoupes. L'espoir de la même joie lubrique mettait de l'aise au milieu des camarades.

— Vous savez, fit Launoy, j'ai pour les courses de dimanche à Auteuil un tuyau. . Prenez *Khiva* gagnant et *Vendange* placé...

— Avez-vous lu le dernier roman de Paul Hervieu? demanda Guéthary en se tournant vers Luc.

## VI

Ah ! Seigneur ! augmentez en moi cette richesse
Dont je suis à la fois le maître et le gardien
Et, de rêves nouveaux, refaites-moi largesse,
O Seigneur, donnez-moi mon rêve quotidien !
GEORGES RODENBACH.

L'hiver s'écoulait. Les sources brumeuses du firmament ne cessaient d'épancher sur la ville des torrents de pluie. Les nuages charriaient perpétuellement un ennui oppressant comme le poids des siècles. Les aurores étaient sans grandeur, les crépuscules versaient une mélancolie âcre et lugubre. Tout se couvrait de la même teinte gris-sale, uniforme, fangeuse et désespérante.

— Je suis exilé, se dit Luc, dans un pays de brouillard et de charbon, où les âmes sont de la boue ou de la fumée.

Il abandonna Phaéton, qu'il ne pouvait terminer, et commença un conte arabe où il voulait jeter toutes les féeries qui manquaient à l'existence. Il y prodigua le soleil et l'azur ; il y édifia de blancs palais au bord de la mer bleue, des terrasses de roses et de jasmins, des caves où l'on enfermait des sacs d'or, d'émeraudes et de perles. Des princesses aux chevelures de lumière s'y promenèrent dans des grottes hantées par les subtils génies de l'air. Des pêcheurs de coraux y plongeaient au fond des forêts d'algues pour obéir à des ordres mystérieux que leur portaient des faucons couverts d'une brillante poudre d'argent. Jamais Luc n'avait été aussi heureux que le premier jour où il écrivait ces folies. Il marchait dans sa chambre en chantant. Il oubliait le gouttelis des larmes contre ses vitres, le ciel écrasant, le roulement monotone des voitures sur la chaussée. La nuit, il croyait errer au bord d'immenses étangs d'où sortaient des sirènes qui lui offraient des tortues blanches et des éponges qui avaient un parfum de rose. Pendant une semaine, il eut des rêves charmants dont il fit aussitôt de la copie. Au début de janvier, il sourit tristement de ces fantaisies orientales et décida de redevenir sérieux. Pour commencer cette ère nouvelle, il se grisa, un soir, avec du kummel en compagnie de Collonges et prit gravement la résolution de se tuer. Apremont, qui ne buvait pas, le rapporta chez lui et le coucha. Au matin, quand il se réveilla, la bouche pâteuse et le cerveau vide, Luc avait oublié ses projets de suicide. Apremont vint les lui rappeler, il sourit alors et reconnut que, malgré son pessimisme, il tenait encore beaucoup à la vie. Vers ce même temps, la neige tomba avec abondance.

La ville se refit une virginité. Tout se couvrit d'une immense blancheur étendue qui triomphait enfin du gris-sale et de l'obsession de la boue. La même toison pâle et légère s'étalait sur les toits des maisons, sur les trottoirs, sur les arbres des jardins et les croupes lointaines des collines. Les eaux, prises par le gel, offrirent, aux regards, des miroirs sans tain, d'un cristal opaque et dur.

Luc aima ce rêve de candeur et de pureté. Il se promena longuement, buvant l'air froid, qui gonflait sa poitrine et répandait dans tous ses membres comme une aise légère, comme un fluide de renouveau, chargé de vigueur et de jeunesse. Il souhaita de vivre aux pays où l'hiver est nu, où la terre a la blancheur éternelle des statues de marbre. Il se fit présenter à un Norvégien pour causer avec lui de sa patrie. Mais il se trouvait que cet homme, exquis d'ailleurs, n'aimait rien autant que le rhum et l'eau-de-vie. Pendant une heure, il discourut sur les spécialités des principaux cabarets de Christiania.

Guéthary entraîna Luc, un après-midi, au Bois de Boulogne, et jusqu'au soir, ils patinèrent délicieusement sur le lac. Le jeune écrivain se plut à cette fuite dans l'espace, à cette illusion d'avoir des ailes, de se perdre sans cesse dans une poursuite infinie. C'était une fusion de l'être et de l'atmosphère, un oubli de soi, une adorable illimitation de la personnalité.

Un crépuscule gris-perle, veiné de sang rose, agonisait derrière le mont Valérien. Le lac étincelait. Les arabesques des patins s'y entrecroisaient en mille dessins inachevés et confus où s'esquissaient des figures et où s'ébauchaient des hiéroglyphes. Les rives couvertes de neige descendaient doucement, pareilles à un grand champ de molles tubéreuses. Des femmes élégantes et souples, ouatées de fourrures, fuyaient sur la glace comme des hirondelles sur la mer. Des jeunes gens sveltes les accompagnaient ou les suivaient. Sous les arbres nus des allées, des promeneurs alternaient des silhouettes isolées avec des groupes animés et bavards. Les chevaux des équipages agitaient bruyamment leurs gourmettes.

En rentrant chez lui, Luc trouva une invitation à dîner chez M^me de Grancey. C'était une petite cousine de sa mère, une femme charmante et originale, encore très belle, bien qu'elle ait doublé, toutes épaules dehors, le cap de la quarantaine. Elle vivait peu à Paris et seulement pendant quelques mois d'hiver, où elle conviait, alors, dans ses salons, une société brillante, élégante et fleurie, mais un peu mêlée. Son mari, Christophe Colomb de

mines d'or, de lignes de chemin de fer à construire, de villes d'eaux à édifier, de forêts à exploiter, de sources de pétrole à percer, était un homme robuste et taciturne que l'on ne voyait presque jamais. Il partageait son temps entre les banques et le sleeping-car, pendant que M^me de Grancey, nomade d'instinct, habitait successivement toutes les villes de l'Europe. Ils ne correspondaient ensemble que par dépêches, et en avaient si bien pris l'habitude que lorsqu'ils se retrouvaient, ils se parlaient en style télégraphique.

Luc alla chez les Grancey. Les invités chatoyaient et bourdonnaient dans le salon. De vieilles tapisseries pendues aux murs évoquaient une chasse au cerf au milieu d'une forêt bleuâtre, à demi fondue dans cette brume que le temps laisse derrière lui. Au plafond, un lustre suspendait ses pendeloques de cristal, qui capturaient la lumière et l'immobilisaient dans leurs tabernacles étincelants, avec la menace d'un orage d'éclairs latents, prêt à se déchaîner sur la foule, au moindre tremblement de la vaste gerbe de pierreries. Les meubles Empire, recouverts d'une soie violette où volaient des essaims d'abeilles d'or, montraient les figures de sphinx inquiétantes et pleines de mystère qui les ornaient et s'agrippaient de leurs griffes de lion à l'étoffe presque végétale du tapis moussu.

Clothilde de Grancey s'avança vers Luc, brune et pâle, montrant de merveilleuses épaules et une gorge éblouissante dans l'échancrure du corsage ouvert comme un calice. Elle sourit joliment en tendant au poète une main petite et scintillante sous ses diamants, puis elle pencha un peu la tête de côté pour lui demander d'une voix câline des nouvelles de sa mère.

— Toujours là-bas avec les moutons et les chiens, votre mère, hein, Luc? Elle doit commencer à parler la langue des paysans... Et à se vêtir comme eux, n'est-ce pas? Dites, Luc, est-ce qu'elle porte un mouchoir bleu noué autour de la tête?

Elle éclata de rire, tant l'idée d'une M^me d'Hermany, errant dans la campagne, la figure entourée d'un mouchoir bleu de paysanne, lui paraissait grotesque.

Un valet de chambre jeta un nom à la porte, et M^me de Grancey se précipita vers de nouveaux arrivants, souriante, la bouche en fleur.

Luc aperçut au coin de la cheminée que surmontaient deux hauts vases de marbre blanc, pleins d'orchidées violettes, son ami, le poète Hector Luminais, au milieu d'un groupe de jeunes filles. Il parlait lentement, sculptant, dans l'air, d'une main diaphane, d'idéales figures qui accompagnaient ses phrases sinueuses et fines. Sa chevelure blonde, épaisse, rejetée en arrière, découvrait un front large et poli ; des prunelles bleues, tendres et tristes, animaient une physionomie hautaine et froide, qui s'encadrait d'une barbe d'or, abondante, longue et pointue. En s'approchant, Luc vit devant lui Peartree qui souriait. Il lui serra la main.

— Je crois, dit le bicycliste, en rougissant, que vous ne connaissez pas mes sœurs. Elles sont très désireuses de vous voir. Voulez-vous ? Je vais vous présenter.

Trois des jeunes filles qui entouraient Luminais se retournèrent à l'appel de Peartree et vinrent vers lui.

— M. Luc d'Hermany... Mes trois sœurs, Blanche, Rose et Violette...

Elles ne se ressemblaient point. Blanche était brune, avec d'épais cheveux noirs enroulés et tordus en casque, de profonds yeux de nuit, et une bouche charnue, large, attirante, du pourpre brillant de la fleur du grenadier. Rose inclinait sous des bandeaux roux une longue figure malicieuse, aux yeux verdâtres et toujours rieurs, à la bouche mince et moqueuse. Violette, un peu plus jeune que ses sœurs, toute rose et blonde, souriait, gracieuse, avec une expression rêveuse et douce, presque naïve par le regard, d'une naïveté que démentait l'acuité d'un sourire ironique.

— Vraiment, fit Violette, je désirais beaucoup, monsieur, faire votre connaissance. Vous avez un très beau talent, j'ai lu de vous des vers qui m'ont charmée, et l'on dit que vous êtes un causeur exquis.

— Ces éloges me confondent, Mademoiselle, je n'oserai point vous parler désormais, tant je craindrai d'être au-dessous de ma renommée et de vous causer une déception.

— C'est amusant, les jeunes filles me font toujours des compliments, avant que je pense même à leur en débiter, pensait Luc, tandis que Violette le priait de ne pas craindre de la décevoir. Elle avait, disait-elle, l'esprit facile et propre à l'optimisme. Les gens et les choses lui plaisaient aisément, et elle ne comprenait point les critiques.

La conversation, ainsi engagée, devint vite gaie et intime. Luc avait d'abord tâtonné, jetant des phrases habiles, destinées à le renseigner sur les points communs qu'il pourrait avoir avec Violette, — ou tout au moins, à lui parler de choses qui l'intéresseraient. C'était là tout le secret de cette réputation de causeur charmant qu'on lui avait faite.

Quelqu'un qui ne l'eût pas connu l'eût facilement accusé d'hypocrisie. Il était d'une amabilité extrême et d'une politesse raffinée avec des gens dont il se moquait et dont il disait le plus de mal possible. C'était une bizarrerie de sa nature ; le souci de plaire était chez lui poussé à son plus haut degré. Quand il se trouvait en société, il lui fallait déployer toutes ses séductions pour se faire trouver sympathique. C'était un simple instinct de sa part. D'ailleurs, à part Durbec et quelques autres, personne ne l'ennuyait. Il voyait avec plaisir même ceux dont il médisait le plus ; et d'ailleurs, il n'en pensait du mal que lorsqu'il les avait quittés et que la réflexion commençait à lui découvrir leurs défauts, leur insignifiance ou leurs ridicules.

Le soin qu'il mit à chercher dans la conversation de Violette le secret de se faire valoir en lui parlant de ce qu'elle aimait fut déjoué par le babil de cette jeune fille. Elle causait de tout, de la même façon et sans paraître avoir de préférence. Elle sautait d'un sujet à l'autre comme un oiseau de branche en branche. Son sourire égayait chaque phrase comme une rose éclaire un sombre fourré. Elle était coquette d'ailleurs et ne s'en cachait pas. Elle appartenait à la catégorie de ces femmes qui veulent se faire aimer de tous ceux à qui elles parlent. Cette identique tendance de caractère, chez l'un, instinctive et naturellement simple, chez l'autre, étudiée et raffinée, amena Luc et Violette à déployer toutes leurs grâces, l'un vers l'autre.

Ils furent côte à côte au dîner, et le brouhaha des conversations leur permit de s'isoler, au milieu de la foule. Autour de l'immense table brillante, où les cristaux et les argenteries scintillaient sous la cascade des feux du lustre, où les fruits s'élevaient en pyramide et les roses en bosquet, Mme de Grancey avait réuni des jeunes femmes adorables et frivoles, au sourire fatigué, deux ou trois financiers amis de son mari, un député à la figure brutale et barbue, quelques clubmen élégants et froids, un explorateur célèbre par un voyage dangereux dans le Thibet et dont le visage était énergique et bistré, un prince russe et quelques familles anglaises.

— L'étrange ménagerie ! regardez-donc, disait Violette, Mme de Grancey aime ce mélange de nations, elle se plaît dans cette société singulière.

Au sourire qui glissa sous la moustache de Luc, elle ajouta :

— Vous pensez que cela est bizarre dans ma bouche ? Mais nous sommes Anglais, je ne m'en cache pas, bien que ma mère soit française. Nous contribuons, dans la mesure de notre pouvoir, par le croisement des races, à l'avènement de la paix universelle.

Changeant brusquement d'idée, ou plutôt suivant le cours mystérieux de sa pensée (elle allait comme ces fleuves qui plongent en un coin de la terre, suivent un destin obscur, mais logique, et ressortent là où personne ne les attendait), elle fit :

— Ne croyez-vous pas que tout le monde est un peu fou, tout le monde? Regardez ici, pensez-vous qu'il y ait quelqu'un de raisonnable?

— Vous, sans doute, Mademoiselle?

— Moi, oh ! non, je ne me fais pas d'illusion, je suis un peu déséquilibrée... Et vous, ne l'êtes-vous pas? Un poète est sûrement plus fou que la moitié des gens... Et mon frère qui passe sa vie à courir sur une bicyclette, et M<sup>me</sup> de Grancey qui ne peut tenir un mois en place? Non, voyez-vous, nous sommes une société de détraqués.

— Si je comprends bien votre pensée, dit Luc, vous trouvez qu'on est fou, dès qu'il n'y a plus équilibre, égalité de rapports entre les diverses fonctions du cerveau?

— Oui, c'est bien cela. Alors vous êtes de mon avis?

— Absolument.

— Vous êtes le premier, s'écria Violette en riant. Cela prouve que nous sommes tous les deux infiniment plus sincères que les autres.

— Ou plus conscients, peut-être, fit Luc.

Les plats se succédaient sur la table dans une hiérarchie savante. L'odeur des truffes et le fumet des venaisons s'évaporaient dans les spirales de la fumée. La croûte épaisse d'une croustade s'ouvrit sur des grives noyées dans une sauce épaisse et noire. Des buissons de rouges écrevisses escortaient un poisson aux reflets d'argent. Des roses, brisées par la chaleur, laissèrent tomber mollement sur la nappe des pétales d'une chair sensitive et presque humaine. Les orchidées bâillaient.

Un banquier israélite au profil de vautour se penchait à tout moment vers le décolletage de M<sup>me</sup> de Grancey avec la mine d'un chien qui flaire une proie. Hector Luminais s'empressait auprès de Rose Peartree qui paraissait s'occuper beaucoup moins de lui que d'un dandy compassé qu'elle avait à sa gauche. Pour ce jeune homme hautain, elle avait ses plus gracieux sourires, ses regards pervers et tendres, ses gestes les plus harmonieux, des phrases évidemment aimables, car il s'inclinait avec une grâce un peu glacée, comme quelqu'un que l'on complimente. Le poète était évidemment désespéré de cette attitude. Peartree mangeait et buvait silencieusement, sans s'occuper de ses voisines, et le prince russe, un peu gris déjà, débitait sans doute de folles choses à Blanche Peartree, car elle ne cessait point de rire, d'un grand rire argentin qui ne finissait plus.

Au dessert, on apporta comme un présent des Dieux une glace superbe et multicolore. Les vins écumèrent et pétillèrent dans les grands verres et dans les coupes. L'aise du repas devenait plus cordiale, échauffée par les mets exquis et par la boisson.

En retournant au salon, Luc n'abandonna pas Violette. Ils allèrent s'asseoir dans un coin obscur, auprès d'un paravent de satin blanc, brodé d'oiseaux d'or et de fleurs de soie.

— Cela devient un flirt, pensait Luc.

Il s'abandonna au plaisir d'être avec la jeune fille. Il caressait de l'œil ses joues veloutées qu'il imaginait délicieuses aux lèvres qui les baiseraient, l'écume des cheveux blonds, vaporeux et frisés, qui surmontaient son front, ses tempes si délicates que le réseau bleu des veines y transparaissait. Il se plaisait au jeu des yeux clairs, ingénus, mouvants, où passaient mille pensées, mille désirs, mille regrets, toute une symphonie d'éclairs. Il admirait la forme des lèvres, petites, et dont le froncement devait souvent s'accentuer en une moue boudeuse, le long cou mince comme une tige d'iris, la gorge naissante et déjà ronde, sous le jour rose de la mousseline. Un plaisir sensuel le baignait ; des idées voluptueuses et gaies avaient pris son cerveau pour théâtre, elles s'y livraient à une fête charmante et d'autant plus intense qu'elle demeurait mystérieuse. Et cette Violette apparaissait déjà à Luc, dans ce cadre mondain, irréel, charmant et fleuri, comme celle dont on rêve ensuite, les longs soirs de solitude, — dont on rêve en pensant à des gondoles, à des barques errantes sur de napolitaines eaux incendiées, à des forêts d'automne, cramoisies et pleurantes, à des mandolines, à des romances, dans cette égalité romantique des rêveries qui fait tout le fond de l'amour sentimental. Et cela pour Luc devenait une langueur, un songe déjà, quelque chose de fuyant et d'insaisissable, qui traînait dans son imagination des chevelures, des caresses et des pâmoisons.

Les heures passèrent dans cet enchantement. Luc s'étonna de se trouver au seuil du salon, serrant la main de Violette, qui lui disait :

— J'espère, cher Monsieur, que maintenant vous nous ferez le plaisir de venir nous voir...

Elle ajouta, plus rieuse :

— Nous avons tout à fait rompu la glace, n'est-ce pas...

Il se pencha un peu pour répondre :

— Et je crois même avoir déjà allumé un beau feu dessus...

Elle s'en alla en riant, fée de l'hiver, perdue dans un fouillis de fourrures neigeuses, comme une mouette dans les glaces.

Luc revint à pied chez lui. La neige fondue faisait une boue sinistre le long des trottoirs humides. Mais il se sentait trop agité pour rester en voiture. La soirée lui laissait un souvenir fiévreux. Il ne se dissimulait pas que tout le charme en revenait à Violette Peartree. Depuis longtemps, il ne s'était pas senti aussi lucide, aussi prêt à rire, à parler, à trouver très bien tout ce qu'il voyait. Le sentiment d'un plaisir vif demeurait en lui. Il regardait les étoiles en marchant.

En arrivant dans sa chambre, il se jeta dans un fauteuil sans enlever son pardessus. Il restait immobile, les mains gantées, serrées sur sa canne. Il s'analysa nettement et écrivit quelques notes psychologiques sur un carnet. « Ai-je des tendances à l'aimer? » se demanda-t-il. Il griffonna rapidement quatre pages pour établir finalement une conclusion négative. Il en fut rassuré, et tout de suite éprouva une légère déception.

— C'est dommage, pensa-t-il.

Il jeta sur un canapé son chapeau qu'il n'avait pas encore ôté, se regarda dans la glace et ajouta :

— Bah ! la femme que j'aimerai n'est pas encore née !

En se déshabillant, il se prouva par une démonstration d'une logique géométrique qu'il ne pouvait faire qu'un mariage d'argent.

Mais il s'endormit en pensant à Violette.

VII

> Mon imagination est le tapissier que j'envoie meubler mon appartement quand je vois que j'y serai bien logé ; sinon je ne lui donne aucun ordre ; et voilà les frais d'un mémoire épargnés.
>
> CHAMFORT.

La semaine suivante, un soir où il ne savait que devenir, Luc alla chez les Peartree. Ils habitaient une vaste maison neuve, élégante et blanche, dont le seuil s'encadrait de femmes de marbre à la gorge offerte.

— Serait-ce un symbole? se demandait Luc en franchissant la porte.

On l'introduisit dans un immense salon, luxueux et encombré de bibelots, où quelques jeunes femmes causaient en hâte et tumultueusement, allongées sur les divans. Violette se leva et vint vers Luc, la main tendue. Elle lui sourit avec grâce et le présenta à ses amies.

— Je suis seule, aujourd'hui. Mes sœurs sont en visite.

Luc s'assit. Les papotages reprirent. C'était une conversation mondaine, soit cent potins débités avec un gentil sourire, des scandales soufflés du bout des lèvres, des aperçus sur la température, la mode et le théâtre. Dans la conversation, Luc remarqua une jeune fille qui semblait plus spirituelle et plus mordante que les autres. Elle avait des yeux bleus d'une fraîcheur de source où se mirent des myosotis, ses cheveux blonds répandaient la lumière sur un visage rose arrogant et gamin. C'était Henriette Gaudens, l'ancienne amie de Condamin. En la considérant, Luc se rendit mieux compte de la raison de ses actes. On ne peut bien comprendre un être qu'en le voyant ; chaque homme porte sur sa physionomie l'explication de sa vie. Luc avait pu s'indigner des mensonges d'Henriette. Maintenant qu'il la connaissait, il ne s'étonnait plus de sa conduite.

Vers le soir, Hector Luminais vint passer une demi-heure dans le salon.

Comme Rose n'était pas encore rentrée, il ne s'attarda pas. Luc revint avec lui et en route l'interrogea sur les Peartree.

— De drôles de gens, fit Hector, en s'arrêtant pour allumer une cigarette, de bien drôles de gens. Le grand-père habitait l'Inde, il y exerçait la profession peu recommandable d'usurier, — Guéthary prétend même qu'il était prêteur sur Gange, — il vint à Londres quand il fut riche et épousa dans son âge mûr et même un peu blet une courtisane sur le retour. De ce mariage est né le père de nos amies ; celui-ci a fondé à Paris la succursale de la maison que le père installa à Londres. Il a épousé ici une institutrice qui est morte en donnant le jour à Violette. Et voilà ! Les Peartree ont été, très jeunes, livrées à elle-mêmes, leur père ne s'est jamais occupé d'elles et elles sont libres comme des biches dans une forêt demi-vierge.

Cette double hérédité constitue les jeunes filles que nous venons de quitter. Elles sont sensuelles comme leur aïeule et intéressées comme leur aïeul ; de leur mère, qui fut intelligente et lettrée, elles tiennent quelque finesse, du feu et de l'esprit dans la conversation, juste assez pour donner l'illusion de la brillante instruction qui leur manque. Elles pourront vous plaire par la liberté de leur langage, — elles ne s'y gênent de rien, — et par leur air d'échapper aux préjugés. Cette attitude est mensongère. Elles ne paraissent se moquer des convenances et des règles établies que pour y sacrifier plus fervemment en secret. Elles sont aussi, comme vous le verrez, coquettes, frivoles et habiles à amorcer les jeunes gens. Elles semblent leur promettre beaucoup pour ne leur accorder que les plus minces faveurs. Elles les tiennent ainsi dans l'espoir de se faire enfin épouser ; d'ailleurs, elles aiment l'intrigue et se complaisent dans les roueries, les mensonges et les faux-fuyants de la galanterie mondaine.

— Mais leur situation sociale, la fortune de leur père leur permettront de se marier facilement, hasarda Luc.

— N'en croyez rien, s'écria impétueusement Luminais. Tout ce que gagne M. Peartree se mange à l'étalage, il n'y a rien au fond du magasin, mais il faut attirer les chalands. D'un jour à l'autre, la banque peut sauter. Que restera-t-il alors de cette situation mondaine péniblement acquise et difficilement conservée? Voici pourquoi M$^{lles}$ Peartree n'aimeront jamais personne et ne chercheront qu'à pêcher un mari riche, n'importe où, en eau tragique ou en eau trouble.

— Mais, dit Luc, sont-elles toutes les trois pareilles?

— Elles se ressemblent assez pour le paraître. Leurs différences personnelles ne diversifient qu'en apparence des caractères à peu près identiques. Je vous dirai cependant que Blanche a plus de sérieux dans l'esprit, qu'elle cherchera peut-être moins d'argent que ses sœurs à condition d'obtenir une situation plus solide que brillamment et passagèrement mondaine. Elle lit les romans modernes avec quelque sens et goûte non sans intelligence la musique de Wagner. Rose a surtout du goût pour les plaisanteries de caserne et les refrains de beuglant ; les seules réflexions pratiques l'empêchent de jouer la première représentation, comme elle dit elle-même, elle s'en tient à répéter la pièce à huis-clos, avec Henriette Gaudens ; elle est gourmande, vaniteuse et mauvaise langue. Pour Violette, elle me paraît plus artiste et plus nerveuse que ses sœurs. Je m'étonne qu'elle n'ait point Protée parmi ses ancêtres ; vous la verrez successivement gaie jusqu'à la drôlerie, triste jusqu'à la misanthropie, aimable et glacée, étourdissante de babillages et taciturne, maniérée à force de politesse et brusque jusqu'à sembler grossière, indulgente et rosse, franche et menteuse. Elle semble se plaire dans votre société, elle est charmante avec vous, et soudain, elle vous tourne le dos, vous considère avec ennui, ne vous adresse plus la parole. Vous croyez l'avoir fâchée, vous vous inquiétez, auriez-vous à votre insu fait quelque gaffe? Nullement. Le vent a tourné et l'humeur de Violette a changé. Elle s'ignore et tout le monde avec elle. Qu'y a-t-il sous ce torrent d'étoffes à reflets divers? Je vous l'ai dit, de la sensualité et de l'ambition. Pour le reste, c'est un miroir où passent des reflets, une flamme dont chaque brise modifie l'aspect et le sens.

— Vous êtes un exquis psychologue, Luminais, mais vous m'enlevez toute illusion. Je n'aurai plus de plaisir maintenant à me trouver avec les Peartree, je les connaîtrai trop.

— Non, dit Hector, en souriant, vous les verrez encore volontiers, car elles ont du charme. Pour le service que je vous rends en vous démontant les rouages de leur horlogerie, vous m'en remercierez plus tard, quand vous les aurez fréquentées plus assidûment. Adieu.

Hector Luminais avait raison, Luc se plut dans cette société. Il y retourna fréquemment, et jusqu'à trois fois par semaine. Son goût d'une société féminine s'y satisfaisait. Il était agréable, les soirs de brouillard et de spleen, de trouver une maison facile, où l'on puisse s'étendre sur les divans pleins de coussins, en écoutant de la musique ou en appuyant sa tête sur les genoux d'une jeune fille ; c'était là une tenue très habituelle aux visiteurs des Peartree. Puis on se battait, on se jetait les coussins à la tête, on se renversait sur les étoffes. Rose et Henriette Gaudens aimaient passionnément sentir une force mâle s'imposer à elles ; elles goûtaient le plaisir d'avoir leur chair palpée et frôlée à travers les robes. Leur perversité mêlait d'étranges échos à ces jeux.

La vague tendresse que Luc avait eue pour Violette, le premier soir, ne dura pas. Il comprit vite combien cette jeune fille était loin de lui et il évita le luxe d'une passion. Il rentra dans le magasin des accessoires inutiles des rêves, des souhaits amoureux et la comédie sentimentale. Il fut simplement et franchement camarade. Elle se montrait d'ailleurs telle que l'avait dépeinte Luminais. Certains soirs, quand Luc arrivait, elle s'élançait vers lui, le faisait asseoir près d'elle sur le divan, lui prenait les mains et lui parlait avec animation. Il regrettait alors de ne pouvoir l'aimer, mais le lendemain, elle ne s'occupait pas de lui, le saluait d'un air sec et coupant et causait avec ses amies. Luc finit par s'habituer à ces manières et à l'en plaisanter gaiement. Avec lui, Blanche demeurait correcte et réservée, un peu froide, affectant de converser uniquement de littérature et de musique. Rose, très excitée, au contraire, portait immanquablement la causerie sur un terrain scabreux et s'y livrait aux allusions les moins gazées. Luc se montrait avec elle brutal et même grossier, selon les conseils de Luminais, qui, lui, n'avait jamais pu se décider à l'être. C'était l'attitude qui plaisait le plus à Rose.

— Vous venez encore de voir des filles, je parie, disait-elle à Luc, quand il arrivait.

— Eh ! non, répondait-il, puisque je devais venir vous voir.

Elle éclatait de rire et l'entraînait dans un coin du salon. De là, Luc assistait aux plus étranges manèges. Luminais, Guéthary, Durbec, Morhange venaient à tout moment chez les Peartree, et d'autres que Luc ne connaissait pas. C'était un échange continuel de flirts, de plaisanteries équivoques et de brouilles. Morhange tournait autour de Violette, qui, très diplomate cette fois-ci, lui tenait la dragée haute et le considérait avec une indifférence affectée. Henriette Gaudens cherchait à prendre Hector à Rose qui en faisait peu de cas. Durbec pinçait l'une, embrassait l'autre, criait, faisait des calembours, emplissait tout le salon de sa faconde et de ses rires. Il faillit y avoir mariage entre Blanche et un jeune homme sévère et naïf, introduit là par Guéthary et qui n'avait jamais fréquenté que des familles bien pensantes. Le mariage fut rompu à cause de la manie qu'avait Rose d'aller s'asseoir sur les genoux du jeune homme dès qu'il arrivait. Il y eut une scène sanglante entre les deux sœurs, elles se giflèrent, s'arrachèrent les cheveux et se menacèrent de couteaux. C'était un soir, à l'heure de se coucher ; à demi nues, elles couraient à travers la maison, se jetant les porcelaines à la tête ; Rose, à la fin, s'embarrassa dans son jupon et tomba, les seins à l'air, la chevelure dénouée. Blanche sauta sur elle. Peartree, qui rentrait, les sépara et frappa à coups de poing sur l'une et sur l'autre pour les calmer. Le lendemain, Violette raconta la scène à Luc.

— C'est amusant, répétait-elle, n'est-ce pas que c'est très amusant ?

Une semaine après, Luc vint un soir chez les Peartree avec Luminais. On les connaissait assez pour les laisser pénétrer dans le salon sans les introduire. La porte en était ouverte à demi ; ils entrèrent silencieusement.

La pièce était vide. Mais on entendait des bruits de voix et des rires dans un petit boudoir qui communiquait avec le salon par une porte à demi voilée d'une draperie légère et algérienne.

Luc et Hector allèrent vers ce boudoir. La mousse épaisse des tapis étouffait le bruit des pas. Ils se taisaient.

Luminais souleva la portière et recula, sans un cri, mais pâle comme un dieu de marbre. Luc avança la tête. Rose Peartree, renversée sur un fauteuil, le corsage dégrafé, riait tout haut, tandis que Durbec baisait furieusement ses lèvres, en fourrageant d'une main dans son corset.

Rose ne se troubla pas. Elle se leva et vint saluer les visiteurs. Durbec la suivait, assez penaud. Elle se reboutonna et tendit la main à Luminais. Sans dire un mot, il mit la sienne dans sa poche.

— Eh ! ben, fit-elle, en voilà des façons ! Tu vas pas faire cette gueule toute la soirée, hein ? Comme si j'avais couché avec Durbec ! J'ai pas couché, je t'assure !

Luminais devint rouge et silencieusement il tourna la tête. Il prit le bras de Luc ahuri et l'emmena. Quand il fut dans la rue, sa douleur et sa rage éclatèrent. Il faisait presque nuit, le quartier était désert. Hector s'écria :

— Ah ! la gueuse, la gueuse ! Et dire que je l'aime, que c'est plus fort que moi, que je n'en guérirai jamais ! Vous l'avez vue, ce soir, là, sous les baisers de cette crapule de Durbec, le plus bête et le plus ignoble des individus. Demain, elle fera la cour à Guéthary comme si rien n'était, après-demain, à moi, c'est une fille !

— A vous, murmura Luc, étonné, vous y retournerez !

— Et comment voulez-vous donc que je fasse, je ne peux pas vivre sans elle, elle est aussi nécessaire à ma vie que l'air ou le pain. Il y a quatre ans que cela dure. Je lui ai dit que je l'aimais. Elle m'a dit : « Tant mieux, j'aime beaucoup qu'on m'aime. Méritez-moi, mon cher. » Et depuis ce temps, je suis là. Quand elle m'a fait quelque tour dans le genre de celui de ce soir, car ce n'est pas le premier, elle vient vers moi le lendemain, elle est charmante, et j'oublie tout. Elle ne m'aime pas, elle n'aimera jamais personne. Mais elle veut faire un joli mariage. J'ai dix mille livres de rentes. C'est bien peu pour elle, mais elle me garde. Elle tâchera d'attraper un type de cent mille francs, de cinquante mille, de vingt mille, n'importe qui, quelqu'un qui ait plus que moi, enfin. Si elle ne trouve pas, elle m'épousera. Je suis sa planche de salut.

— Vous savez tout cela, Luminais, et vous restez !

— Je vous l'ai dit, je n'ai plus de volonté. Je ne vis que par elle.

— Mais si elle se marie avec un autre ? Comment ferez-vous ?

— Oh ! elle le trompera avec moi.

— Et si elle vous épouse, vous ?

— Elle me trompera avec un autre. Que voulez-vous ? Elle est ainsi. Je ne peux rien y faire. Mais je l'aime. Je l'aime avec mon cœur.

avec ma tête, avec ma chair, avec tout mon être, comme un fou. Je souffrirai le martyre, je le sais, mais de toute manière, je l'aurai. Je ne suis pas un amoureux, je suis un possédé. Je finirai par le suicide, quelque jour.

— Mon pauvre Hector !

— Ah ! plaignez-moi, mon cher ! Si vous saviez ce que j'ai passé, depuis quatre ans. J'ai hurlé, j'ai sangloté de jalousie, je me suis traîné à ses pieds, elle m'a renvoyé à l'Ambigu ; je lui ai dit que je la tuerais, elle m'a offert un canif. Et je reste là, je la vois allumer les uns, les autres. Et quand quelqu'un a l'air d'en être amoureux, je sors avec lui, je lui raconte ce que sais et j'invente ce que je ne sais pas, je le décourage d'aimer Rose.

— Alors tout ce que vous m'avez dit, le mois dernier?

— C'était pour cela, mon cher, pas pour autre chose, je vous ai dit que c'était dans votre intérêt : c'était dans le mien. Oui, j'en suis là, à cette lâcheté. Et ce n'est pas fini, j'en ferai encore d'autres. J'ai gâché ma vie, mon cher. Méfiez-vous des femmes et de l'amour ! Si vous y laissez prendre votre petit doigt, le bras y passera, et si le bras y passe, vous serez comme moi, vous serez perdu... Ah ! cette gueuse !

Et Luminais, à bout de forces, se laissa tomber sur une borne. Il ne put refréner sa douleur. Il éclata en sanglots. Il pleura longuement, désespérément, la tête cachée dans ses mains. Luc, debout sous la nuit, le regardait avec étonnement ; il considérait cette passion comme la chose la plus incroyable du monde ; cela dépassait son imagination. Et tout bas, il enviait Luminais de pouvoir vivre avec cette ferveur, et d'apporter dans son existence une âme aussi fougueuse, aussi ardente et aussi désordonnée.

# LIVRE II

# LE SONGE

I

Jam ver egelidos refert tepores<br>CATULLE.

Le Printemps revenait. Une brise plus tiède soufflait dans les rues. Les bourgeons se gonflaient aux branches des arbres. Le soir, des parfums de fleurs flottaient, caressants et doux, évocateurs de jardins cachés et de campagnes humides. Les femmes arboraient de claires toilettes chatoyantes avec l'illusion de faire naître le divin Été de leurs plis.

Luc se sentit plus triste à ce retour du renouveau. Son cœur était lourd comme un fruit mûr pendu à un rameau fragile, ses pensées persistaient à habiter un temple d'automne, solitaire et nu, sous l'or et sous les feuilles brûlées. Quand il avait longuement marché dans la ville joyeuse et qu'il rentrait dans sa chambre, tombe aux murailles de mots, une amère mélancolie le tenaillait.

C'était alors un long soir lumineux qui ne voulait plus finir. Très tard, le ciel restait bleu, avec seulement des flocons de neige rose qui s'y promenaient, comme une écume envolée des pêchers en fleurs. L'heure mettait un doigt sur ses lèvres. Les arbres de Judée versaient leur chevelure violette sur la nymphe du jardin. Les herbes rajeunies brillaient. A travers la fenêtre ouverte, on entendait monter le chant des eaux, argentin et limpide. Dans les rues, des enfants sortis des écoles jouaient aux billes sur les trottoirs.

Luc s'ennuyait.

Une immense caresse d'amour s'évanouissait dans le crépuscule d'agate. Le même rêve de tendresse troublait les vierges aux yeux purs qui rêvaient à leurs croisées et les oiseaux qui chantaient sur les fourrés aux calices de givre. La brise roulait avec des baisers dans la jeune chair des frondaisons. Les étoiles, à la nuit naissante, accompagnaient les premiers amants qui s'en allaient, la main dans la main, à travers l'ombre bleue. Et tout souffrait du même besoin de défaillance, de la même mélancolie infinie et pâmée.

Luc, prenant alors un livre, s'efforçait vainement d'oublier sa vie. Mais les phrases lui semblaient vides de sens, pareilles à des sarcophages.

Les êtres évoqués dans les romans n'existaient pas. Rien ne galvanisait leurs cadavres vaporeux. La moindre odeur de rose agonisante ou de lilas exténué à force d'exhaler son parfum était plus ardent et plus poignante que les cris de passion des héros et le souffle lyrique que jetaient les alexandrins des poèmes.

Et la lampe qui s'élevait sur la table de Luc, jaune sous les stalactites vertes de l'abatjour, brûlait, isolée et sinistre, ainsi qu'un cierge blême au bord d'un lit mortuaire.

— L'Amour, l'Amour !

Tout redisait ce mot mystérieux et charmant, tout le chuchotait avec fièvre, dans les fleuves poudroyants du soleil comme aux golfes de l'ombre. Il était la présence divine, impérieuse et tendre que chaque chose atteste. On le sentait partout, à un certain désir ému, à une certaine langueur énervée, comme l'on sent à l'humidité de l'air le voisinage d'un étang que l'on ne voit pas encore. Et les femmes qui marchaient dans la ville en fête semblaient le chercher partout, sans se lasser, avec une âme avide et violente et un corps brûlant comme les sables du désert.

Et Luc pensait à l'amour, comme à un refuge, à une halte douce et tendre, au milieu du chemin de la vie, — comme à la source dans le Sahara, à la grotte fraîche, sous les cascades de lierre, des torrides jours de l'été. — Une épaule tiède pour y poser son front, une joue fraîche contre sa joue, une taille pliante et souple dans ses bras, des lèvres accueillantes et chaudes, des lèvres qui ne se fatigueraient pas des caresses, des lèvres qui apporteraient leur parfum de muguet ou d'iris, leur pulpe savoureuse et humide de beau fruit, c'était tout cela l'amour, — et aussi l'impression que les mauvais jours d'ennui et de solitude sont finis, qu'une âme maintenant va vous comprendre, que vous pouvez tout dire sans crainte d'un sourire moqueur, que la vie entière devient lumière et harmonie, puisque de deux êtres il n'en demeure plus qu'un.

Quand Luc cessait de souffrir de l'absence d'une bien-aimée, des songes légers, aux robes de fées, palpitaient doucement sur son esprit. Il commençait de longs et délicieux romans ; les femmes et les jeunes filles qu'il avait rencontrées dans ses promenades de la journée revenaient vers lui ; il les emmenait en barque, sur des rivières qui naissaient d'un remous de joncs, sous des saules, et aboutissaient tout de suite dans l'Infini. Et il y avait aussi des scènes sentimentales, fort bien jouées, dans des salons encombrés de marbres, de coussins et de cithares où de blondes amies rêvaient, parmi les étoffes et les fleurs, sous un ciel d'Afrique éclos là, dans l'angle d'un rideau violet et d'un piano, par l'épanouissement de quelques palmes scintillantes et dures.

Certes, s'il se fût, à ces moments, décidé à prendre une plume et de vierges papiers, Luc eût écrit d'adorables choses, — des poèmes dignes de la gloire et des romans puissants à défier les siècles ! Mais tout cela se fondait, s'évadait dans l'air frais qui entrait par la fenêtre, — s'évanouissait avec les arabesques de fumée où se perpétuait par une allusion précieuse la teinte de l'azur mort du ciel lointain !

— Et Violette?

Un murmure de sa mémoire lui rappelait M^lle Peartree. Il revoyait son visage ingénu et ses claires prunelles. Pourtant, elle n'était point de ses visiteuses habituelles. Il la sentait trop loin de lui, de corps et d'âme. Il n'y avait point de pont entre leurs esprits, terres étrangères l'une à l'autre et que séparait un torrent. Il analysait froidement, à distance, tout ce que, près d'elle, il avait éprouvé : il ne l'avait jamais aimée. Ses désirs, par la vue de la jeune fille, souvent réveillés, étaient demeurés sensuels. Il ne voyait pas en elle la compagne élue, celle avec qui l'on marche, toute une année ou toute une vie, la consolatrice et l'amie, l'amante et la sœur. Était-elle autre chose, cette Violette fausse, frivole et coquette, qu'un bijou fragile; un objet de luxe et de parade, — autre chose que l'idée même de ce symbolique serpent aux yeux de rubis qui serrait son poignet, comme un signe prophétique du seuil à ceux qui tenteraient de soulever le voile?

Ému de la venue du Printemps, Luc souhaita de passer quelques semaines en pleine campagne ; les coins de jardins aperçus par les fenêtres ou dans l'angle des rues, les squares palpitants lui donnaient la nostalgie des vastes espaces lumineux, des plaines et des collines de Provence, des foules d'arbres rangées au bord des routes comme des veilleurs anxieux pour annoncer aux femmes assises sur les terrasses brûlantes l'arrivée de la brise et la montrer d'un geste souple en agitant la belle nudité de leurs feuilles.

M^me d'Hermany, à la même époque, écrivit à son fils pour le prier de venir passer le mois suivant au Mas des Mourgues. Elle vantait une

terre veloutée d'herbes plus douce à frapper du pied que l'asphalte, l'or d'un soleil également répandu pour tous, que n'accaparent pas les toitures et que ne divisent point les rues, un soleil dont nul ne plagiait l'éclat pour l'arborer aux enseignes des magasins.

Luc se décida brusquement à partir. Il déposa sa carte chez les Peartree, c'est-à-dire une rose qu'il fit mettre sur la table la plus en vue du salon, car, chez eux, ne les trouvant pas, il ne laissait jamais d'autre signe de sa venue

Il eut peu d'amis à revoir. Guéthary était à Munich, Collonges, en Italie, Launoy, en province. Morhange l'entretint d'une chanteuse de café-concert pour qui il meublait un petit étage ; elle était si belle qu'il ne trouvait, disait-il, aucune expression pour la dépeindre ; il parut à Luc plus stupide encore que de coutume, et sa conversation l'écœura.

— Tu as raison de partir, fit Apremont, en serrant la main de son ami, va te mettre au vert, tu en as bien besoin. Surtout, n'emporte pas tes livres et oublie tout ce qui se fait ici, tes amis, ta vie et ce qui l'entoure.

— Oh ! je reviendrai bientôt...

— Tu auras tort, mon cher, reste là-bas jusqu'à l'automne, refais-toi du sang et des muscles et fiche la paix à ton cerveau !

Luc partit par un train de nuit et s'endormit au grondement des roues, tandis que les wagons roulaient dans la silencieuse immensité des campagnes noires.

II

> Une fois, à Délos, devant l'autel d'Apollon, je vis une jeune tige de palmier. J'étais là, en effet, et un peuple nombreux m'accompagnait dans ce voyage qui devait me porter malheur. Et, en voyant ce palmier, je restai longtemps stupéfait dans l'âme qu'un arbre aussi beau fût sorti de terre. Ainsi, je t'admire, ô femme.
>
> HOMÈRE.

En sortant de la petite gare de province qui était la plus rapprochée du Mas des Mourgues, Luc trouva le fils du fermier qui l'attendait avec la jardinière. Le cheval s'impatientait de rester immobile. Dès que Luc fut monté dans la voiture, il partit au grand trot, à travers la ville ancienne et caillouteuse, où les roues sautaient sur les pierres pointues. Des maisons surannées qui sommeillaient au soleil, des tours ventrues, percées de portes rondes, des cafés où buvaient des dragons au casque fulgurant, des cours plantées d'arbres qui tassaient le frémissement de leurs feuillages, masse architecturale et voûtée, défilèrent, devant les yeux de Luc, avec le charme des amis d'autrefois que l'on retrouve. A gauche, l'éclair brillant du fleuve étincela dans le tonnerre des flots qui roulaient en grondant contre les rives.

Puis la voiture courut dans l'immense plaine provençale où volaient des tourbillons de poussière. Route blanche et crayeuse, dont la réverbération aveuglait, légères prairies et champs de vignes, colonnades de cyprès, canal de soie bleue, fossés le long des chemins, Luc revit tout le théâtre de son enfance, réduit à des proportions humaines, vidé de la suave grandeur que donne l'éloignement. La torrentielle lumière brûlait ses yeux, piqués de mille épingles par la poussière soulevée. Le vide de la campagne, dont nul accident de terrain ne variait l'aspect, fatiguait infiniment. Parfois, au bout d'un vaste pré, on voyait des arbres tordus et tourmentés, dont beaucoup étaient morts. Ils semblaient des géants qui gesticulaient ; ils levaient les bras pour maudire, ils s'inclinaient en saluant, ils se redressaient dans un défi.

Bientôt, d'un bloc lointain de feuillages, un groupe d'arbres se détacha ; sa sculpture basaltique se désagrégea, se clairsema, et le blanc sourire d'une maison apparut entre les troncs.

Le fermier, qui jusqu'ici n'avait ouvert la bouche que pour adresser des encouragements à son cheval, murmura entre ses dents :

— Nous arrivons.

Luc se tourna vers lui et regarda sa figure maigre et hâlée, inexpressive et sournoise. Il se tenait accroupi sur le banc, les guides dans une main, le fouet dans l'autre. Rien d'humain ne vivait sous cet être muet, rompu aux travaux de la terre, fruste et rugueux, et dont la vie intérieure n'était pas plus développée que celle de ses chiens et de ses vaches.

Luc pensa en souriant aux principes de 89 et avec orgueil, à lui-même : — Voici mon égal, murmura-t-il, mon égal... *à moi !*

Le sentiment de sa personnalité s'exprima dans ce dernier mot avec toute sa puissance. Il se vit jeune et fort, audacieux d'esprit, supérieur aux autres. Au soleil de la grande campagne il brûla ses tristesses et ses hésitations.

L'approche soudaine du Mas des Mourgues changea le cours de ses réflexions. La jardinière pénétrait dans un étroit chemin, que des vignes, à droite, à gauche, bordaient. Les bosquets d'arbres s'amplifiaient toujours jusqu'à cacher enfin l'horizon.

Mme d'Hermany s'avançait au seuil de la terrasse. Elle avait un port majestueux et imposant où s'affirmait l'orgueil de la race. Ses cheveux gris, coiffés avec coquetterie, encadraient un front strié de fines rides. Ses yeux noirs avaient conservé l'éclat de leur jeunesse, dans une face vieillie, austère et dure, dont les lèvres minces accentuaient la sévérité.

Elle reçut Luc, sauté à bas de la voiture, avec sa froideur habituelle. Un peu de tendresse émue atténua cependant cette attitude, lorsqu'ils furent tous les deux seuls dans la grande salle à manger de la maison.

Après avoir pris une tasse de café, Luc voulut revoir le Mas. Il éprouva, en sortant, l'impression d'un vif plaisir, d'un épanouissement subit et complet de son être. La vue du ciel azuré et doré le réjouissait profondément. Il respirait largement. L'air était tiède et frais, selon les alternatives de rayons et de brise, chargé d'odeurs florales. Le souffle du vent faisait un murmure exquis dans les grands arbres. Le jeune homme se sentait plus près de la vie, moins séparé d'elle par des murs, des brouillards, des livres, des habitudes claustrales.

La maison des Hermany, blanche et simple, deux étages coiffés de tuiles, s'élevait au centre même de la propriété. Des platanes ombrageaient la terrasse et ses plates-bandes. Un vaste bosquet entourait la villa, un verger se prolongeait à droite, et ensuite, commençaient les terres, les immenses champs de vigne, les prairies, séparées les unes des autres par un espace de marais, sacrifié à la chasse et bordant un mince cours-d'eau.

Luc, descendu par le verger, gagna le bord de la roubine, rivière molle et bleue, qui traversait le Mas. Des saules au tronc crevassé, aux feuilles de cendre et d'argent, y versaient une ombre légère, où transparaissait l'éblouissement du soleil. Le jeune homme, après avoir marché un quart d'heure, s'assit par terre, au milieu des grandes herbes tremblantes qui poussaient là et contempla l'idéale fête que lui donnait cette matinée printanière. L'eau courait à ses pieds, grise ou azurée, reflétant des pans de feuillage et des coins de ciel, sillonnée de rides et de moires qui suivaient le courant en s'élargissant et en se rétrécissant sans cesse. Un ballet de libellules dansait au-dessus des plantes fragiles. Les unes, légères et vêtues de crêpe, flottaient dans la brise avec le vol propre aux papillons qui se laissent emporter indolemment par elle. Les autres, vertes et ailées de gaze, traçaient des parallélogrammes et des losanges, du pinceau hâtif de leur essor, sur le tableau miroitant du paysage.

Luc voyait, non loin de lui, un pont rustique enjamber la souple rivière. Il était fait de plusieurs planches unies ; son image se doublait dans l'eau, exacte et un peu tremblante. Partout, la vie animale triomphait, de rapides araignées couraient dans les forêts de graminées, des grillons criaient. Le chant des oiseaux montait des arbres, aérien et liquide, empruntant sa voix, eût-on dit, à la mélodie des flots. Les abeilles laborieuses, vives et bourdonnantes, se mêlaient au monde rêveur des papillons, poètes d'une saison, aux ailes d'or, de neige ou de ténèbres. Et Luc se sentait envahir d'une jouissance immense et bestiale, il s'était allongé à plat-ventre, prenant un bain d'herbes, heureux de vivre, de respirer, dans la palpitation de la nature indifférente. Déjà, les souffles purs des champs accomplissaient leur œuvre rédemptrice. Il se reprenait. Il était très loin de Paris, de ses complications et de ses mélancolies, de l'être artificiel et désabusé de là-bas. L'homme reparaissait sous le littérateur, comme la Dryade sous l'écorce de l'arbre qui l'emprisonne. Ses psychologies s'évadaient dans la sensation immédiate et brutale. Il se contentait d'être, largement, animalement. Il se laissait impressionner par les choses comme une plaque photographique. Il redevenait simple.

— Ah ! les livres, murmura-t-il distraitement, comme ça manque d'intérêt !

Et par moment, le chant des oiseaux se taisait pour faire place alors à un murmure léger, qui était à peine un peu plus que du silence, — voix de la brise éolienne passant comme un soupir ému et discret dans la nuée des saules au feuillage de clair de lune !

Puis un bruit confus de paroles humaines s'éleva soudain. Un éclat de rire cristallin, perlé comme la chanson d'un jet d'eau, monta dans l'air où il s'évanouit.

Luc avança la tête et regarda ; comme il se dissimulait derrière un gros saule et qu'un flot de graminées le cachait, il ne risquait pas d'être aperçu. Deux jeunes femmes s'avançaient sur le pont. Elles étaient adorables. « Il faudrait pour elles créer le mot exquis, s'il n'existait pas déjà », pensait Luc en les examinant. Un rêve de jeunesse et de beauté les enveloppait de sa lumineuse auréole. Elles allaient, l'une précédant l'autre, comme l'amour qui ne marche pas sans l'espoir. La première était encore une jeune fille ; ses cheveux châtain clair noués à la nuque par un ruban de feu se répandaient ensuite en un flot harmonieux. Elle se penchait un peu en avant comme une tige d'iris sur qui pèse la brise. Luc, rapidement, entrevit une joue de rose, le ciel intérieur d'un regard, l'éclair d'un sourire. La jeune femme qui la suivait apparaissait plus brune, avec d'épaisses torsades groupées autour de la

tête, la peau d'une pâleur chaude, des formes corrégiennes sous l'étoffe. Toutes deux portaient des toilettes claires. La robe de l'une était un firmament d'avril bleu que parsèment de fins nuages blancs, celle de l'autre, un champ de scabieuses. Les dentelles de leurs ombrelles se gonflaient au vent vagabond.

Les deux femmes franchirent le pont et s'engagèrent dans un étroit sentier. Leurs robes ondulèrent. Elles tournèrent derrière un saule et disparurent avec un dernier frisson mauve et bleu.

— Les étonnantes, les merveilleuses passantes ! murmurait Luc. — Il sentait en lui ce petit émoi chaleureux et ce frémissement de plaisir, mêlé d'admiration, de volupté et de tendresse que donne la vue d'une jolie femme.

Il se leva et revint rêveur vers le Mas. Le soleil brûlait. Il devait être près de midi. Des bouffées de chaleur presque charnelle passaient sur le grand miroir ras des marécages. Des flaques d'or scintillaient au milieu de la surface dormante, verte ailleurs ou mirant le ciel. Un monde étrange naissait de cette eau qui stagnait. L'immobilité des reflets demeurait si intense et si mystérieusement profonde que l'on se demandait instinctivement si le véritable aspect des choses n'y était pas contenu.

A table, Luc parla de la rencontre qui avait marqué d'un caillou blanc sa matinée et demanda à sa mère si elle ne savait pas, par hasard, le nom de ces délicieuses femmes.

— Comment ne les as-tu pas reconnues ? s'écria M<sup>me</sup> d'Hermany. Une jeune fille très rose, avec des cheveux dans le dos, et une belle brune, n'est-ce pas ? Une robe bleue et une robe mauve ? Elles les portaient, dimanche, à la messe. Ce sont les Guiramand, tu te souviens bien...

Les Guiramand ! Luc se rappela tout de suite ces amies d'enfance avec qui il avait si souvent joué autrefois. Elles habitaient alors six ou sept mois de l'année une grande propriété séparée du Mas des Mourgues par la roubine. Les parents se voyaient fréquemment ; et vers sa huitième année, Luc avait promis à l'aînée des fillettes de l'épouser.

— Tu sais qu'il y a dix ans quand M. Guiramand est mort, raconta M<sup>me</sup> d'Hermany, sa femme est partie pour Brest où elle a sa famille. Elle n'est plus revenue en Provence, elle a tout laissé aux mains d'un gérant qui l'a affreusement volée. Puis elle a perdu sa mère, elle a repris alors un appartement à Paris, et depuis deux ans, elle passe l'été ici.

— Je ne les ai pas vues, fit Luc, en août dernier.

— Ce n'est pas étonnant, tu es à peine resté quinze jours au Mas. Nous avions d'autres parents. Il est naturel que tu ne les aies pas rencontrées et que j'aie oublié de t'en parler. Maintenant, je suis de nouveau en visites, avec elles, elles sont charmantes et me traitent tout à fait comme une vieille amie.

— Et l'aînée est mariée?

— Oui, elle a épousé M. Hardy, un lieutenant de vaisseau, qui, en ce moment, voyage dans les mers de Chine. C'est pour cela que Marcelle est chez sa mère.

— Marcelle, je me souviens bien à présent de ce nom. Et que de choses il me rappelle ! Que de passé contenu dans trois simples syllabes !

— Et comment s'appelle la seconde?

— Geneviève, fit M<sup>me</sup> d'Hermany, amusée de la curiosité de Luc, si indifférent d'habitude.

Elle se leva de table et s'inclina devant le jeune homme avec une révérence prétentieuse en ajoutant:

— Monsieur mon fils me fera-t-il l'honneur de m'accompagner chez ces dames, le jour où j'irai les visiter?

Par une vieille habitude de dissimulation, Luc cacha qu'il reverrait avec plaisir les Guiramand et répondit d'une voix blasée, en allumant une cigarette :

— Oh ! si tu veux, j'irai avec toi... Moi, tu sais, je ne suis pas fou de visites...

Ils sortirent pour prendre le café sur la terrasse.

Malgré tout l'agrément qu'il trouvait à être en pleine campagne et à savoir qu'il redevenait simple, Luc ne put s'empêcher de trouver un peu longue l'après-midi. Ses habitudes changées, une certaine nostalgie précoce de l'air de Paris, son oisiveté ralentirent la fuite des belles heures chaudes qui suivirent le déjeuner. Il se balança longtemps dans le hamac, sous les ormeaux, se promena au bord de la roubine et rôda autour du pont avec l'espoir inavoué de revoir les promeneuses du matin. Il fit des ronds dans l'eau en y jetant des cailloux et compara les remous qui naissent autour de la pierre tombante à ceux que propage dans la cervelle la vue d'une femme. Il pensa même à pêcher à la ligne.

Mais les rayons du soleil descendirent. Ils devinrent plus intimes et plus doux, plus proches de la terre, semblait-il. A l'horizon de la plaine immense, le soir grave et liturgique apparut. L'astre du jour, éclatant et rond comme un disque qu'eût lancé quelque colossal lutteur, roula dans de molles nuées éclaboussées de sang. Sa gloire s'effaça graduellement, — et pour l'autre hémisphère, l'aurore grandit;

aussi rouge que l'était le crépuscule sur celle-ci. Le mystère de la nuit commença.

Luc marcha dans l'ombre envahissante, au milieu des champs de vignes qui semblaient une vaste mer de ténèbres où naufrageaient des formes confuses. Une paix sublime descendait du ciel. Les vains bruits de la journée s'étaient tus pour faire place à un auguste recueillement. Des étoiles religieuses naissaient, une à une, d'abord rares, perçant les ténèbres bleues de leur scintillement, puis toujours accrues de feux nouveaux ; et c'était maintenant, là-haut, une myriade d'étoiles qui brillait; toute une prodigieuse et fourmillante cataracte d'astres qui ruisselait dans l'éther et comblait presque de sa splendeur le fleuve pâle et vague de la Voie Lactée.

Et Luc, ému et troublé, errait dans l'ombre. Un amer regret, une obscure espérance tressaillaient en lui. Le désir de l'amour se réveillait âprement dans le vide qui l'entourait. Quel bras serait passé au sien, dans des nuits futures et pareilles, quelle femme à son cou se pendrait? Il ne voulait plus de cette solitude de cœur promenée dans la solitude de la campagne et de la vie. Il interrogeait fiévreusement sa Destinée et martelait entre ses lèvres des paroles hâtives, brusques, bruissantes. Toute la puissance de tendresse qui dormait au fond de lui comme l'or sous le sable de certaines rivières s'agitait douloureusement. Une étoile filante glissa soudain du chœur des constellations, elle tomba dans l'espace, laissant un sillage d'argent qui s'évanouit derrière elle. Et cette coïncidence fit gronder au cœur de Luc un orage d'espoir et de joie. Une étoile tombait pour lui de la voûte éternelle !

Un rossignol enchantait quelque part sous des arbres sa mystérieuse souffrance. Les hommes dormaient dans leurs maisons, misérables cavernes créées pour leur cacher le monde. Les bêtes se reposaient comme eux. Mais un grand frisson de mélancolie et de volupté traversait la sérénité des ténèbres, la vie ne cessait point, elle sculptait la douce ou tragique figure du Lendemain au fond de sa forge inlassable, et Luc, écoutant le chant de l'oiseau nocturne répondre comme un écho aux tourments de son propre cœur, cherchait dans les pampres et sur l'herbe des talus, enivré jusqu'à la folie, l'étoile resplendissante et pure qui pour lui venait de tomber du fleuve infini des lumières !

  

### III

> Je descendis tout rêveur de la voi-
> ture : j'étais même si égaré dans
> l'espèce de monde fantastique que
> mon imagination formait autour de
> moi que je fis à peine attention à la
> musique qui se faisait entendre de la
> salle illuminée et dont l'harmonie
> venait au-devant de nous.
>
> GORTIIR.

Pendant la première semaine de son séjour au Mas des Mourgues, Luc d'Hermany sentit l'éche-veau de ses heures se dénouer sans plaisir. Chaque journée ressemblait à la précédente, les aubes se levaient avec la même grandeur rose, et les crépuscules avaient un visage identique. La vie était plus monotone qu'à Paris. Pas d'aspects de ville à regarder, de bavardages d'amis à écouter. Luc regrettait déjà son exis-tence de là-bas où pourtant il s'était tant ennuyé. Il pensait à prendre au plus tôt le chemin de fer pour retrouver ce qu'il venait de quitter avec dégoût. En attendant, il passait des heures dans le hamac. Un doux balancement le berçait. Il voyait l'envers des feuilles, et, plus haut, un torrent de soleil et d'azur qui ruisselait immensément. Alors il fermait les yeux ; l'air plus frais qu'il déplaçait au passage le caressait comme le vent jailli d'une agitation de palmes. Une inconscience heureuse l'enva-hissait. Il avait l'impression de flotter, de deve-nir une chose envolée, errante, fondue dans l'atmosphère voluptueuse et parfumée.

Puis Luc sifflait un chien et s'en allait au bord de la roubine, il marchait longuement sous les saules et s'asseyait au bord de quelque pont, à l'intersection de deux routes. Il mêlait à ses pensées la fluidité de l'eau et se passionnait à suivre la loi de l'universel écoulement. Il reve-nait, au soir, à travers les champs où travail-laient les paysans ; ils ne lui paraissaient pas autre chose que quelques lignes de plus au décor, non des êtres vivants et pensants, mais des objets placés là pour l'animation du paysage, un trait d'union entre le sol et les ceps tordus des vignes. Celles-ci étaient partout, avec des prairies, et de loin en loin, les monotones, les funéraires cyprès. Une immense clarté épandue, égale et vaguement rosée, survivait au coucher du soleil ; et les premières chauves-souris, à tâtons, dans un ciel encore lumineux, essayaient leurs ailes douloureuses et frénétiques.

D'autres fois, Luc attelait la jardinière et partait au trot sur les routes blanches. Il visitait les villages environnants, cherchant ses impres-sions d'enfance, — pauvres choses mortes, lam-beaux de passé qu'il ne retrouva pas dans les maisons livides ou brunes, au front rouge sous les tuiles et qui se rangeaient auprès des arbres fraternels, dans les églises solitaires, fraîches grottes de chaux, édifiées comme un abri contre la fournaise du dehors, et sur les petites places grillées de soleil où des enfants, dans la torpeur lourde de l'après-midi, jouent à la marelle et aux billes, où une fontaine s'égoutte à petit bruit, égale et douce, au fond d'un vieux bassin moussu que tarissent les chevaux.

En déjeunant, le samedi, M<sup>me</sup> d'Hermany fit tout à coup :

— Je vais voir les dames Guiramand, aujour-d'hui, as-tu l'intention de venir ?

— Mais oui, pourquoi pas ?

— Tu avais l'air si peu enthousiaste, l'autre jour, quand je te l'ai proposé, que je croyais... Nous irons vers quatre heures, n'est-ce pas ?

Luc regagna son hamac. Tout en se balançant, il pensait :

— Quelle absurde idée d'aller faire encore des visites et de nouvelles connaissances ! S'habiller, mettre des gants, prendre une canne, pour aller débiter quelques niaiseries à des jeunes femmes coquettes et poseuses ! Je vais retrouver sans doute un nouveau spécimen de Violette Peartree. Cette édition de jeune fille a été tirée à je ne sais combien d'exemplaires. Merci, je sors d'en prendre.

Il ajouta :

— Pourtant, le jour de mon arrivée, j'aurais accepté avec plaisir d'aller chez ces dames... Oui, mais j'étais alors sous la charmante impres-sion qu'elles m'avaient laissée, tandis qu'au-jourd'hui, fffft...

Il esquissa de la main le geste d'une ascension de fumée qui s'enfuit et se moqua de ce qu'il appelait prétentieusement sa sentimentalité. Mais par une contradiction habituelle à cette nature incertaine, changeante et nerveuse, en monologuant sur la sottise des visites et l'insi-gnifiance des jeunes filles, Luc trouvait le temps long et brûlait du désir de partir. La lenteur que sa mère mettait à s'habiller l'impatienta, il alla l'appeler sous ses fenêtres.

Il s'aperçut confusément de son illogisme et pensa :

— Plus nous irons de bonne heure, plus tôt ce sera fini...

Mais cette phrase ne répondit pas du tout à son impression. Il s'avoua la vérité : il était enchanté de revoir ces dames. Alors pourquoi ces lamentations ?

— Que de complications et d'incertitudes il y a en nous, pensa-t-il, même chez ceux qui croient le mieux se connaître ! Je commence à ne plus rien comprendre à mes fantaisies.

Mais comme l'eau d'un bassin remué se purifie en s'apaisant, Luc s'éclairait en laissant tomber son agitation. Il vit alors en lui deux personnages distincts, celui qu'il était et celui qu'il *jouait*. Le premier se complaisait naïvement à la pensée d'aller passer une heure ou deux avec de jolies femmes, le second, personnage austère et grave, méprisait la vanité et voulait se renfermer dans une attitude hautaine d'homme que les mondanités et les coquetteries ne satisfont plus. Luc s'efforçait d'être dans ce rôle, que ses graves soucis de pensée, ses lectures lui imposaient ; mais l'autre, plus simple, n'en demandait pas tant et donnait tumultueusement son avis ; cela faisait dans la cervelle du poète un colloque fort animé. Le Luc acteur finit par rester tranquille devant le Luc sincère, et ce fut d'un cœur léger que le jeune homme, chargé de l'ombrelle de sa mère, prit le chemin qui conduisait au Mas des Olives.

En quittant le pont où Luc avait vu Madame Hardy et sa sœur, on entrait dans un chemin creux, bordé d'oliviers. On arrivait très vite à l'habitation. Elle était moins simple et plus élégante que le Mas des Mourgues. Un toit d'ardoises la coiffait joliment. Une tourelle, à gauche, la flanquait. Une treille où pendaient et s'accrochaient des plantes grimpantes entourait le rez-de-chaussée. Elle était couverte de glycines, en ce moment de l'année, et cela faisait autour de la maison un berceau de fleurs mauves et d'abeilles, qui mêlaient des ailes à des corolles, des scintillements à des soieries, et répandait dans l'air un doux parfum de miel.

Sur la terrasse vaste, où s'ouvraient aux effluves du printemps de beaux marronniers, Mme Guiramand était assise dans un fauteuil, près d'une table de fer. C'était une dame âgée, petite et grosse, coiffée de cheveux blancs et dont toute la figure respirait une grande bonté. Elle cousait, des lunettes sur ses yeux. Auprès d'elle, Geneviève lisait un livre jaune et Mme Hardy brodait.

— Ai-je besoin de vous présenter mon fils ? demanda Mme d'Hermany en s'avançant avec sa majesté habituelle vers les trois femmes qui se levaient.

— Monsieur Luc, oh ! vraiment, comme c'est aimable à vous, fit la vieille dame, je ne vous aurais pas reconnu, bien sûr. Et toi, Marcelle ?

— Il y a si longtemps que nous ne nous sommes vus, ce n'est pas étonnant, dit Marcelle en serrant la main de son ancien fiancé d'enfance.

Elle semblait cordiale et franche, avec une voix claire et forte, des gestes brefs, toute l'allure d'une personne à l'aise dans la vie, qui ne s'acharne pas à poursuivre des rêves et se plaît à ce qui l'entoure.

Tout le monde s'assit autour de la table. Luc examinait les physionomies, silencieux d'abord et laissant dire d'aimables banalités, des considérations faciles sur la température et l'avenir des moissons.

— Oui, fit Luc, avec une politesse exagérée et une terrible impertinence, les cognassiers donnent de grandes promesses, cette année.

— C'est vrai, s'écria Mme Guiramand, les vôtres aussi, alors ?

Elle ne pouvait comprendre l'ironie méchante de cette phrase que Luc n'avait pu retenir. Seules, Mme d'Hermany et Geneviève en remarquèrent la pointe. L'une jeta à son fils un regard furieux, l'autre sourit malicieusement.

— Tiens, elle n'est point sotte, cette petite, pensa Luc avec cette facilité que nous avons à trouver très intelligents ceux qui rient de nos plaisanteries ou s'aperçoivent de nos allusions. Il eut tout de suite de la sympathie pour elle et la regarda avec douceur. Elle lui parut plus belle encore qu'il ne l'avait vue dans le rapide passage du pont. Il s'en étonna un peu pour rester fidèle à ses principes. C'était un de ses paradoxes que de prétendre que le mystère est le premier élément de la beauté et qu'il est plus sûr d'entrevoir que de connaître. Il fut obligé de reconnaître que ses opinions toutes faites ne valaient rien et il modifia celle-ci.

Geneviève, accoudée à son fauteuil, le front appuyé contre la main, dans une pose un peu mélancolique, écoutait la conversation sans y prendre part. Sa beauté était affinée et délicieuse, — beauté d'extrême civilisation qui ne peut être accessible qu'à des hommes également nerveux et délicats. Elle avait un front très blanc, lisse et pur, qu'entouraient des cheveux d'un brun clair, groupés en grappes sur les tempes diaphanes et flottant dans le dos. Ses sourcils souples, ses cils recourbés et longs, ses paupières bombées donnaient plus d'intensité à son regard d'azur profond, grave et mystérieux, — regard où une habituelle tristesse se mêlait à de la tendresse et qui devait cacher ses émotions comme de précieux secrets derrière leur pâle saphir. Sa bouche, petite et un peu rentrée, montrait deux adorables lèvres rouges, qui semblaient gonflées de sang comme une pêche l'est de suc. Son menton indiquait une volonté opiniâtre par un développement qui ne manquait point de grâce et qui donnait du caractère à sa physionomie. Elle avait le teint fort pâle, comme éclairé intérieurement ; son éclat faisait penser à une lampe d'albâtre, mais ses joues roses étaient comme des pivoines naissantes. Ses mains longues et blanches se courbaient délicieusement dans la lumière, avec l'aristocratie de leurs doigts fuselés et leurs ongles qui se paraient au léger incarnat propre à l'intérieur de certains coquillages. Son corps svelte et mince, habillé d'une souple robe rose, ne donnait pas des impressions charnelles, mais presque un sentiment mystique. L'idée de la femme ne s'en dégageait pas encore. Tout son être offrait une expression mélancolique ; on sentait cette Geneviève faible et périssable, sensitive et délicate, enfant précoce et jeune fille rêveuse, nourrie d'irréalisables songeries. Elle appartenait à cette classe de femmes si fragiles que l'on voudrait toujours les sauver d'un danger, pour qui l'on aimerait à se dévouer aveuglément.

Marcelle avait quelques-uns des traits extérieurs de sa sœur, mais avec une nature évidemment plus robuste. Sa grâce était moins maladive, plus acclimatée à la vie. On sentait un sang riche et vigoureux courir sous sa peau mate, ses grands yeux noirs brûlaient d'ardeur, sa bouche large et forte riait avec gaieté sur des dents aiguës et brillantes. Ses seins gonflaient son corsage, ses épaules devaient être admirables, et la manche ouverte de sa robe gris-perle découvrait jusqu'au coude un bras voluptueux et rond, veiné de bleu, de forme parfaite et légèrement duveté de brun.

Près de la maison, une fontaine faisait un murmure gai et mélodieux, en tombant d'une face d'angelot bouffi dans une vasque encombrée de capillaires. Avec des pauses, des sursauts, des reprises, un ricanement continuel et moqueur, elle accompagnait la conversation, comme le rire des bouffons, dans les comédies shakespeariennes, entoure les propos amoureux.

Un paon blanc, dédaigneux et fixer, vint rôder sur la terrasse. Il marchait lentement, avec un air hautain de dignité outragée. Sa longue queue de neige trainait derrière lui dans le sable.

— Le bel oiseau ! s'écria Luc, regardez comme il donne bien l'impression d'avoir été jadis choisi et aimé par une déesse !

— N'est-ce pas qu'il est superbe ? fit Geneviève en tournant vers le jeune homme son beau regard profond. Ici, on ne l'admire pas, on le trouve orgueilleux et méchant, parce qu'il a conscience de sa noblesse. D'ailleurs, c'est moi qui le garde, il est mon ami.

— Oh ! Geneviève est un peu folle, dit Mme Guiramand, elle a des idées comme personne, il ne faudra pas vous en étonner, monsieur Luc...

Geneviève fronça un peu les sourcils. Elle accentua ses jolies lèvres dans une moue boudeuse. Elle fut vexée des paroles de sa mère. Ignorant Luc, elle craignait de lui avoir donné d'elle une mauvaise impression et le droit de se moquer. Déjà, elle tenait à son opinion. Au lieu du sarcasme auquel elle était habituée et qui suivait généralement, chez les interlocuteurs de sa mère, l'énoncé de ces paroles bien connues, elle s'étonna de voir un peu de sympathie éclairer la figure jusqu'ici dure et fermée du jeune homme.

— Ce n'est pas Luc qui s'en étonnera, dit Mme d'Hermany. Avant que Geneviève ait des idées aussi extravagantes que les siennes...

Les jeunes gens se regardèrent et se sourirent, comme des compatriotes qui se retrouvent en pays étranger. Tout de suite, ils se sentaient pleins d'amitié l'un pour l'autre. On les enfermait dans le même ostracisme. Ils faisaient bande à part. Ils étaient de ceux que leurs parents trouvent atteints d'*imagination poétique*, — comme on l'est de surdité ou d'absence de jugement.

On servit des boissons glacées. Geneviève se leva et prépara les breuvages.

— De l'absinthe, monsieur?

Elle s'avançait vers Luc, lente et grave, penchant un peu le buste en avant, si légère qu'elle semblait à peine frapper le sol de ses pieds. Il se dressa avec émotion. Il prit gauchement le verre qu'elle lui tendait d'un beau geste harmonieux et qu'elle remplissait de la liqueur verte et parfumée. Chaque goutte opalisait d'un brouillard tournoyant et bleuâtre la transparence de l'eau.

Quand il eut fini de boire, Marcelle, à son tour, se leva en disant :

— Voulez-vous visiter le parc, monsieur Luc?

Il la suivit avec Geneviève, tandis qu'elle s'avançait vers le fond de la terrasse. Le jardin commençait derrière la maison. On y avait planté toutes sortes d'arbres. Les uns poussaient superbement, les autres restaient maigres et rabougris. Des peupliers, des bouleaux au tronc de pluie ensoleillée, des saules se dressaient admirablement vers la lumière. Des fleurs brillaient partout, un délicieux univers de roses, d'œillets et d'iris. Les abeilles y volaient, les oiseaux y chantaient. Un paradis de fraîcheur et d'ombre existait là, parmi les futaies, les coins de lierre, les groupes de corolles, cent buissons épineux ou laqués, mille arbustes délicats.

La joie de vivre emplissait la poitrine de Luc. Il allait entre les deux femmes, respirant la splendeur charnelle et mûre de l'aînée, la douceur et le charme languissant de la cadette.

Elles lui parlaient avec simplicité et franchise, comme à un vieil ami retrouvé. Luc était plus froid, plus gêné, moins facilement aimable qu'elles. Comme il ne cessait pas d'observer ses interlocuteurs, il craignait toujours de l'être. Cela l'empêchait de se livrer à l'impression du moment. Jusqu'à l'intimité, il restait impénétrable et guindé, fermé dans une correction apprêtée et roide.

Marcelle causait avec animation. Luc discernait dans ses paroles une intelligence nette et précise, qui ne s'emballait point, qui jugeait froidement, mais toujours selon un point de vue immédiat et pratique. Elle ne craignait point de citer ses élégantes relations mondaines, avec assez peu d'à-propos ; et Luc la jugea vaniteuse, aisément éblouie par le luxe et les particularités nobiliaires de chacun, vêtue moralement selon les dernières indications du snobisme. Par ses phrases plus rares, fines et nuancées, Geneviève montrait un esprit rêveur et passionné, incapable de discerner la réalité, prompt à l'enthousiasme comme au désespoir, mêlant confusément ses rêves et sa vie. Cela la rendait légendaire, la reculait aux confins du songe et du réel, dans ce pays mystérieux, riche, inouï, où flottent les âmes des grands poètes et des musiciens. Elle aimait d'ailleurs les uns et les autres, avec dévotion.

Au delà du jardin vaste et si labyrinthique qu'on pouvait y marcher longtemps sans en toucher la frontière, recommençait la grande plaine provençale, féconde en vignes, en prairies et en oliviers. Très loin, de fines collines sculptaient sur l'horizon leur ligne sinueuse, bleuâtre et déchiquetée qui semblait au fond du ciel pareille à une arabesque de nuages immobilisés.

Les promeneurs revinrent vers la terrasse. Déjà, M<sup>me</sup> d'Hermany appelait Luc pour retourner au Mas. On les accompagna jusqu'au pont dont le reflet plongeait dans une eau rose et miroitante. Luc, au moment de quitter Geneviève, éprouva une mélancolie inattendue. Il serra avec une émotion subite et plus chaleureusement qu'il ne le faisait d'habitude sa main qui était douce et fraîche. En mettant le pied sur l'autre rive, il se retourna une dernière fois pour voir Geneviève et la saluer. Un double :

— Au revoir !

mourut sur l'eau comme l'adieu d'une flûte. Les saules interceptèrent le champ de vision.

M<sup>me</sup> d'Hermany, en quittant les personnes qu'elle venait de voir, même ses meilleurs amis, éprouvait le besoin d'en dire beaucoup de mal. Elle commença donc à débiner les Guiramand ; elle traita la mère avec une certaine indulgence, mais blâma vivement l'attitude de ses filles,

celle de Geneviève surtout. Ses critiques étaient injustes et absurdes. Elles révoltèrent Luc. Il leur répondit avec une violence contenue et glacée et fit un grand éloge des deux femmes. Il savait pourtant que c'était là chez sa mère une habitude purement mondaine et qui ne détruisait en rien l'affection qu'elle pouvait avoir pour les gens. Mais à ce moment précis, ce défaut, qui ne l'avait jamais choqué, lui devint odieux. Il ne put le supporter.

— Mon Dieu, Luc, comme tu es irascible, ce soir. Je ne pouvais supposer que ces dames, que tu ne voulais pas voir, fissent si vite tant de chemin dans ton cœur...

La pointe était adroite et barbelée. Pour faire cesser la discussion, Luc haussa les épaules et ne répondit pas. Ils marchèrent en silence.

Et Luc, à mesure que s'effaçaient en lui la mélancolie bizarre de quitter Geneviève et l'énervement produit par les paroles de sa mère, se laissait envahir par une étrange joie. C'était un sentiment de force, de plénitude, une exaltation toujours grandissante, un instinct mystérieux qui lui donnait le désir de courir, de chanter, de faire des folies. Il se sentait jeune, avec toute la vie devant soi, une vie superbe, pleine de joyeuses journées, d'émotions et de fêtes. Toutes ses possibilités latentes tressaillaient en lui, — comme le Zeus ou l'Aphrodite dans le bloc de marbre informe et fruste qui les révélera un jour. Il se voyait prêt à projeter sa personnalité dans les diverses formes d'existence qui s'offriraient à lui.

— Les Guiramand nous rendront la visite !

Un éclair lui montra les jeunes femmes arrivant au Mas. Ce fut l'épanouissement. Quelque chose d'absolument nouveau naissait en Luc. Sa soirée entière en fut baignée. Il ne se souvenait pas d'avoir connu, depuis tant de mois passés à analyser l'ennui, un tel enthousiasme, un tel renouvellement de ses forces. Tout lui parut infiniment tendre et charmant. Il revit avec plaisir la maison, le bosquet, le jardin ; il respira quelques roses : jamais elles n'avaient senti si bon. Malgré tout, il ne s'avouait point la véritable raison de cette métamorphose ; il se la dissimulait bizarrement, — ou bien, étant si près de l'événement, se rendait-il mal compte de ce qu'il ressentait ? Il attribuait simplement la volupté de sa soirée au plaisir d'avoir revu, après huit jours de solitude, de jolies femmes avec qui il serait agréable de causer et de se promener. — Puis une telle douceur baignait le crépuscule ! Vénus commençait à briller dans un ciel rose et bleu, pareil à une mer immobile et lointaine où quelques nuages de pourpre voguaient comme des voiles. Les pétunias en fleurs exhalaient une odeur languissante qui donnait le désir de se pâmer d'amour. Les phalènes tournaient autour des corolles défaillantes.

Luc s'assit sur le banc, au seuil du perron, pour rêver à son aise. Il ne put le faire et rester immobile. Son cerveau bouillonnait. Il se remit à marcher inlassablement, sans apaiser l'étrange agitation de son être. La cloche l'appela pour le dîner. Il n'avait pas faim. La vue des aliments lui soulevait le cœur. Son estomac se contractait, il ne mangea point. Un besoin de tendresse et de bonté le tourmentait ; il regretta sa légère dispute avec sa mère, il lui dit des phrases aimables qui la firent sourire, simplement pour voir un visage heureux près de lui.

— Ne jamais causer de souffrance autour de soi, pensait-il, voilà la seule morale !

Il sortit sur le perron, confusément satisfait, presque extatique. La belle nuit régnait. L'univers des étoiles jusqu'aux confins du ciel répétait ses lumières. Le clair-obscur était plein d'inquiétudes amoureuses, de voluptés, de désirs assouvis dans la joie. Un mysticisme sensuel couvrait le monde. Luc ouvrit les bras et les referma brusquement comme pour étreindre une forme errante de femme contre lui, il s'étonna de ne rencontrer que le vide. Alors, accoudé à un arbre, ému jusqu'à l'envie de pleurer, il s'écria avec exaltation :

— Comme la vie est délicieuse ! Comme il fait bon d'exister !

### IV

*Il faut que la beauté ne demeure pas une fête isolée dans la vie, mais devienne une fête quotidienne.*

MAURICE MÆTERLINCK.

Luc aimait Geneviève !

Il venait de sortir sur la terrasse, avant le lever du soleil. L'orient blanchissait. Les feuilles faisaient une rumeur mélodieuse. Tout était calme, et au milieu de cette paix encore nocturne, le jeune homme sentait plus fiévreusement son agitation et son ivresse. La nuit, il n'avait pu dormir ; l'insomnie avait pris possession de sa couche, mais une insomnie heureuse, avec le corps alangui, la pensée lucide et vagabonde. Le souvenir de Geneviève flottait devant ses yeux. Il jouissait profondément de l'existence de la jeune fille et plus profondément encore, de la sienne. Aucune impatience du jour, aucun désir, aucun regret, mais un apaisement délicieux, une impression de confort, de repos voluptueux, de lassitude

sereine. Et tout à coup, au lever, une brusque révélation s'était faite en lui, il comprit, comme un éclair ruisselle ! la raison de ce renouveau et les motifs de son plaisir.

— J'aime Geneviève !

Il ne se demanda pas comment, ni pourquoi ; il n'analysa rien. Il n'eut point de doute. La certitude s'imposa. Il s'abandonna à cette passion qu'il ignorait, le moment d'avant, comme le fleuve à la mer. Tout disparut dans cette notion, le passé et l'avenir, il ne resta plus en lui que l'amour, un amour étrange, inouï, profond, indéfinissable, qui se traduisait par une immense ferveur. Son bonheur de la soirée précédente venait de là ; de là, sa fièvre, son manque d'appétit, son insomnie. Le monde changea d'aspect. Tout ce qui était, auparavant, terne, misérable, monotone, devint étincelant, superbe, passionné. La vie de Luc fut pleine à déborder ; la pensée de Geneviève plana partout ; les jeunes bouleaux avaient l'élancement de son corps, les ramures des saules rappelaient sa chevelure, le ciel était du bleu de son regard. Et Luc chevauchait les fougueux coursiers de l'orgueil en pensant qu'il possédait *l'honneur* de vivre si près d'elle, de poser dans l'herbe ses pieds là peut-être où elle avait appuyé les siens, de respirer le même air qu'elle, de voir chaque jour les mêmes paysages. Il disait en se promenant :

— Ses yeux ont glissé sur la forme de ces saules que je regarde, elle a traversé ce pont, ces grandes tiges ont frôlé sa robe... O terre adorable et joyeuse, si tu savais combien tu es chère à mon cœur ! Et moi-même, ne me suis-je pas infiniment vénérable ! J'ai occupé une place dans sa pensée, une place dans sa vie, quelque petite qu'elle soit. Elle a été obligée de me regarder, de m'adresser la parole, elle a peut-être réfléchi sur moi !

Et comme il se penchait pour cueillir une fleur, Luc *remarqua* sa main ; cet être léger de chair rose et d'onyx, mouvant et capricieux que Geneviève avait serré dans la sienne.

Puis à cette période extatique une ère douloureuse succéda. La tristesse de Luc fut aussi singulière et aussi violente que sa joie. Il se désola, un soir, de n'avoir pas vu Geneviève de tout le jour ; et tout se couvrit de cendre. Le jeune homme fut affreusement las, désespéré de la longue nuit à passer avant le lendemain. Et ce tourment ne voulant plus cesser, il dura pendant de cruelles et longues heures. Puis il s'imagina que les Guiramand ne viendraient pas au Mas. Peut-être Marcelle ou Geneviève avait-elle été froissée par lui, par quelque maladroite parole dite involontairement? Ou bien, il se croyait profondément antipathique à l'une ou à l'autre, — ou sans doute à la mère. Il regretta alors furieusement sa phrase ironique sur les coguassiers.

— Elles doivent penser que je suis mal élevé, insolent et moqueur, se disait-il. Elles ne viendront jamais et je ne pourrai pas retourner chez elles.

Plus ces hypothèses étaient absurdes, plus il s'en tourmentait, — jusqu'à ce qu'enfin, épuisé, les tempes tenaillées par la migraine, il finit par s'endormir, accablé. Dans la lucidité du matin, ces craintes s'effaçaient d'elles-mêmes. Elles se dissolvaient comme ces cauchemars dont la vision nous épouvante et qui se montrent si ridiculement saugrenus, au réveil.

Luc, errant dans la matinale campagne pleine de rosée, ne comprenait plus ces tristesses. La délectation reparaissait. Geneviève viendrait ce jour même, chaque minute qui courait avec le tic-tac de la montre, chaque heure qui roulait dans le gouffre de l'oubli rapprochait Luc du moment béni où il reverrait Geneviève, où sa voix cristalline et pure frapperait son oreille. Dans l'espoir de hâter ce moment, il rôdait autour du pont, mais il n'osa point, malgré tout son amour, aller hardiment, pour quelque prétexte, sur la terrasse du Mas des Olives. La peur de se compromettre irrémédiablement le retenait. Ici encore, cet observateur raisonnait avec absurdité. Il lui semblait que paraître sans raison valable chez les Guiramand, même une seule fois, en passant, suffirait à le faire juger indiscret et importun. Il vécut une semaine de fièvre, avec des crises aiguës d'impatience, de désespoir, d'attente mélancolique, et des heures exquises, savoureuses, envolées dans un élan de lyrisme.

Puis, un après-midi où il écrivait dans le salon, Luc entendit le bruit d'une visite sous les fenêtres. Il s'arrêta, ému, le cœur battant. Il reconnut *sa* voix. Alors il se fit en lui un apaisement subit ; il savait bien qu'elle viendrait. Il ne pouvait pas en douter, et voici qu'elle était venue et que partout régnait un immortel printemps !

Avant de sortir, il eut la curiosité de se regarder dans la glace. Il vit qu'il avait l'air calme et froid, que son visage n'était pâle ni rouge. Il s'en étonna naïvement. Comment croyait-il donc se trouver ? Mais son cœur battait fiévreusement dans sa poitrine, et ses jambes étaient brisées par l'émotion. Tout se calma, comme par enchantement, quand, après les salutations, il se trouva assis sur une chaise, en face de Geneviève, immobile et coiffée d'un chapeau de lilas.

Mais l'esprit de Luc, inquiet et prompt à s'alarmer, trouva aussitôt une nouvelle raison de se torturer. Le jeune homme, en voyant Geneviève, avait eu l'impression d'une légère déception. Il s'était déjà, dans l'espace d'une semaine, fait d'elle une idée dissemblable, une image déformée par son imagination et pour les besoins de la poésie. Quelque charmante qu'elle fût, Geneviève réalisait pourtant une autre apparence de rêve.

Luc se sentit réfléchi, lucide, préoccupé de psychologie, aucune émotion particulière n'accompagnait cette présence de la jeune fille, — présence qu'il avait tant désirée ! Il redouta de s'être trompé, exalté à faux, non par amour réel, mais par désir d'amour. — Puis tout à coup, pour un joli regard qu'elle eut vers lui, pour un geste aisé de sa main diaphane, le charme *vrai* de Geneviève triompha, fut plus fort que l'idée imaginaire, née de la solitude. Un flot profond de tendresse inonda Luc, noyant toute dissertation impossible. Une immense douceur régna, un désir d'intimité, de caresses, de fusion spirituelle.

Toutes ces réflexions et ce reploiement sur soi-même n'empêchaient pas Luc de parler.

Il jetait dans la conversation mille mots au hasard, sans s'étourdir, conservant sous le flux des phrases indifférentes cette faculté bizarre de se voir penser, causer et agir.

M<sup>me</sup> d'Hermany vantait l'existence charmante de la campagne, opposée à l'ennui des villes. Elle soutenait que l'on ne pouvait être heureux qu'en plein air.

— Êtes-vous de cet avis, monsieur Luc, vous qui connaissez Paris et qui y demeurez ? demanda Marcelle, qui trouvait le temps long au Mas des Olives.

— Toute vie, Madame, est agréable, à condition qu'elle ne se prolonge pas au delà de l'amusement qu'on y trouve. Les meilleures choses, trop connues, deviennent insupportables. La campagne me fait goûter Paris.

M<sup>me</sup> Guiramand, à son tour, s'étendit avec complaisance sur les facilités de la vie rustique. Luc s'écria :

— Ici, ce qui me frappe par-dessus tout, c'est la douceur du crépuscule. On répète trop que les soirs sont mélancoliques. Je ne trouve pas. On goûte, au contraire, dans la longue lumière des après-soleils d'été, une sérénité joyeuse, un sentiment de bien-être, une paix sans inquiétude et sans tristesse...

— Vraiment, Monsieur, c'est tout à fait mon avis. J'ai toujours eu la même impression que vous, mais je n'avais pas encore su m'en rendre aussi bien compte...

L'œil brillant, Geneviève se retournait vers le poète pour l'approuver. Elle était heureuse de trouver enfin quelqu'un qui sentît les choses comme elle. Sa voix fut sourde et vibrante.

Luc vit dans son regard de la tendresse et une admiration amicale. Et soudain, il eut l'intuition que Geneviève *pourrait* l'aimer, qu'elle l'aimait peut-être déjà. Pendant la semaine entière qu'il avait passée à s'occuper d'elle, il ne lui était jamais venu à l'esprit que cela fût possible. Cela provenait d'un excès bizarre d'humilité, de l'impression que lui, Luc, n'était rien en face de la triomphante beauté de Geneviève. A vrai dire, toutes ses pensées s'étaient jouées dans le vague ; aucune n'avait porté avec elle une vision pratique de la réalité et de ce qui adviendrait.

Ce fut pour Luc un nouvel accès d'enthousiasme. La chose possible devint rapidement probable, puis à peu près sûre. L'impression dominante fut l'orgueil, le fait d'avoir été distingué par elle, magnificence inouïe ! Et comme le mouvement de reflux suit le flux, le doute vint et ravagea la superbe croyance. Luc se railla de sa fatuité, il voulut se persuader que cet amour était impossible, mais, au fond de lui, persistait la foi à l'affection de la jeune fille.

Le poète se leva et proposa une promenade à ses nouvelles amies. Il les emmena au bord de la roubine, sous les saules délicats et cendrés. Marcelle riait en marchant, de son grand rire clair et bruyant, qui était comme l'épanouissement de sa santé. Geneviève s'avançait silencieusement, lente et grave, et le buste un peu penché en avant.

— Aimez-vous les promenades sur l'eau ? demanda Luc en désignant une barque accrochée à un tronc crevassé.

— Je les adore, s'écria impétueusement Geneviève.

Sa sœur fit la moue. Le moindre balancement lui donnait mal au cœur. Luc entrevit un avenir de rôderies crépusculaires avec son amie, seuls tous deux, sur la course infinie de la rivière. Il agit diplomatiquement pour les amener, insista sur leur grand charme et sur l'absence totale de danger.

— Au soir, si vous saviez, quel enchantement ! Et la nuit donc, au clair de lune... Cette fuite dans un rêve de blancheur, cet oubli dans une buée de lumière et d'humidité..

— Ah ! taisez-vous, cria Geneviève, cela est trop délicieux, j'en ai mal à force de le désirer.

— Va, tu iras, petite passionnée, fit Marcelle, en souriant.

Des libellules voltigeaient d'une rive à l'autre du ruisseau, des fauvettes chantaient dans les roseaux. Et l'harmonie universelle enchantait le monde ; tout participait à la même grandeur suave. Geneviève devenait la déesse de la Terre Promise où Luc abordait, le point central vers lequel convergent toutes les lignes d'une étoile. Luc, tremblant de tendresse, extasié, aurait voulu se jeter à ses genoux, baiser la trace de ses pas dans l'herbe, mourir aux plis de sa robe !

Peut-être son trouble n'échappa-t-il point à l'œil perspicace de Marcelle, car elle regardait Luc avec un peu d'ironie. Du moins, se l'imagina-t-il. Mais que lui faisait d'être deviné ou non ? Il eût affirmé son amour à la face de l'humanité.

Une force incroyable naissait en lui. Que n'eût-il pas fait pour Geneviève ? Une tempête d'amour et de bonheur souffla sur son cerveau. Il se sentait d'une légèreté aérienne. Il lui semblait, par moment, tant son exaltation était violente, qu'il allait s'élever de terre, flotter dans la légèreté de l'air. La crise fut trop forte, l'acuité des sensations reçues si envahissante qu'il ne put soutenir la conversation ; il fut gauche et maladroit. Il s'empêtra dans les pauvres phrases qu'il essaya de débiter comme un nageur adroit et prompt dans un flot de sargasses ; il balbutia, il bégaya et finalement rougit et se tut. Cela suffit à le dégriser ; il se sentit ridicule, il fut désespéré, il *imagina* de malicieux regards d'intelligence entre Marcelle et Geneviève. Il se vit perdu sans ressources, il resta morose et silencieux. Sa figure se contracta et exprima une telle souffrance que ses compagnes ne purent s'empêcher de le remarquer. Elles se souvinrent de certaines phrases de Mme d'Hermany sur Luc, sur son inaptitude à vivre, sur ses mystérieuses tristesses. Elles y virent, non point le fatal et stupide ennui, mais romanesquement quelque passion malheureuse. Luc leur parut soudain plus intéressant de par cet intérêt supérieur qui entoure pour toute femme celui qui a souffert d'amour. Geneviève en éprouva de la pitié, — cette pitié perfide que l'on accueille avec bonté comme une misérable mendiante glacée par l'hiver et qui, réchauffée, vous mange le cœur. Ainsi, au moment même où Luc se croyait perdu sans retour, tué par le grotesque — seule mort à redouter ! — il devenait infiniment sympathique à Geneviève.

Cette complexe situation dura peu. Luc se ressaisit et s'efforça de réagir contre l'impression fâcheuse qu'il croyait avoir donnée. Il se remit à causer, il reprit lentement son aplomb et sa lucidité. Il se montra affable et spirituel. Geneviève, logiquement, lui en fut reconnaissante ; elle le vit s'arrachant à de cruels et passionnants souvenirs pour être aimable avec elle ; cela lui semblait déjà un peu plus qu'un devoir de société.

En marchant ainsi, ils arrivèrent près du pont. Luc, pris d'un désir soudain de confidences, s'écria :

— Savez-vous que c'est grâce à vous, Mesdames, que ma première impression, le jour où je suis retourné au Mas des Mourgues, a été charmante? À peine descendu de voiture, je suis venu me promener ici. J'étais couché là, sous ce saule, au milieu de ces herbes. Et je vous ai vues passer. Cela m'a paru le plus heureux présage. Vous ne vous douterez jamais combien vous étiez irréelles et charmantes. Une apparition... Deux princesses perdues au pays des fées...

— Vraiment, dit Marcelle en riant, nous étions si bien que cela?

— Ah ! Madame, vous étiez toutes les deux plus belles qu'aucune expression ne le saurait dire ! Tout ce jour-là, j'en ai gardé une joie très vive, j'étais ravi d'habiter dans un pays où l'on rencontre de telles promeneuses...

— Et laquelle de nous deux vous a le plus frappé?

Luc sentit le piège, la préférence qu'on voulait lui faire avouer. Il redouta de se prononcer de peur de se faire une ennemie. Il répondit évasivement :

— Mais je ne pouvais, ce jour-là, vous voir distinctement. Ce ne fut qu'un beau rêve qui s'en alla trop vite...

Marcelle avait eu l'intuition de l'amour naissant de Luc pour sa sœur. Comme elle était peu consciente, elle ne l'avait pas raisonnée, ni cataloguée. Mais cette obscure science lui fit insister malicieusement, pour savoir comment il s'en tirerait.

— Mais maintenant, vous nous avez vues, je pense, distinctement... Qui préférez-vous?

— Madame, aimez-vous mieux le printemps ou l'été?

— Je ne sais pas, je les aime autant, je crois. D'ailleurs, questionner n'est pas répondre.

— Mais, Madame, fit Luc triomphant, comment puis-je savoir si je préfère Mⁿᵉ Geneviève, qui est pareille au printemps, ou vous, qui êtes semblable à l'été?

Marcelle ne s'avoua pas vaincue, elle se piquait au jeu.

— On faisait dans les salons, au dix-huitième siècle, d'amusantes questions aux jeunes gens. Deux des dames que l'un d'entre eux courtisait avec le plus de constance se plaçaient devant lui et lui disaient : « Supposez un voyage en mer avec nous et qu'il y ait un naufrage, vous savez nager et nous l'ignorons. Nous voilà en grand danger de périr. Mais vous ne pouvez en sauver qu'une seule, laquelle choisissez-vous? » Je vous pose la même question, monsieur Luc ; dans un naufrage, qui tireriez-vous d'embarras, Geneviève ou moi?

Luc hésita devant le danger, puis il répondit :

— C'est vous que je sauverais, Madame...

— Ah ! vous avez donc une préférence?

Geneviève parut désappointée. Luc ajouta en souriant :

— Mais je me jetterais à l'eau aussitôt après pour mourir avec Mⁿᵉ Geneviève.

— Vous l'aimez donc mieux?

— Madame, votre vie me paraît bien précieuse, puisque c'est la vôtre que je tiendrais à mettre en sûreté.

— Vous me dédaignez donc ! s'écria la jeune fille avec feu.

Elle mit tant d'emportement dans sa phrase qu'elle choqua par sa sincérité dans l'élégance froide de la conversation. Geneviève rougit.

— Mademoiselle, fit Luc, gravement, il paraît que la vie me serait impossible sans vous, puisque c'est avec vous que j'aimerais mourir.

Aucune des deux réponses n'emportait l'affirmation. Le doute continuait à planer.

— Allons, dit Marcelle, en riant, vous êtes très habile, monsieur Luc, on ne peut pas vous saisir.

L'éloge le satisfit ; il pensa avoir corrigé ce que sa précédente attitude pouvait avoir eu de gauche et d'enchevêtré. Puis, à distance, il fut frappé tout à coup de la phrase fougueuse de Geneviève. Avait-elle souffert d'une préférence possible de Luc pour sa sœur? On pouvait y distinguer le signe d'une vanité blessée, d'une simple morsure d'amour-propre. Il préféra y reconnaître que Geneviève commençait à l'aimer. L'orgueil de nouveau empiéta sur la joie. La certitude fut écrasante. Un avenir d'idylle y palpitait, l'éden des passions adolescentes, perdu en dehors du monde, dans la féerie d'une tendresse inépuisable comme l'eau des glaciers. La ride qui suivait la course bleue de la rivière devint une route glorieuse et suave, le chemin même du bonheur. Les saules avaient des bénédictions dans les bras. Luc s'y voyait déjà, errait avec Geneviève, la tête sur son épaule, respirant cette chevelure qui était en ce moment, si près et si loin de lui ! et dont il aimerait tant dénouer le souple flot harmonieux pour y tremper ses mains, pour y baigner sa face anxieuse et sanglotante, pour y laver délicieusement son âme !

— Maman doit commencer à s'impatienter, dit Marcelle.

Ils revinrent sur leurs pas. C'était l'heure où les moustiques commencent, dans l'air, à s'agiter en nuées dansantes et sifflent insupportablement aux oreilles. Les oiseaux, avant de se coucher, criaient éperdument dans la saulaie.

Il y eut entre les trois promeneurs un silence assez long. La sympathie les unissait mystérieusement. Elle tissait de l'un à l'autre ses mailles d'un filet flexible et solide où l'amitié alternait avec l'amour. Les Grâces, compagnes invisibles de la femme, y présidaient auguralement. Cela se sentait dans le soir, moment translucide de la journée où les âmes s'entrevoient comme les veines. Et toute la vie, éparse et charmante, semblait se condenser et s'achever dans un sourire unanime, — sourire grave et pur de Geneviève, — sourire spirituel et frivole de Marcelle, — sourire de robes aux plis harmonieux d'étoffes, — sourire des vieux arbres au feuillage bruissant, des herbes ridées comme des mains, de la rivière, flaque d'azur et d'or, du ciel exténué, fondu du lilas tendre au rose de Chine, du bleu mourant au jaune vieilli !

Les deux dames s'avançaient, échangeant des recettes de confitures. On se sépara, auprès du cellier, vaste bâtisse blanche et rouge, qui se trouvait à l'entrée du verger. Luc s'inclina devant Geneviève en murmurant : « Bonsoir, Mademoiselle... » M<sup>me</sup> Guiramand s'écria :

— Oh ! vous pouvez bien l'appeler Geneviève, vous vous connaissez depuis assez longtemps tous les deux...

— Tout le vertige de la gloire, se disait, le même soir, Luc, accoudé à sa fenêtre, devant l'aurore des étoiles et la douce mélodie des feuillages nocturnes, me donnera-t-il jamais, si je l'atteins, ce torrent de joie qui m'a grisé, quand j'ai pu appeler Geneviève par son nom ! J'ai eu l'impression d'un triomphe, la foule idéale de mes pensées a acclamé avec des lauriers et des palmes le moi victorieux et superbe qui défilait devant elle. Des murailles se sont écroulées entre Geneviève et moi. Nous étions nouveaux l'un pour l'autre, plus rapprochés et plus riants. — Des roses ! des roses ! des roses ! jetez des roses à flots sur Geneviève et sur Luc, car voici que l'Ange de l'Amour est sur leurs têtes ! Oh ! que de choses dans un simple nom, que de délices dans une petite minute rapide et combien la passion sublimise tout ! Dire à une jeune fille aimée « Geneviève ! » au lieu du cérémonieux « Mademoiselle ! » et voici ma soirée emportée par le lyrisme comme

Bellérophon par Pégase, et voici une nuit brûlante, inassouvie, débordante de parfums, d'astres, de baisers aux lèvres muettes de l'ombre ! O défaillance adorable où je me pâme, silence auguste, vertige où je tends mes deux bras pour étreindre et où je roule mon front en fièvre sur des épaules de marbre glacé ! — et là-bas, dans les reposantes ténèbres, dans cette direction que m'indique un frisson d'argent, te voici, maison divine, temple solennel où dort, veillée par les neuf Muses, Geneviève, ma bien-aimée !

V

Vivre, c'est se brûler sans cesse<br>et renaître plus pur de ses cendres.<br>EMMANUEL SIGNORET.

L'Amour s'était levé comme une aurore sur la vie de Luc d'Hermany. Le soleil du matin jeta devant lui sur sa route un torrent de lumière et de roses, où il marchait en conquérant. Il fut un homme nouveau, — il se crut devenu un homme nouveau. Plus de jours gris et pluvieux, d'heures lassées, incertaines, hésitantes, mais un débordement de ferveur, une existence irréelle, légendaire ainsi que les *Mille et Une Nuits*, un enchantement perpétuel. Il oublia sa vie de Paris, son ennui pesant, son écœurement, ses dégoûts ; ce fut une chose morte, une pourriture de passé qui s'évanouit à la hâte de sa mémoire. Que reste-t-il dans la joyeuse lucidité du matin des cauchemars du sommeil? Il sentait de nouveau les choses avec fièvre et avec passion ; il cessa d'éprouver ce trop connu d'une impression qui le désolait depuis l'automne. Ce qu'il appelait le poison des livres s'était évaporé à l'air pur. Un être vierge naissait en lui, qui avait des naïvetés, des crises de tendresse, qui se laissait aller avec confiance à ceux qui l'entouraient. L'excès de sa fierté, son égoïsme lui-même paraissaient s'atténuer. Il s'intéressait à de pauvres existences chétives de paysans, se penchait sur de simples douleurs, aidait des infortunes. Il s'apitoyait. Il voulait du bonheur autour de lui, des visages que ne contracte pas l'angoisse du lendemain, des bouches qui aient réappris le sourire, des yeux que les larmes ne rougissent plus. Et parfois, se souvenant des paroles d'Apremont, des conseils de ce sage ami, il disait :

— Comment n'ai-je pas compris plus tôt qu'il avait raison? Me voici dans la vérité.

Luc allait et venait. Il lisait, il écrivait des vers, il se promenait, il rêvait sous les saules.

Tout était également chérissable. La pensée de Geneviève flottait sur lui comme la lune sur la mer. Il s'endormait en revoyant son image, et ses songes lui apportaient la douce présence, ils perpétuaient l'illusion du jour. Une volupté infinie noyait le réveil matinal. Le soleil entrait à flots dans sa chambre, joyeux, rieur, pareil à un enfant essoufflé d'avoir couru et qui viendrait vous prendre par la main pour vous mener vers les délices des prairies et des bosquets ! — Luc se penchait à sa fenêtre. La lumière vivait partout, la brise promenait des bouffées de chaleur qui semblaient s'exhaler de la poitrine des roses brûlantes, pâmées, aux pétales délacés et rougissants. Et les regards du jeune homme couraient au bocage d'arbres verts où s'élevait la demeure de Geneviève Guiramaud.

Deux ou trois fois par semaine, Luc voyait son amie. Les heures étaient douces auprès d'elle, tandis que les feuilles, au-dessus de leurs têtes, tremblaient à la brise. Il s'efforçait de la connaître et pénétrait lentement son esprit. Elle se faisait d'ailleurs plus ouverte, moins repliée dans sa sauvagerie de jeune fille peu comprise de ses proches. Elle montrait d'une manière aiguë sa tendance à se passionner, à tout exagérer, à prendre la vie au tragique. Elle n'avait aucune mesure dans ses affections comme dans ses inimitiés : elle adorait ou elle détestait. Elle était superstitieuse comme tous ceux qui attendent à toute minute le bonheur et craignent que le Destin ne s'interpose entre eux et lui. La poésie, dans les livres et dans la vie, enchantait cet esprit rare et précieux. Avec cela, un orgueil qui ne s'avouait jamais, la tendresse de cœur d'un être qui ne se donnera qu'une fois et ne se reprendra pas, le mépris des banalités quotidiennes, beaucoup de paresse rêveuse, une grande foi à l'optimisme. Dans tous ces signes, Luc reconnaissait une riche nature qui pourrait s'accorder à la sienne. Il retrouvait en elle un peu de lui-même transposé et déformé par une cérébralité féminine. Il y a d'ailleurs plus de rapports qu'on ne le croit généralement entre les poètes et les jeunes filles. Ils ont en commun la même croyance à l'avenir, un dédain identique de la médiocrité et le même besoin de faire des rêves et d'inventer des romans, — comme je fais en ce moment-ci.

Chaque soir, en se promenant dans la campagne, Luc se félicitait de son extraordinaire bonne chance. Il se livrait sans restrictions à la joie. C'était au souvenir de tel geste, de telle parole de Geneviève, un bouleversement intérieur ; un brusque élan de plaisir montait de son cœur à sa tête, si aigu qu'il en ressentait une

extraordinaire angoisse ; il aurait voulu s'écraser devant elle, s'humilier devant sa beauté, se rouler dans l'herbe, n'être plus à ses pieds qu'une chose sanglotante et désespérée... Et cette impression, rapide comme un éclair, et qui *raisonnablement* n'évoquait qu'une idée triste, s'accompagnait pourtant d'un sentiment de profonde extase où tout le reste disparaissait. Il n'y a point d'explication logique à ces jeux de la sensibilité aux prises avec la passion, — et il y a d'ailleurs, au delà de la tristesse et de la joie, un point où ces sentiments se joignent et se confondent dans une délirante splendeur, comme on en a fréquemment l'intuition en écoutant la grandiose ascension sonore de certaines symphonies. Ces classifications nettes de nos manières de sentir, que nous nous imposons pour nous démêler sous l'écheveau de la vie, sont plus vraisemblables que vraies : et nous échappons à tout moment à leur étreinte pour vibrer d'un frisson où tout se mêle, la souffrance et le bonheur, le désir et l'apaisement, la tristesse et le plaisir, l'ivresse et la raison. Mais après de tels excès d'exaltation, nous retombons de plus haut, — Icares dont les ailes laissent fondre la cire de leur soudure et se détachent au feu d'un soleil trop proche, — et nous retrouvons sur la terre, au lieu des sentiments paroxysés et des sentiments superbes, leur parodie et leur simulacre.

Luc ne connaissait pas encore ces chutes dans la banalité. La grande paix où il se trouvait, la solitude, le silence, l'enchantement du pays qu'il habitait lui permettaient de ne point passer trop brusquement d'un monde à un autre. Pourtant, à mesure que l'année dérivait vers l'été, des doutes et des inquiétudes rongèrent l'amoureux. Sa situation auprès de Geneviève restait équivoque, la jeune fille ignorant son amour ; il était son ami et rien de plus ; elle ne révélait nul autre sentiment ; elle montrait beaucoup de sympathie à Luc, — mais il y avait peut-être loin de cela à ce qu'espérait le poète. Et il craignait toujours que paraisse l'*autre*, un ami, une ancienne connaissance, un nouveau venu, n'importe qui enfin, — celui qui, profitant de la trouble atmosphère sentimentale répandue par Luc autour de Geneviève, — saurait agir en maître et lui ravirait l'amour de la jeune fille. De son éducation féminine, de son tempérament, de sa culture intellectuelle (qui avait porté sur une littérature admirable, mais fuyante et ne s'imposant pas, par horreur de la vulgarité), Luc craignait par-dessus tout de s'affirmer. Il lui semblait commettre une action indélicate et blessante, léser la sensibilité de son prochain, quand, par hasard, il osait se mettre trop nettement en avant. Il préférait insinuer, demeurer à l'état latent, laisser aux autres leur responsabilité et leur liberté. Il prenait complaisamment ces dispositions pour la preuve d'une grande pureté morale et de beaucoup de noblesse de caractère. C'était aussi, — et surtout, — une faiblesse. La nécessité de parler, d'avouer son amour à Geneviève, lui paraissait donc atroce. Il aurait fallu qu'elle-même lui fît la cour et des avances. Sa défaillance de volonté se traduisait par une timidité instinctive (causant avec Geneviève, il ne pouvait s'imaginer comment il pourrait jamais lui parler d'amour), et par la crainte d'être repoussé et de rompre le charme en se murant dans une situation qui le condamnerait à cesser ses visites chez Geneviève. Cette dernière réflexion ne faisait certainement pas honneur au psychologue qu'il se vantait d'être ; mais il en comprenait toute la déraison sans toutefois avoir le courage moral de réagir entièrement contre son impression. Pendant tout le mois de juin, il atermoya. Tantôt il se décidait à parler, tantôt à faire durer le silence. Il imaginait parfois la scène de l'aveu, et cela ne ressemblait pas du tout à la réalité possible, mais à tel ou tel roman dont il se souvenait ; il se disait alors : « Aujourd'hui sans faute, je parlerai. » Mais dès qu'il était chez les Guiramand, Luc s'efforçait de ne point rester seul avec Geneviève, afin de ne rien pouvoir lui dire ; en ce cas, il n'avait aussi rien à se reprocher. Si ces combinaisons ne réussissaient pas et si le hasard l'isolait auprès de la jeune fille, l'angoisse l'étranglait, et il reculait indéfiniment l'heure fatale ; son cœur battait, ses jambes chancelaient, des gouttes de sueur lui perlaient aux tempes. Il se montrait alors plus roide et plus glacé que de coutume, il plaisantait avec une ironie âpre et méchante. Il voyait nettement que cette attitude le desservait près de Geneviève, qu'elle attendait autre chose de lui, — elle le regardait avec tristesse et un peu de reproche, — mais rien ne modifiait la sécheresse railleuse de Luc. C'étaient de pénibles moments. Le malentendu s'accentua. Bientôt Geneviève se montra, aussi, froide et réservée ; Luc s'en aperçut et se désespéra ; il voulut être plus gracieux, mais son amabilité mondaine détonna, tant on la sentait forcée. Une gêne d'abord légère succéda à leur familiarité ; et au lieu des beaux sujets de conversation dont ils dissertaient ensemble, ils se renfermèrent dans leur dignité jusqu'à ne se dire bientôt que de confuses paroles sur l'été, la chaleur et le temps. Rien n'est si obscur et si important que ces drames obscurs de la conscience. Luc et Geneviève en vinrent à ne plus s'adresser la parole,

personnellement. Ils se mêlaient à la conversation générale pour ne pas avoir à se parler avec franchise. Plus le malentendu augmentait, moins ils trouvaient le courage d'en sortir.

En rentrant chez lui, Luc se désolait longuement. Il se détestait avec furie, ne pouvant s'en prendre qu'à lui-même de sa maladresse. Puis cela lui paraissait ensuite inéluctable et fatal, — aussi fatal qu'une avalanche ou la chute de la foudre. Il passait sa nuit à imaginer d'hypothétiques événements où la situation se dénouerait, soit toute seule, soit par un extraordinaire courage de sa part. Le lendemain, rien de nouveau n'apparaissait. Cette période pénible se prolongea jusqu'au milieu de juillet.

## VI

> Elle aimait les musiques invisibles, l'ombre de l'amour et le murmure des eaux.
> HENRI DE RÉGNIER.

Luc était entré dans la vie de Geneviève Guiramand à l'heure précise où les rêves encore vagues d'une jeune fille tendent à se préciser et à se grouper autour d'une figure vivante, — heure trouble où tout homme jeune se pare de romanesque, où le monde entier porte écrit le mot : amour, sur les yeux graves des passants et sur la plume chatoyante de la tourterelle, sur les lèvres émues et gonflées des femmes et sur les signes mystérieux des herbes.

Geneviève avait longtemps souffert de la solitude. Elle n'avait aucun point de contact spirituel avec sa mère et sa sœur. L'une, bourgeoise uniquement préoccupée de son ménage, de ses domestiques, de ses confitures, n'avait aucune vision de la vie, au delà de son existence simple, fermée et monotone. L'autre gardait des goûts mondains, un snobisme emphatique, une vanité puérile et pleine de respect pour ce qui est titré, brillant, riche, célèbre. Ces deux caractères convenaient au sien aussi peu que possible. Jeune encore, habituée à parler librement, elle avouait sans honte ses goûts, ses inimitiés, tout ce qui dans son enfance l'émouvait et la frappait, ce qu'elle admirait et ce qu'elle détestait. Sa mère et ses autres parents trouvèrent absurde sa vision de l'univers ; on se moqua d'elle. Les personnes dites d'expérience (celles qui le répètent assez souvent pour qu'on le croie), ne savent point qu'il y a mille formes diverses de la vie, et que toutes celles où l'on s'incarne sont belles. Elles n'admettent pas que des enfants sentent autrement qu'elles,

Geneviève se comprit ridicule d'avoir une sensibilité plus riche que sa mère et que sa sœur. Elle souffrit des perpétuelles moqueries, de l'ironie, des allusions mordantes. Elle se replia sur elle-même. Ces attaques donnèrent à sa susceptibilité déjà en éveil quelque chose de maladif. Les plus légères piqûres la blessaient cruellement. Son caractère s'en ressentit ; elle devint amère et taciturne.

Chaque jour ainsi, et partout, des êtres qui ne sont pas méchants se froissent et se rendent la vie insupportable. Notre malheur vient souvent moins des événements pathétiques et rares que de ces vexations quotidiennes, de ces incompréhensions, de ces railleries. Nous rions, nous causons, et il y a au milieu de nous un jeune être mystérieux qui naît au monde, qui est plus pur et plus vibrant que nous, et nous nous moquons de lui, en souriant, sans malice, croyons-nous, et c'est fini, l'irréparable vient de passer ; toute sa vie, cet enfant se ressentira d'avoir été bafoué et d'avoir vu qu'il était seul.

Geneviève prit l'habitude de ne jamais parler selon soi-même. Elle resta muette et sauvage. Sa famille, qui riait d'elle quand elle discourait, lui en voulut de son silence. On la harcela pour l'en faire sortir, mais en vain. Elle fut un être à part, négligeable et ingrat. Je ne voudrais pas insister sur cette situation de peur qu'on ne l'exagérât trop. Geneviève ne fut pas malheureuse, elle ne se désola pas, elle ne se compara pas aux héroïnes incomprises des romans. Mais elle prit la coutume de ne jamais compter sur sa famille et elle s'habitua à sa solitude. D'ailleurs sa mère et sa sœur l'aimaient beaucoup, ce ne fut pas une persécution que l'on exerçait autour d'elle, c'était *pour son bien* qu'on cherchait à la corriger. En dehors de cela, on lui passait tout, et sa mère la gâtait infiniment. Il y a plus de nuances dans la vie que dans les livres. Vous trouverez la situation exacte de Geneviève fréquemment autour de vous, si vous voulez l'y chercher ; rien n'est plus ordinaire. Et je ne voudrais pas que l'on s'apitoyât sur cette jeune fille comme sur une sacrifiée ou une martyre.

La vie des êtres jeunes gagne en profondeur ce qu'elle perd en confiance. Toujours isolée, ne trouvant pas d'amie de son âge qui lui ressemblât, livrée à elle-même, Geneviève réfléchit. Elle passa à penser le temps que les autres occupent à parler. Ceux et celles qu'elle connut lui déplurent. Elle ne se sentit pas de la même race qu'eux. Ce qu'elle trouvait primordial leur paraissait ridicule. Elle considéra comme grotesque ce qu'ils considéraient uniquement. Sa pensée devint étrange. Elle gardait sur diverses choses de généreuses illusions et montrait sur

d'autres le sens le plus amer de la réalité pessimiste. Elle jugea la médiocrité de sa mère, l'absurdité de ses idées, imposées par la majorité, acceptées comme vraies à force d'être répétées. Elle vit la vanité de sa sœur, le peu de valeur de ce cerveau qui semblait à première vue bien construit, cette passion de paraître, d'être connue et remarquée, cette vie que l'on ne vit pas pour soi-même, mais pour donner aux autres une idée flatteuse de soi.

La lecture devint la plus grande joie de la vie intérieure de Geneviève. Elle y retrouva les éléments épars de ses rêveries, réunis en faisceau et vivants. Elle ajouta à celles-ci ce que les romans lui apprirent de nouveau sur l'univers. Elle préféra ceux qui apportent à leurs lecteurs une vision romanesque, passionnée et idéale des choses. Plus ils étaient exaltés, plus elle les aimait avec exaltation. Sa mère contrôlait le choix de ses lectures et lui défendait ceux qu'elle considérait comme dangereux, ignorant qu'aucun n'est dangereux en soi, que le plus anodin peut troubler irréparablement une âme qui n'attendait que cela et que le plus pervers peut aussi ne laisser aucun sillon derrière lui. Mais Geneviève avait trop peu de confiance dans l'intelligence de sa mère pour suivre docilement ses avis. Elle lut en cachette les romans réalistes qu'on lui interdisait. Son jugement sur eux fut bizarre. Elle les considéra comme des récits menteurs pour ne chercher la vérité que dans ceux qui passent au contraire pour être irréels et mensongers. Et peut-on savoir qui a tort ou qui a raison dans cette région de la vie et des livres?

La pensée de Geneviève se tourna tout entière vers l'amour. Ce sentiment restait obscur pour elle, les détails matériels qu'elle en connaissait ne lui en apprenaient, lui semblait-il, que le jeu fictif. Elle le voyait grandiosement ; il ne pouvait, croyait-elle, exister sans être accompagné du sentiment de l'éternité, du dévouement de toute la vie, du sacrifice constant à l'objet aimé. Elle traversa la période où l'on ne se plaît, dans les livres, qu'aux scènes de tendresse, au théâtre, qu'aux déclarations, où tout fiancé semble un homme plein d'intérêt, où le mariage paraît un rite prodigieux, l'avènement d'une religion attrayante et sublime. Elle rêva, les yeux en larmes, par les nuits de lune, elle attendit impatiemment le Lohengrin idéal qu'elles croient toutes devoir mériter, elle berça ses tendresses latentes avec les plus poignantes musiques, elle persista à avoir foi dans le bonheur.

Malgré tout, Geneviève n'avait point encore trouvé dans le petit cercle mondain où elle fréquentait celui qui devait lui apporter les roses vivaces de sa passion. Elle partit alors pour le

Mas et y vit M^me d'Hermany qui lui parla de
son fils, de la manière la plus propre à éveiller
les rêves de la jeune fille qu'était Geneviève.
Elle l'attendit avec fièvre et ne fut pas déçue
de le voir. Sa figure était attirante, avec ses
traits fins, sa pâleur, la tristesse de ses yeux
gris, ses moustaches blondes, ses cheveux bou-
clés. La sveltesse un peu trop frêle de sa taille
portait élégamment la toilette. Il venait à elle
dans l'auréole de sa poésie et de son renom de
littérateur. Cela n'était rien encore. Pour la
première fois, causant avec lui, elle n'eut pas
l'impression de sa solitude. Il comprenait tout
ce qu'elle lui disait, et dans ses paroles, elle se
retrouvait. On sourit des âmes-sœurs en littérature où la mode importe beaucoup. Les jeunes
filles y croient encore. Geneviève vit dans Luc
son idéal descendu tout exprès pour elle des
nuages ; elle l'aima. Elle lui donna toutes les
qualités ardentes et chevaleresques des héros
avec qui elle vivait. Étrange influence des
livres qui se mêlent si bien à nous que c'est
souvent sur leur exemple que nous modelons
notre Destinée !

Geneviève souffrit, ne croyant pas que Luc en
vînt jamais à l'aimer. Puis elle eut de l'espoir en
le voyant empressé autour d'elle. Elle fut con-
fiante, il fut charmant. Elle attendit l'aveu.
C'est à ce moment qu'il modifia sa manière d'être.
Son ironie blessa Geneviève. Elle le crut sans
cœur. Cette déception lui fut affreusement
pénible. Elle se replia un peu. L'attitude de Luc
restait glacée. Geneviève pensa qu'il ne l'aimerait
jamais et se désespéra. Elle en avait d'abord
voulu à son destin et à la fatalité ; ce fut plus
tard contre lui qu'elle eut de la colère. Son
amour devint plus aigu de ce que Luc la faisait
souffrir, elle s'attachait à lui plus passionnément. Elle vit que la vie sans lui lui serait impossible ; mais elle n'osait s'avancer et accomplir
le premier pas. Ce rôle n'était-il pas réservé au
jeune homme? Elle ne l'eût d'ailleurs jamais
osé, par timidité et par l'ignorance où elle était
des sentiments de Luc. Le curieux est qu'ils
agissaient ainsi tous deux pour les mêmes raisons. Conflit de natures féminines.

Geneviève pleura plusieurs nuits, ne mangea
plus et maigrit. Ses parents s'en aperçurent,
sans en soupçonner la raison. Luc n'y vit rien,
tant ses propres incertitudes le tourmentaient.
Cela se passait au plus fort de la canicule.

VI I



— Savez-vous ce que nous devrions faire, ce
soir, s'écria Luc, en arrivant chez les Guiramand, dites, le savez-vous? Devinez, devinez,
par Vénus, je ne vous dirai rien !

Il était plus joyeux que de coutume. En
venant, il avait vu des choses charmantes, au
bord de l'eau : des ballets de libellules, des vols
d'oiseaux, des paysannes aux beaux yeux qui
portaient des corbeilles de fruit, et, plus loin,
de très jeunes filles qui baignaient leurs pieds
dans la rivière, sans crainte de montrer d'adorables jambes nues, blanches et fines comme
des rayons de lumière.

— Quel extraordinaire projet vous exalte aujourd'hui ? demanda Marcelle avec enjoue-
ment. Je ne vous ai jamais vu aussi en train.
Vous voici rose comme une jeune fille !

— Ah! Madame, j'ai vingt-deux ans, n'est-ce
pas la plus belle chose du monde? Et depuis
que je cours dans la campagne, je dois avoir,
j'imagine, le teint fort échauffé. Mais je suis
resté si longtemps à pâlir dans ma chambre
sur d'ennuyeux bouquins ! Madame, la vie est
une chose charmante et il y a bien peu de temps
que je suis né !

— Vingt-deux ans, je pense?

— Vous vous trompez, madame. Il y a à peine
trois mois.

— Mais ce beau projet que vous caressiez
tantôt...

— Ah ! madame, quand me laisserez-vous
caresser autre chose que des projets...

— Allez-vous finir, poète insolent !

Depuis quelques jours, Luc badinait ainsi
avec Marcelle. Elle était de ces femmes qui ne
peuvent vivre si quelqu'un ne leur fait pas la
cour. Elle avait besoin d'hommages amoureux,
de compliments et de flirt, comme de manger
et de dormir. Hermany se plaisait à ce jeu singu-
lier, un peu par dépit de se montrer auss-
maladroit avec Geneviève et beaucoup pour
brusquer les événements en attisant la jalousie
de son amie. Il espérait la forcer ainsi à révéler
ses sentiments réels.

Il reprit, en regardant Marcelle qui brodait
un mouchoir de soie verte, léger comme une
plume ou comme un bourgeon :

— Je vous propose une longue promenade

ce soir, au clair de lune. Ce sera une chose exquise...

— J'en suis, j'en suis, s'écria Marcelle, en frappant dans ses mains. Voilà ce qui s'appelle une bonne idée ! Qu'en dis-tu, Geneviève ? N'en es-tu pas enthousiasmée ?

Geneviève rêvait silencieusement, les yeux perdus vers le fleuve du ciel. Devant elle, sur la table, un livre de vers, que Luc lui avait prêté, restait ouvert, avec, entre ses pages, un large signet de moire violette. Elle répondit avec lenteur :

— Certainement, c'est un beau projet que vous avez formé là.

Elle souligna le *vous* avec une intention malicieuse et continua sèchement :

— Mais vous me permettrez de ne pas y assister. Je me sens fatiguée aujourd'hui, je me coucherai de bonne heure.

— Allons, que te prend-il ? s'écria Marcelle. Quelle nouvelle fantaisie ? Comment, tu en parlais, l'autre jour, comme d'un rêve exquis ! On te propose de le faire, et tu refuses ?

— Ne suis-je pas libre à présent ? D'ailleurs, je te le répète, j'ai la migraine.

— C'est un prétexte, tu ne l'avais pas ce matin... Mais, nous te forcerons bien à venir. Nous ne pouvons te laisser seule ici, et je n'entends pas que tes caprices fassent manquer cette partie.

Elle se leva pour avertir sa mère qui faisait à la cuisine quelque nouvelle confiture. Luc resta seul avec Geneviève.

— Pourquoi avez-vous refusé ? lui demandat-il doucement, de quoi vous êtes-vous blessée ?

Il voyait avec une vive satisfaction ses machinations aboutir et la jeune fille ne plus dissimuler sa jalousie. Son air ingénu trompa Geneviève qui répliqua sans le regarder :

— Mais de rien, je vous assure, j'ai dit la véritable raison.

— Vous savez bien que ce n'est pas vrai, Geneviève, vous en avez d'autres que vous voulez cacher.

— Je vous jure...

— Ne jurez pas, acceptez plutôt ma proposition. J'ai bien des choses à vous dire, et je ne pourrai le faire que ce soir. Nous avons besoin de beaucoup de franchise, nous ne sommes pas clairs l'un pour l'autre.

Geneviève le regarda, avec de grands yeux humides, pleins de tristesse et de reproche. Marcelle et sa mère arrivaient. Luc, alors, à voix basse, d'une voix grave et profonde qui ne lui était pas habituelle, murmura :

— Ayez pitié de moi, Geneviève.

La jeune fille rougit brusquement, et pour cacher son trouble, elle se baissa vers le sol et ramassa le signet de moire qu'elle venait d'y laisser tomber.

Mᵐᵉ Guiramand accourait, très effrayée par la proposition de Marcelle. Elle n'aimait pas l'imprévu, et le moindre épisode survenu en dehors du train-train habituel et monotone de son existence la terrorisait. La perspective d'un brusque départ pour un voyage au Pôle Sud ne l'eût pas moins étonnée que ce projet d'une promenade au clair de lune.

— Alors, monsieur Luc, s'écria-t-elle, tout essoufflée d'être venue si vite, vous voulez que nous allions comme ça, courir les champs, pendant la nuit ? Mais c'est insensé ! Quel plaisir y trouverons-nous ?

— Je suis bien sûr, madame, que vous n'en trouverez aucun. Mais vos filles en retireront beaucoup d'agrément, et votre devoir est de les suivre.

La vieille dame prit l'attitude de Niobé écrasée par l'implacable destin et s'encouragea à la résignation.

— Que dit de cela Mᵐᵉ d'Hermany ? questionna-t-elle.

Elle avait une confiance illimitée dans le jugement de la mère de Luc, qui lui en imposait par son allure majestueuse, l'âpreté de ses convictions et son entente de l'agriculture. Elle espérait qu'une femme de tant de bon sens aurait repoussé cette fantaisie romanesque ; elle n'eût gardé alors aucun scrupule pour refuser catégoriquement. Mais Luc répondit avec désinvolture.

— Maman a trouvé mon idée charmante et se fera un plaisir de nous accompagner.

Alors Mᵐᵉ Guiramand comprit que c'était la défaite. Elle laissa tomber en même temps son tricot et son courage. Geneviève lui ramassa l'un, mais l'autre, ne recevant aucun secours étranger pour se remettre d'aplomb, ne se releva pas.

— Eh bien, Geneviève, t'es-tu décidée à venir ? demanda agressivement Marcelle.

— Oui, ma migraine s'est un peu dissipée.

— Mes compliments, monsieur Luc, fit Mᵐᵉ Hardy en se tournant vers le jeune homme, vous êtes un docteur magicien. C'est votre voix, je pense, qui a converti ma sœur.

Luc, debout pour partir, montra de la main le rouge d'Occident qui brûlait, grandiose et tragique, au fond du ciel, sur un bûcher de nuages à demi-carbonisés, derrière un rideau de peupliers, qui montaient dans l'air comme des flammes roses, et répondit gravement :

— Non, madame, c'est la voix du soir.

Il porta à ses lèvres la main tiède, fraîche ou

brûlante des trois femmes et s'en fut vers la rivière, de son grand pas allongé et rapide qui, tout de suite, de sa présence fit une ombre et de son ombre un souvenir.

Après le dîner, Luc et sa mère allèrent chercher les Guiramand au seuil du pont. C'était une de ces nuits de lune, si pures et si resplendissantes que l'on sent bien qu'elles ne pourront jamais se renouveler. La vie disait aux hommes : « Pressez-vous de jouir. Souriez sans cesse à tous et à tout. Ecrasez les raisins sur votre langue, les lèvres des femmes sur les vôtres, emparez-vous des corps, des pensées, des amours, des moissons ! Soyez heureux de ce que mes mains vous tendent. Pressez-vous. Demain, il sera trop tard, j'aurai passé. De telles heures n'arrivent pas deux fois ! » Mais Luc n'écoutait pas cette voix. Il n'avait pas la liberté nécessaire pour laisser entrer en soi toute la douceur du clair de lune et de la nuit. Ses scrupules, ses doutes, ses regrets, ses hésitations l'assaillaient à la fois. Il marchait, la tête basse ; il ne voyait rien, ni les saules qui ne semblaient pas autre chose que des bouquets de rayons bleus, ni la rivière qui roulait de l'argent fondu. Mille réflexions tourmentaient sa pensée. Geneviève l'aimait-elle ? C'était là la première question qu'il se posait, mais d'autres venaient ensuite. Peut-être l'avait-il irréparablement déçue par son ironie, sa froideur, son silence à l'heure où il aurait dû parler. Elle lui paraissait de ces âmes fières et hautaines qui ne retournent jamais la tête en arrière et qui meurent de désespoir et de souffrance cachée plutôt que de faire des avances à leur destin. D'autres incertitudes répondaient. Mais l'avait-il repoussée ? Oui, sans doute, puisqu'elle était venue vers lui comme vers un ami, simple, franche et sincère et qu'il n'avait répondu à cette confiance que par un absolu silence sur lui-même et par une fuite continuelle. — Ah ! combien Luc aurait donné, à ce moment-là, pour être un homme comme les autres, un spontané, un instinctif, quelqu'un qui ne réfléchit pas avant d'agir, qui n'analyse rien, qui se donne tout entier. Il entrevoyait ce qui serait advenu, s'il avait eu ce caractère souhaité. Il n'aurait pas hésité à se jeter avec ardeur dans cette amitié retrouvée, ses paroles se seraient épanouies au hasard, étourdiment, répondant aux confidences par des confidences. Geneviève ne se serait point froissée, et le bel aveu, quelque jour, aurait fleuri avec simplicité sur leurs lèvres, aussi naturellement qu'une rose mouillée qui découvre le matin. Arrivé à ce point de ses réflexions, Luc considérait sa situation comme perdue ; rien ne le sauverait, c'était fini, il renoncerait à Geneviève, il s'en

irait le cœur empoisonné et souffrant, il s'efforcerait de reprendre une autre vie. Mais comment pourrait-il la supporter ? Alors il fut accablé de désespoir. La pâle campagne toute brillante de lune lui parut triste comme un cimetière, immense et morne sous la lividité du firmament. Et le poète s'apitoyait sur l'astre des nuits; planète à jamais morte, elle aussi, et qui rôdait dans l'espace comme un éternel regret.

Mais l'âpre horreur de cette mélancolie même, par son intensité, en excluait la durée et appelait une réaction. Elle vint. Luc revit ces minutes qui par leur addition constituaient l'irréparable de son aventure. Il fut étonné de les retrouver aussi confuses et aussi peu décisives. Elles ne marquaient réellement qu'un trouble passager, un éphémère manque d'entente. L'espoir renaquit. Il envahit tout comme une inondation du Nil. Un hymne de joie monta du cœur de Luc. Rien n'était perdu, il allait parler. Geneviève l'aimerait...

Alors il leva la tête, il sentit brusquement le charme ineffable de la nuit : son sang battait d'amour. Il vit la campagne humide, baignée de poésie, le ciel pareil à un char d'étoiles escortant la divinité de la lune, les saules semblables à des rayons d'argent ou à des nymphes aux chevelures de lumière bleue. Le murmure de la rivière glissa comme le chant même de l'amour dans sa pensée et l'enchanta ; il emportait sur les longues herbes inclinées et sous les arbres ses vieux soucis et son indécision.

Trois ombres féminines parurent de l'autre côté de l'eau. Geneviève marchait en tête, légère, aérienne, vêtue de bleu pâle, avec une dentelle sur les épaules, elle n'était rien qu'une fée, une apparition de l'ombre, une enfant trop belle pour la terre et trop frêle pour affronter les feux du soleil. Elle traversa le pont dans un jet de lune, des roses blanches à la main. Et tout cela baignait dans une telle atmosphère de tendresse discrète et de rêve réalisé que Luc eut envie de crier, de sangloter, de se prosterner dans le gazon. La splendeur inouïe de ce spectacle dépassait les forces humaines ; l'émotion devenait un paroxysme où la joie était douloureuse, l'extase désespérée ; il s'avança, comme un somnambule, sur un ordre machinal de sa mémoire, sans bien se rendre compte de ce qu'il faisait. Il comprit que tout cela était un rêve et il se dit : « Gare au réveil ! » Il sourit pour saluer, il parla. Il n'avait aucun sens de la réalité. Pendant que sa mère s'attardait à causer avec Mme Guiramand et Marcelle, il entraîna Geneviève.

— Eh bien, lui dit-il, d'un ton triomphant, regrettez-vous d'être venue ?

Elle le regarda d'un air froid et répondit :
— Je n'en sais rien encore, je vous dirai cela quand nous rentrerons.

La sécheresse de cette phrase rappela Luc au sentiment de l'exactitude et fit s'évanouir son exaltation. Il vit le moment venu où il fallait parler. Il ne pouvait plus reculer, mais il pouvait gagner du temps. Il se jeta pour s'étourdir dans une absurde conversation. Geneviève ne répondait que par monosyllabes, mais Luc ne les entendait même pas. Il criait presque pour étouffer la voix de sa raison, il s'agitait et gesticulait. Toute autre que Geneviève l'eût cru fou. Elle eut l'intuition des causes de sa fièvre, elle le vit attiré par l'aveu, courant vers lui comme l'oiseau vers le serpent qui le fascine. A ce moment même, Luc recommençait à croire que ce ne serait pas pour cette nuit. Ce sujet-là lui était interdit. Sa langue, si habile à n'importe quel autre discours, se fût paralysée au moindre mot d'engagement. Dès qu'il sut qu'il ne dirait rien de ce qu'il devait dire, il retrouva tout son calme. La splendeur nocturne lui apparut immensément, il n'avait plus besoin de s'étourdir, il pouvait jouir de ce qu'il voyait, il reprit d'un ton grave :

— Ah ! Geneviève, que cette nuit est belle ! Elle nous accable à force de grandeur et de pureté ! Nous ne sommes rien devant elle. Ces étoiles sont trop brillantes, cette lune trop pâle et trop mélancolique ! Au delà d'une telle majesté, il n'y a plus que de la tristesse et du désespoir. Voyez ces astres qui existent depuis la première aube du monde. Ils ont vu tous les hommes défiler devant eux comme des brebis sous l'œil du berger. Et nous passerons comme eux et d'autres nous suivront. Ah ! que nous sommes peu de chose, Geneviève, devant l'éternité des étoiles, sous le poids de l'espace et sous le poids du temps ! Pourquoi, pourquoi s'attacher à quoi que ce soit sur la terre ? Il faut se persuader du peu d'importance de soi-même, se fondre en tout, s'écouler religieusement avec tout ce qui s'écoule ! — Mais que dis-je, Geneviève ! Non, il faut s'ancrer sur un terrain immuable, s'accrocher à une affection sûre comme la liane à l'arbre et voir passer tout le reste, en restant immobile dans un amour plus fort que la mort.

En se laissant entraîner par le torrent de ses idées et par les réflexions que lui inspiraient la nuit et les étoiles, Luc s'était aperçu qu'il faisait fausse route et qu'il disait juste ce qui pouvait à ce moment-là décevoir le mieux Geneviève. Il essaya de se rattraper et ne put finir que par une banalité.

Il s'arrêta alors de parler et tendit les mains devant lui comme deux feuilles frémissantes. Vers lui, montait l'élégie de l'eau, suave et pure, modulant des regrets et des mélancolies. A cette plainte, Geneviève sacrifia ses trois roses blanches ; elle les jeta d'un geste large et romantique, et il parut à Luc qu'elle voulait, avec ce geste, représenter son abandon de tout espoir. Il se sentit coupable et se dit :

— Si elle accepte de venir en barque avec moi, je parlerai coûte que coûte.

Il pensait bien qu'elle refuserait. Elle accepta. Luc désira encore que Mme Guiramand ne donnât pas son autorisation. Geneviève insista tellement qu'elle l'accorda.

— Vous n'irez que jusqu'au pont, dit-elle, et vous remonterez.

Les jeunes gens promirent et s'embarquèrent. Geneviève s'assit au gouvernail, Luc détacha l'amarre et prit les rames. La barque, emportée par le courant, glissa très vite sur l'eau blanche, où chaque petite vague brillait comme un diamant. Une cataracte d'étincelles ruisselait des palmes de bois quand Hermany les sortait de la rivière d'un mouvement rythmique pour les y replonger brusquement.

O douceur infinie de cette fuite légère sur l'eau bruissante, clarté du ciel descendue en échelles de rayons, adorable visage de Geneviève aux yeux d'azur profond, quelles paroles surhumaines saurait dire votre poésie !

En levant son regard, Luc voyait l'immensité du firmament pâle, jonché de myriades d'étoiles tremblotantes ; la lune errait silencieusement, livide et brillante, pareille à un miroir où se refléterait une figure exsangue et douce de morte souriante. Les saules filaient sur les rives rapides et semblables avec des allures de femmes penchées vers les flots pour y puiser. Des touffes de roseaux s'évanouissaient dans une buée d'argent ; d'autres naissaient. Des écailles de glace miroitaient sur la rivière. Et Geneviève, assise auprès du gouvernail, immobile en sa robe aventurine, un nuage de dentelle sur les épaules, était sur les frontières du rêve et de la vie.

Et la barque glissait avec le courant, mollement bercée, entraînée dans une dérive molle et fluide. L'air traversé rafraîchissait les visages comme une haleine d'amour. Un rossignol chantait.

Luc se taisait. Il ne pensait à rien, il coulait dans l'oubli. Il n'y avait plus de passé, il n'y aurait jamais d'avenir. Le présent seul existait, un présent plein de volupté, de bonheur, de joie tendre et profonde. Cette promenade n'aurait pas de fin. Elle durait depuis si longtemps que Luc ne se rappelait plus qu'elle eût commencé.

Et Geneviève se laissait prendre, elle aussi, au charme ineffable de l'heure. Sa figure s'adoucissait ; son amour pour Luc éclatait dans ses yeux, devenait plus fort que sa vie même. Elle ne lui en voulait plus de son silence, elle attendait patiemment le moment où sa voix s'élèverait. Elle ne désirait rien, — si ce n'est d'être prise par les bras de Luc, de tomber contre sa poitrine et de s'y abandonner à la profonde volupté des larmes. Elle savait maintenant qu'il l'aimait, puisqu'il avait crié : « Pitié ! » vers elle. Que lui importait tout le reste ! Et l'idée de vivre sans lui ne lui venait plus, c'était là une chose impossible, aussi impossible que le bouleversement des saisons ou une révolution dans la marche de la terre.

Ainsi la nature pacifiait les amants inquiets. Elle les poussait insensiblement l'un vers l'autre, comme les avalanches vers la plaine, comme les fleuves vers la mer, comme les vagues vers la lune. Elle effaçait ces petits froissements qui ne sont rien et qui sont tout, — qui sont d'infinitésimaux détails de l'existence quotidienne et qui font cependant le bonheur ou le malheur des êtres.

Soudain, Luc abandonna les rames et se croisa les bras.

— Jusqu'où irons-nous ainsi ? demanda Geneviève.

— Jamais assez loin ! s'écria-t-il avec feu.

Et tout à coup, comme un torrent de lave, l'amour inonda son cœur. Il n'y résista pas, il obéit à l'immense voix silencieuse qui soufflait de la nuit. Il n'y eut pas un doute, pas une hésitation ; l'ancien Luc, timide et féminin, s'évanouissait, et celui qui lui succédait naissait spontanément de son instinct et de sa fièvre. Hermany se retourna, il vit la figure de la jeune fille, en pleine lumière, brillante comme une face de cristal. Dans la barque qui filait à la dérive, il fut à ses pieds, agenouillé, levant les mains vers elle, avec une prière !

— Ah ! je vous aime, je vous aime, Geneviève ! Ayez pitié de moi, j'ai tant souffert, vous voyez, je suis à vos genoux, je vous demande pardon, je vous aime tant !

Il ne savait au juste ce qu'il disait. Les paroles se pressaient sur ses lèvres comme les gouttes d'eau de la pluie sur une feuille. Il parlait ! comme une fleur épanche son pollen, comme une abeille en puise le suc ! Des larmes brillaient dans ses yeux, rosée d'amour, pour l'aube de sa nouvelle vie. Ses phrases étaient tremblantes, il cachait son front dans la robe d'azur, il couvrait de baisers l'une des mains de Geneviève, il étreignait ses genoux dans ses bras. Elle frissonnait, elle aussi, comme un rameau doré de mimosa au vent du nord. Elle balbutiait, ivre de la même ivresse que lui, heureuse du même bonheur.

— M'aimerez-vous, m'aimerez-vous jamais ?

L'ardente supplication montait vers elle, elle défaillait de langueur, elle eut peur de la traîtrise de l'eau écaillée de nacre et d'argent. Elle se pencha vers Luc, sa voix fut à peine plus sensible que le murmure du flot contre la coque légère du bateau, que le cantique de la brise dans les saules. Et cette voix disait :

— Je vous aime, oh ! Luc, vous savez bien que je vous aime !

La grande sérénité des cieux de juillet, sans un nuage et sans un pli, fut dans l'âme de Luc. Il ne fut pas étonné. Il savait depuis toujours que Geneviève l'aimait. Puis cette extase devint aiguë ; elle monta aux cimes les plus élevées de la joie, comme la main sur la gamme ascendante d'un clavier ; elle le laboura en passant d'une angoisse perçante comme une souffrance ; il atteignit cet état où la satisfaction devient effrayante. Un orage grondait dans son cœur. — Et couché au fond de la barque, il baisait passionnément les petits pieds de Geneviève, dans leurs souliers découverts. Il ne savait plus que répéter convulsivement :

— Geneviève, ma Geneviève, ô ma vie, mon amour !

Et l'esquif emportait leur fragile ivresse dans la nuit amoureuse. Ils voguaient sur un lit d'étoiles. Ils s'enfonçaient dans l'ombre lumineuse où si souvent leurs tristes rêves s'étaient perdus. Et autour d'eux, les torches de l'Amour brûlaient dans l'air pur, avec la rouge flamme qui consume les vaines feuilles mortes du passé, fondues en fumée bleue, et l'éclat surnaturel de l'aube glorieuse et latente.

— Le pont !

Ils virent brusquement s'avancer vers eux la voûte d'ombre d'une arche, si basse qu'il fallait se courber pour ne point en heurter du front les pierres veloutées. Ils baissèrent la tête ; le courant les emporta dans la nuit du tunnel au bout duquel brillait un frémissement d'étincelles argentées. La lumière de nouveau les enveloppa de son grand manteau de blancheur.

Mais Geneviève se souvint du reste, de la vie qu'ils avaient laissée et vers qui il fallait revenir. Elle murmura à l'oreille de Luc. Il comprit aussi que l'heure du rêve finissait. Il prit les rames, la barque tourna et remonta la rivière. Et le jeune homme maintenant parlait à la hâte, il disait son amour, ses anciens désespoirs, l'incertitude timide, où, si longtemps, il s'était enfermé, ignorant le chemin à choisir. Sa voix ardente et suppliactrice se mêlait à l'élégie de l'onde, au cantique des roseaux. La brise était si douce et si pure qu'elle semblait avoir passé sur des étoiles !

Il s'était peut-être écoulé des siècles dans le temps où le bateau dérivait au fil de la roubine. Mais le retour dura à peine un peu plus qu'un quart d'heure. La berge, où leur famille les attendait, déjà anxieusement, fut tout de suite devant les promeneurs. Ils rentrèrent dans la réalité, avec un vif étonnement, gardant au fond d'eux-mêmes le grondement perpétuel de l'onde amoureuse, qui tombait comme une cascade, roulant les souvenirs, les regrets, les désirs, les extases, les espérances, tout le bouillonnement frénétique de l'âme humaine.

Après avoir raccompagné chez elles les Guiramand, Luc erra dans la campagne. Il était trop enfiévré pour dormir. Il alla au hasard sur des routes de marbre, sous des arbres de neige et d'écume. Il ne gardait qu'une béatitude sans pensée, un sentiment d'impersonnalité, qui le faisait devenir tout ce qu'il voyait, cette meule pareille à un bloc de soleil, ce caillou blanc comme un glaçon, cette couronne de cyprès, ce jet de fleurs au bord du fossé. Puis, avec la pensée, le souvenir se réveilla. L'émotion fut si violente que Luc en sentit une blessure au cœur, qu'il se jeta au pied d'un buisson et qu'il resta sur le sol moelleux à murmurer confusément des hymnes d'amour. Il revit dans un tourbillon d'imagines toute la nuit ; et l'étonnante irréalité de cette apparition le bouleversa. Il lui sembla être au seuil de la mort, ne pouvant plus garder en lui une pensée trop forte pour son corps, prête à la laisser s'échapper de ses lèvres, avec la vie.

Ensuite, il se releva et se mit à courir. Une puissance divine l'emportait. Il criait sa joie dans la lumière et dans la nuit. Il improvisait les chants les plus superbes et les plus gonflés de lyrisme. Le monde entier lui semblait adorable et il souffrait de ne pouvoir tout presser contre son cœur. Il galopait à travers la plaine, buvant l'air pur et froid aux sources des rayons, aspirant les odeurs grisantes qu'exhalaient les fleurs sensuelles et les foins. Et il prenait le vent que soulevait sa course pour l'aile de Pégase agitée contre lui !

### VIII

*Mais, mon Dieu, se dit-il en soupirant, il y a des fous à Bedlam qui le sont moins que moi.*

Stendhal.

Luc, le lendemain, rencontra l'aurore au seuil du Mas des Mourgues. Il tendit les bras vers elle et la salua avec de religieuses paroles de vénération. Elle venait dans un sourire de clarté blonde, jetant à pleines mains des roses dans le ciel.

Le poète s'assit sur un talus humide de rosée. Il était brisé et las. Le souvenir de sa nuit restait dans sa pensée comme la plus incroyable chose du monde, le plus fantastique des romans. Il lui fallait constater son éloignement, à cette heure matinale, de sa chambre, ses vêtements fripés et salis, la courbature de ses membres pour y croire encore. Puis il se rappelait en souriant toutes les folies qu'il avait faites, la fièvre de sa pensée, sa course éperdue dans les ténèbres, sur les longues routes où veillent les peupliers. Il avait, tant sa tendresse était passionnée et sa joie débordante, serré contre son corps et embrassé des arbres, parlé de Geneviève aux rossignols chanteurs. Enfin il s'était laissé tomber dans un fossé, il y avait dormi une heure ou deux, épuisé, à bout de forces... Les oiseaux l'avaient réveillé.

Il se leva du talus en répétant le nom de son amie et se dirigea vers le Mas. Les ombres s'allongeaient obliquement sur le sol. L'horizon semblait une cuve d'or en fusion. La vie animale tressaillait le long du chemin. Des cris d'alouettes et de mésanges montaient dans l'air comme des fusées d'harmonie.

— Je suis heureux, je suis heureux ! se disait Luc en marchant. Geneviève m'aime ! Oh ! jamais, jamais, je n'aurais osé croire à une telle joie. Celle qui brillait sur mon destin, comme le phare dans la nuit, a tendu ses deux mains vers moi, et voici que l'allégresse qui gonfle ma poitrine m'apparente aux Immortels ! O mon cœur, ô mon cœur, modère tes transports ! Je ne veux pas mourir maintenant que la vie m'a béni ! Je veux vivre, avec toute l'intensité, toute la passion que je pourrai y mettre. L'avenir tend vers moi des guirlandes de fleurs. O douceur infinie de l'Amour ! Fusion de deux forces en une ! Savoir qu'on n'existe plus pour soi, mais pour un autre être en qui s'incarnent toutes les suaves harmonies de l'univers ! Être dans la Destinée d'une femme, comme la lune dans celle de la mer ! — Oh ! je voudrais des roses à baiser, des calices où me rouler, pour satisfaire l'immense caresse dont brûle mon corps, loin de la divine présence de Geneviève !

C'est avec de tels sentiments qu'il gagna le Mas. La maison dormait encore de toutes ses fenêtres fermées. Luc monta dans sa chambre et se coucha un moment sur son lit, en attendant l'heure habituelle de son réveil.

Il passa sa matinée dans la plus fébrile impatience. Rien ne pouvait satisfaire son esprit dévoré d'amoureuses flammes. Ni les livres qui chantent, ni ceux qui racontent, ni le travail. Il ne savait que marcher en rêvant profondément aux délices de sa vie, à la grâce incomparable de Geneviève. Il se rappelait son ennui d'autrefois, et il se disait :

— Oui, ce qui manquait à mon existence, c'est bien ce feu qui donna au Tasse, à Pétrarque et à Ronsard leur grandeur et leur éclat. Que de lassitudes, que de noirs soucis m'écrasaient, lorsque au retour des promenades et des visites, je regagnais ma chambre solitaire où nul doux sourire ne m'accueillait ! Inutilité des jours, vide effrayant des heures, combien je vous ai connus alors ! Non, rien ne retenait à la vie ma chétive existence plus détachée de tout qu'un sapin emporté par l'avalanche et roulé dans un torrent. Mais pourquoi se souvenir de ce pénible passé ? C'est un amas de feuilles mortes qui brûle au rouge bûcher de l'oubli et dont il demeurera à peine quelques folioles à demi carbonisées, bonnes à serrer dans le livre de la mémoire. Et la nouvelle figure de moi-même que le printemps a sculptée ne ressemble plus à celle qui gît sous la cendre. Le bonheur s'est ouvert à moi, sous un berceau de roses et de lune, la plus belle fille des hommes a daigné me confier son amour, me voici à jamais créé !

Ainsi Luc parlait en son allégresse, et à l'écho qui sommeillait sous les frênes, derrière la maison, il confiait ses aveux, et ses prières. Puis il se couchait dans le hamac, il s'y balançait avec violence, s'élançant vers de hautes branches ensoleillées pour retomber dans un abîme d'air.

Mais tout cela semblait à peine réel au poète. Il ne se reconnaissait plus dans la fièvre où il vivait. Il confondait presque le roman de son amour avec ceux qu'il projetait d'écrire et ceux qu'il avait lus. Celui-là semblait aussi idéal que ceux-ci.

Aussitôt après le déjeuner, il courut chez les Guiramand. Il trouva Geneviève assise sur un vieux tronc de saule, de l'autre côté du pont. Elle l'attendait. Elle avait traversé les mêmes joies que lui, mais plus doucement et plus mystiquement, sans ivresse violente, mais avec de continuelles larmes de bonheur. — Elle était aussi impatiente que lui de l'heure de se revoir.

Elle dit tout de suite à Luc que sa mère et sa sœur venaient de partir pour faire une visite dans le voisinage. Elle avait prétexté une migraine pour ne pas les suivre.

En marchant, Geneviève prit le bras du jeune homme. Elle commença à lui parler. Elle avait tant de choses à lui confier ! Cet aveu d'amour, qui les avait éclairés d'un feu plus doux que les rayons de Vénus, venait, lui semblait-il, de briser ces portes de cristal qui séparent deux esprits. Puisque Luc était son ami, qu'avait-elle à lui cacher ? Et puisqu'il l'aimait, ne devait-elle pas lui dire combien elle avait été longtemps seule et triste, afin qu'il la plaignît et qu'elle trouvât auprès de lui l'appui et l'affection qui lui manquaient ? Elle parlait lentement, gravement, elle racontait peu à peu sa vie intime, elle avouait enfin à Luc qu'elle l'avait dès le premier jour considéré comme un ami et qu'elle avait bien souffert de son silence, de son attitude ironique et glacée.

Luc, alors, chercha à se disculper. Il s'efforça d'expliquer à Geneviève son inconcevable timidité, ses bizarres conflits de sentiments et cette peur continuelle d'être repoussé ou raillé, qui l'avaient forcé si longtemps à tout cacher de lui-même et à se renfermer dans une taciturnité méfiante. Ses phrases, soulevées par le souffle de la sincérité le dévoilaient parfois à lui-même ; un mot, qu'il prononçait, brillait comme une torche et faisait la lumière dans une émotion obscure, dans des désirs enfouis sous les ténèbres.

Ils marchaient au milieu des grandes herbes inondées de soleil et dont le vert à la pointe s'allumait d'une flamme d'or. Les arbres, au-dessus d'eux, faisaient un léger berceau d'émeraude et de cendre.

Luc et Geneviève étaient le couple d'amour qui échappe aux temps et se relie à l'immense chaîne des êtres. Leurs différences individuelles s'effaçaient, l'âme originale qu'avaient créée en eux leur époque, leur isolement et la mystérieuse source d'où naissaient leurs pensées, pareilles à de blancs glaciers, à des torrents écumeux ou à des rivières bleues et molles, disparaissait pour faire place à l'âme générale, simplement humaine, qui est au fond de nous tous comme l'eau sous le sol. Leurs sentiments étaient ceux de tous les hommes et de toutes les femmes qui s'aimèrent depuis l'aube des époques. L'univers s'ouvrait à leur soif de beautés, comme une terre promise, avec ses merveilleuses fontaines, ses vendanges et ses vergers.

Ils arrivèrent ainsi sur la terrasse, mais ils ne s'y arrêtèrent pas. Ils descendirent vers le bosquet qui les appelait par la voix de tous ses oiseaux.

— Chère Geneviève, disait Luc, il n'y a pas encore un jour entier que notre double amour s'est dévoilé l'un à l'autre, et il me semble que notre vie est liée depuis des années. Je ne me rappelle déjà plus le temps où nous ne nous aimions pas. Etrange illusion de l'esprit qui se moque des bornes qu'il a lui-même formées et se joue comme un Ariel dans la fusion du Passé et du Présent !

— Moi non plus, Luc, je ne peux me souvenir de l'époque où nous n'étions pas tout l'un pour l'autre. Mais sans doute vous aimais-je déjà avant de vous avoir rencontré, tant je sentais que vous deviez venir, tant vous m'étiez nécessaire.

Puis ils échafaudaient leur avenir, — mais avec des rêves et des désirs, architecture de nuages qui ne reposait pas sur la terre, qui apparaissait irisée et chatoyante, rosée par l'aube et rougie par le soir, bleuie par le clair de lune du sentiment, — temple de nuées créé avec des lignes d'absolu, alors qu'ici-bas tout ne repose que sur des à-peu-près.

— Quand nous serons mariés..., murmurait Geneviève.

La première, elle évoquait l'idée pratique, la base solide de leur affection. La pensée en fut douce à Luc ; elle montrait tout un avenir de tendresse, d'union parfaite, de voyages continuels dans des pays de lumière ou de glace, de charmant nomadisme sur les routes, au hasard des auberges, des villes de perle ou d'ébène et des rivières ensoleillées. Il inclina son front vers le bonheur, il le vit tout près de lui, si près qu'il pouvait l'atteindre en étendant la main. Il serra plus étroitement la taille de Geneviève, elle laissa tomber sa tête sur l'épaule de Luc, ils s'avancèrent ainsi dans le bosquet.

Ils marchaient sous la bénédiction des grands arbres dont les larges bras s'étendaient sur leurs fronts. Ils souriaient devant eux, à tout ce qui se présentait, dans la grande douceur de la grâce amoureuse. Les bourdonnantes abeilles, filles du soleil et des fleurs, les lierres à têtes de serpents, les bancs de mousse, les cohortes bruissantes de peupliers dont les feuilles cliquetantes menaçaient le ciel comme mille épées acérées, — tout venait boire à la source de leur tendresse. Les oiseaux chantaient toujours.

Ils arrivèrent ainsi au fond du bocage. C'était un quinconce de rosiers. Des bancs de pierre invitaient au repos, parmi les noirâtres rameaux. Des corolles rouges ou rose-thé, humides et charnelles, débordaient partout des taillis. Une odeur mielleuse voguait sur l'aile des brises, arôme envolé du cœur des buissons, parfum que distillaient les gouttes de rosée.

Geneviève s'assit sur un banc, et Luc s'agenouilla à ses pieds. Il prit les mains longues et fines de la jeune fille et les appuya contre sa joue. Puis il baisa ses doigts minces, ses ongles roses comme la chair intérieure des coquillages.

Une charmante griserie s'emparait de lui. Il sentit son amour se matérialiser ; l'idée sentimentale et pure prenait forme, elle avait des seins, des jambes, des épaules. Le contact tiède des genoux sous la robe l'énervait voluptueusement. Ce n'était, certes, pas encore la brutalité violente d'un désir, mais une sensualité presque mystique, un besoin de défaillance, de pamoison entre des bras dont il imaginait déjà la nudité. La seule pensée du mariage, plutôt que tout frôlement, avec son évocation d'intimité conjugale, suffisait à faire naître la chair sous la pureté d'un amour encore idéal et platonique, — et qui l'était resté, dans un confus désir d'éloigner d'une passion vraiment tendre et forte, tout ce qui aurait pu y rappeler les équivoques caresses et les luxurieuses dépravations des liaisons anciennes.

Et Luc, se relevant lentement, haussa ses lèvres vers celles de son amie. Il se trouvait, ayant sa face tout près de la sienne ; il plongea son regard dans ses yeux ; ce fut une longue union mystique. Luc voyait un firmament bleu, mystérieux et profond, où des songes passaient comme des mouettes sur l'azur marin. Il craignait de se noyer dans leur eau changeante, et il avait presque le vertige. Il avançait la tête, insensiblement, presque sans le vouloir, attiré par la fascination du regard féminin, — et tout à coup, il sentit sous sa bouche frémir et se contracter la chair humide et savoureuse des lèvres de Geneviève, ses lèvres se gonflèrent d'amour, s'appliquèrent furieusement, et Luc, renversant en arrière la tête défaillante de la jeune fille, but longuement et délicieusement sur sa bouche vierge son premier baiser !

IX

> Si j'avais beaucoup de ces moments affreux, si mon amour sans bornes ne savait pas racheter les heures mauvaises de ma vie ; si j'étais destiné à demeurer tel que je suis? Fatales questions ! la puissance est un bien funeste présent, si toutefois ce que je sens en moi est la puissance. Pauline ! éloigne-toi de moi, abandonne-moi ! je préfère souffrir tous les maux de la vie à la douleur de te savoir malheureuse par moi.
>
> Honoré de Balzac.

Dès lors, commença pour Luc d'Hermany le plus radieux des étés. La perpétuelle présence de Geneviève en était l'unique fête. Il reconnut toutes les extases de l'amour, la joie qui se renouvelle chaque matin en prenant une figure nouvelle, les longues causeries confiantes avec des héliotropes aux lèvres, les baisers ardents et chastes, le frémissement des doigts unis, la houle de la jeune poitrine palpitante sur qui l'on pose sa tête, les regards qui n'en finissent plus de se contempler, les doigts errants dans la soie d'une longue et souple chevelure dénouée, la puissance de la jeunesse, de la force et de la beauté.

Chaque jour, Luc voyait son amie. Souvent, M<sup>me</sup> Guiramand et Marcelle allaient faire des visites dans les environs. Geneviève restait seule Sans doute l'idée d'un mariage entre la jeune fille et Hermany ne déplaisait-elle pas à ces dames, car elles toléraient trop visiblement les fréquentes apparitions de Luc, et elles facilitaient, comme négligemment, les entretiens des amoureux. M<sup>me</sup> d'Hermany devait également accepter avec plaisir cette perspective : car elle ne faisait aucune remontrance à son fils. L'avenir se montrait donc sous les plus heureux auspices. Parfois aussi, il est vrai, Luc se disait :

— Suis-je capable d'aimer ma femme uniquement? Lorsque je serai marié, ne prendrai-je pas l'habitude d'un amour régulier et catalogué comme tout le reste, — et ne m'en fatiguerai-je pas? Ne m'éprendrai-je pas d'autres femmes, de brunes au corps velouté, de minces blondes aux yeux clairs, de rousses à l'odeur fauve ! Il rôde tant de belles formes par le monde ! Les actrices sont si passionnantes, les courtisanes si délicieuses, les mondaines si tentantes ! Ne demanderai-je pas de nouvelles voluptés, d'autres couches à ébranler, d'autres épaules à baiser? —Et je ne veux point mentir, je ne veux point offrir à Geneviève une promesse que je saurai trompeuse et à laquelle je laisserai l'arrière-pensée de ma liberté. Je ne veux pas non plus qu'elle souffre, et elle ne se consolerait pas de ma trahison.

Luc énumérait alors toutes les raisons qu'il avait de rester fidèle à sa femme, mais l'obscur instinct protestait, il ricanait des assertions du jeune homme et répondait :

« Tu es changeant et volage, tu ne sauras te passer d'amour, la sensualité et le sentiment se partageront ta vie. Tu voudras sacrifier à l'une et à l'autre. Pourras-tu ne pas t'émouvoir auprès des amies de ta femme qui seront jeunes et belles? Il te manquera l'amer poison des amours défendues et cachées. En pénétrant, le soir, dans la chambre conjugale, qui ne t'intéressera plus, tu évoqueras de riches alcôves pleines d'odeurs troublantes et charnelles, tu verras dans ta pensée se dévêtir d'adorables maîtresses au corps mûr. Tu désireras l'éclair blanc des jambes fuselées qui jaillissent des bas noirs, la splendeur des dessous qui s'entr'ouvrent sur des formes divines, comme des nuages empourprés sur l'apparition du matin. Tu regretteras le moment si doux où les corsages, les corsets et les jupons dévoilent de sublimes contours devinés sous l'étoffe, mais encore inconnus. Tout le poème de l'amour chantera dans tes veines ! Tu seras hanté par les nudités resplendissantes qui remplissent la vie des voluptueux. Tant de blancheurs divines se dissimulent sous les soies et les velours ! Les lits pâles te parleront leur langage terrible et muet, et les draps aux plis de fleurs te rappelleront eux-mêmes par leur ondulation immobile la tempête marine et le naufrage de l'Amour. Et lorsque de telles pensées te troubleront, tu ne verras auprès de toi que ta femme que tu connaîtras trop et dont la possession t'apparaîtra comme un devoir et non comme un plaisir. »

C'est ainsi que Luc écoutait la sinistre voix de l'instinct. Cela se passait généralement dans la nuit tombante. Les ténèbres rampaient serpentinement. Elles éveillaient dans les sens de l'homme ce qui y sommeille encore de frénétique et de bestial. De nouvelles inquiétudes et des doutes sacrilèges naissaient. L'âpre étalon, qui dort au fond de nos reins, se cabrait et mêlait son hennissement au cri désespéré de l'homme. Et comme une allusion fatidique à cette union, les nuages qui escaladaient les lointaines collines prenaient des formes vagues et tourmentées, qui évoquaient un galop fou de Centaures rués !

Puis l'apaisement se faisait avec l'ascension des premières étoiles. Aldébaran, pareil à une rouge torche, brûlait les dernières incertitudes à son feu pur. Sirius éblouissait. La Grande-Ourse roulait son chariot d'astres dans le sombre azur.

Le lendemain, quand il revoyait Geneviève, Luc s'étonnait d'avoir pu ainsi douter de lui-même. Il croyait de nouveau à la généreuse illusion d'un amour immortel, d'une affection dont nul désir étranger ne viendrait déchirer la douce trame. L'idylle du foyer, de la famille créée, de l'enfance perpétuant un sang vigoureux, vierge de tout mélange adultérin, remplaçait le roman, la vie de volupté et de gloire, roulée dans les chevelures des courtisanes et dans les couches bonnes pour des déesses. Et le remords subsistait d'avoir pu imaginer de tels mensonges et de telles débauches après ce rajeunissement de l'être qu'était pour lui l'amour de Geneviève, ce bain dans l'eau baptismale et purifiante de la tendre Jouvence !

Ce sentiment d'une faute commise envers son

amie donnait à l'amour de Luc une excitation passionnée. Il atteignait alors à de merveilleux paroxysmes de tendresse :

— Me voici arrivé à l'apogée de l'amour, pensait-il, puisque je préfère Geneviève à moi-même. Ce n'est plus pour moi que je vis, — c'est pour elle. Je sens bien que si elle ne m'aimait point, je l'aimerais, moi, tout autant, mais avec plus de souffrance. Je me sacrifierais volontiers pour elle, oui, j'accepterais de travailler toute ma vie, obscurément, sans espoir de récompense, pour lui donner un peu de bonheur. J'accepterais toute la tristesse afin qu'elle soit heureuse...

Il s'exaltait peu à peu, il jouait pour lui-même une pathétique tragédie avec cette étonnante facilité qu'ont les Provenceaux pour inventer des histoires et pour s'entourer de mensonges :

— Je préfère son bonheur à ma vie, conclut-il gravement. Si elle était à bout de forces, mourante, tuée par l'anémie et sans espoir de résurrection autre que le don de quelques verres d'un sang vigoureux, je lui offrirais facilement le mien. Je m'éteindrais doucement dans la mort, simplement satisfait de savoir que, grâce à moi, Geneviève pourra vivre, jouir de toute la vie... Ah ! s'effacer pour elle... rester dans l'ombre pour qu'elle se réjouisse au soleil !

Ce jour-là, vraiment, Luc atteignit à la plus haute cime de son amour. Il voyait déjà, dans son imagination, la scène tragique, Geneviève, étendue sur son lit, agonisante, blêmie déjà par le souffle de la mort, Marcelle en larmes, sa mère désespérée, et Luc arrivant, consentant au sacrifice, murmurant à son amie : — Vous savez bien que mon sang et ma vie vous appartiennent. Prenez l'un et l'autre.

Il pensa si tendrement à Geneviève qu'il ne put résister au désir de la sentir auprès de lui. Il courut aussitôt chez elle, et comme elle était seule, il se jeta à ses pieds et lui jura un amour qui n'aurait point de fin avec des transports de lyrisme. Il en fut même un peu déplacé. Il baisait passionnément ses doigts tièdes, il tremblait presque d'enthousiasme. Geneviève mêlait aux siens ses accents romanesques... Mais pendant toute cette cérémonie touchante, un malicieux démon s'agitait dans l'esprit de Luc et considérait les péripéties amoureuses. Il jugeait en connaisseur les attitudes et les paroles. Il applaudissait discrètement. Et en se levant pour s'asseoir auprès de son amie, Hermany eut la bizarre impression qu'il venait de jouer un rôle.

Ainsi l'été passait. Les moissonneurs dénudèrent les plaines. On cueillit les fruits des vergers.

Il y eut de brûlantes journées où l'on ne pouvait rien faire, — si ce n'est absorber des boissons glacées. Le soleil accablant occupait tout le ciel. Les crépuscules seuls apportaient un peu de fraîcheur à la journée torpide et lasse. A ce moment, Luc montait avec Geneviève au second étage du Mas des Olives pour voir le soleil couchant. Ils s'accoudaient ensemble à la fenêtre de la chambre de la jeune fille. Cela remuait Luc délicieusement de pénétrer dans ce lieu vénéré. Une sensualité légère en pimentait la neigeuse impression. On y respirait une amoureuse odeur de poudre de riz et d'iris. Il regardait le grand lit blanc, semblable à une barque d'aubépines, les robes pendues, calices renversés, et qui gardaient dans leur abandon un peu de la forme de celle qui les avait habitées, les photographies sur la commode, les aquarelles au mur, mille petits objets, détails d'une intimité féminine, un peigne d'écaille ici, un ruban là, un flacon de parfumerie sur la toilette, une boucle de ceinture, une enveloppe de lettre. Il lui ravissait chaque soir comme un précieux fétiche quelque bibelot ou quelque faveur ; et cela lui faisait un bizarre musée d'amour, un reliquaire qui le remplissait d'une religieuse et ridicule admiration.

Puis ils ouvraient les volets de la fenêtre. La grande plaine provençale s'étendait jusqu'à l'horizon, sillonnée du lacet des routes, coupées des digues des grands arbres. Le soleil descendait magnifiquement, comme un roi en exil. Des bandes orangées, pourpre et jaunes occupaient le ciel qui devenait rose, vert véronèse, mauve pâli. C'était chaque jour un nouveau spectacle : tantôt, l'astre se couchait dans un ciel serein, rose et bleu, sans un nuage. On le voyait se ternir lentement, perdre de son éclat ; la ligne de l'horizon l'entamait, il était d'un beau rouge, il s'enfonçait, un dernier morceau de chair brillante et cramoisie étincelait, tout s'éteignait. Tantôt, le firmament semblait une mine énorme et tragique, des blocs noirs, aux reflets sanglants, aux crevasses tachées de carmin écrasaient le crépuscule ; le soleil descendait comme une pauvre lampe humaine, dans une débâcle de rochers de bronze et de feu qui l'étouffaient bientôt et que mangeait enfin la houille formidable de la nuit.

Luc pressait contre lui le corps frêle et nerveux de Geneviève. Il la sentait à lui pour toujours : elle était de celles qui ne mentent point et qui ne volent point d'un amour à l'autre comme les oiseaux sur les branches. Elle resterait ferme et fidèle dans sa foi jurée.

Il lui récitait alors les plus beaux poèmes de la langue française, et le frisson de la beauté la parcourait entre ses bras. Sa voix tombait dans le soir épandu. Et c'étaient tantôt des sonnets de Ronsard :

Vous triomphez de moi, et pour ce je vous donne
Ce lierre qui coule et se glisse à l'entour
Des arbres et les murs, lesquels tour dessus tour,
Plis dessus plis, il serre, embrasse et environne.

A vous de ce lierre appartient la couronne :
Je voudrais, comme il fait et de nuit et de jour,
Me plier contre vous, et, languissant d'amour,
D'un nœud ferme, enlacer vostre belle colonne.

Ne viendra point le temps que dessous les rameaux
Au matin où l'Aurore esveille toutes choses,
En un ciel bien tranquille, au caquet des oiseaux,

Je vous puisse baiser à lèvres demi-closes
Et vous conter mon mal, et de mes bras jumeaux
Embrasser à souhait votre ivoire et vos roses ?

et tantôt quelque élégie plaintive de Lamartine ;

O lumière ! où vas-tu ? Globe épuisé de flamme,
Nuages, aquilons, vagues, où courez-vous !
Poussière, écume, nuit ! vous, mes yeux ! toi, mon âme !
Dites, si vous savez, où donc allons-nous tous ?

C'étaient encore *la Maison du berger* d'Alfred de Vigny ;

Mais toi, ne veux-tu pas, voyageuse indolente,
Rêver sur mon épaule, en y posant ton front ?
Viens du paisible seuil de la maison roulante
Voir ceux qui sont passés et ceux qui passeront.

Tous les tableaux humains qu'un Esprit pur m'apporte
S'animeront pour toi, quand, devant notre porte,
Les grands pays muets longuement s'étendront.

ou de Victor Hugo, *Booz endormi* ou *La fête chez Thérèse* :

Ils sentaient par degrés se mêler à leur âme,
A leurs discours secrets, à leurs regards de flamme,
A leur cœur, à leurs sens, à leur molle raison,
Le clair de lune bleu qui baignait l'horizon.

ou quelque poème éclatant et marmoréen de Leconte de Lisle, simple et doux de Paul Verlaine, mystérieux et couvert de neige de Stéphane Mallarmé.

La voix retentissante de Luc célébrait la messe lyrique. Le souffle des Muses baisait Geneviève au front. Les vers créaient de l'éclair de leur vol et du tonnerre de leurs rimes un univers nouveau, divin et chaste, réservé aux purs esprits ; la nuit tombait, les feuillages soupiraient, et les amants, pressés dans les bras l'un de l'autre, buvaient éperdument à la double et divine source de l'Amour et de la Beauté !

# LIVRE III

# LE RÉVEIL



La merveilleuse saison approcha de son déclin. Les feuilles commencèrent à quitter leurs villégiatures de l'été pour rentrer dans le Néant dont le Printemps les avait fait sortir. De longues journées de pluie déroulèrent sur les campagnes leurs crêpes flottants et leur humidité.

Pendant l'une d'elles, Luc d'Hermany apprit de Geneviève qu'elle allait bientôt quitter la Provence et retourner à Paris. Ils décidèrent alors d'annoncer à leurs parents leur mutuel amour. Aucune considération romantique ou réaliste ne pouvait empêcher le mariage. Les fortunes s'équivalaient, les parents se connaissaient et s'appréciaient. Tout se passait donc comme dans le plus optimiste des romans.

Luc déclara à sa mère qu'il comptait épouser Geneviève Guiramand. Ce fut une scène sobre et discrète. M^me d'Hermany félicita son fils de son choix et d'une décision si sage. Elle accepta d'aller faire la demande. Elle n'y tarda point. M^me Guiramand essuya ses yeux mouillés par l'émotion. Marcelle Hardy s'écria qu'elle aurait un beau-frère exquis. Les jeunes gens s'embrassèrent théâtralement. En raison de leur jeunesse, le mariage ne serait célébré que dans un an.

Luc, du jour au lendemain, se trouva avec une situation officielle de fiancé. Il put voir Geneviève à tout moment, lui parler ouvertement à voix basse, l'emmener promener, tout cela sans crainte d'un danger ou d'une surprise. Il y goûta d'abord moins de plaisir, puis il s'accoutuma à ce nouvel état de chose. Ils eurent encore quelques belles journées d'automne, tièdes, lumineuses et douces. Le soleil passait dans les arbres d'or et y répandait un riant éclat. Le matin, des brumes bleuâtres, mousselines et linons, voilaient les lointaines perspectives. Le soir, les soleils couchants étaient plus tragiques et plus désespérés. Comme d'un cratère en fusion, une épaisse pluie de pourpre et de cendres jaillissait de l'astre mourant, des torrents de lave ruisselaient au flanc des sombres basaltes qui figuraient d'énormes nuages. Puis tout s'effaçait, devenait terne et gris. Et l'humide nuit commençait, sauvage et pénétrante, pleine de l'odeur des feuilles brûlées.

Une mélancolie élégante et froide remplissait la campagne. Les arbres consentaient à se dépouiller en conservant l'espoir certain de voir renaître leur parure. Tout s'endormait pour un moment avec l'assurance de se réveiller bientôt. L'hiver n'était plus qu'une simple formalité.

L'heure du départ arriva. Les Guiramand quittèrent le Mas des Olives. Luc les accompagna à la gare. Dans les champs, où roulait la voiture qui les emportait, on labourait la terre. Les charrues sillonnaient le sol et y creusaient les fossés où allaient dormir les semences. Une nouvelle moisson naîtrait bientôt et couvrirait toute cette étendue de glèbe qui semblait morte et abandonnée. Les premiers oiseaux migrateurs traversaient le ciel et filaient vers la mer.

Le train de Paris était en gare quand les voyageurs arrivèrent. Ils choisirent hâtivement un wagon vide et s'y installèrent. Quelques minutes coururent, de ces minutes fiévreuses qui précèdent les départs, qui sont inquiètes et insensibles, dans l'effarement des petits détails, l'atonie du cerveau, l'impatience, l'absence d'émotion. Des hommes d'équipe se pressaient sur le trottoir, on criait.

— Quand serez-vous à Paris? demanda Geneviève.

— Dans une huitaine de jours au plus, dit Luc. Si je pouvais le faire, je ne descendrais pas de ce wagon, je vais tellement m'ennuyer au Mas, maintenant que vous n'y serez plus !

Le train sifflait ; on fermait bruyamment les portières. Luc embrassa les voyageuses. Marcelle avait la peau fraîche comme un morceau de neige, Geneviève, chaude comme une fleur exposée au soleil. Il sauta sur le quai. Le chemin de fer s'ébranla et roula vers Paris. A la fenêtre, le mouchoir blanc de Geneviève s'agitait comme une colombe qui bat des ailes, puis disparut.

Luc, debout dans le vent de la gare, regardait le dernier wagon s'effacer. Alors il fut pris brusquement d'une grande tristesse et redescendit à pas lents vers la ville. Quelque chose venait de mourir en lui. Il avait beau se répéter qu'il reverrait Geneviève dans une semaine, cela n'allégeait pas sa mélancolie. Ce n'était point, à vrai dire, du départ de son amie qu'il se désolait, mais de savoir que venait irréparablement de finir cet été merveilleux. Il comprenait que les joies qu'il avait goûtées ne se renouvelleraient jamais plus. Le plus beau moment de son amour était passé ; les inquiétudes, les enthousiasmes et le mystère ne recommenceraient pas. Une autre vie s'inaugurait. Plus de paroles confuses dans l'ombre des soirs, plus de baisers tremblants, savourés comme des fruits défendus, plus de promenades au clair de lune ! Le rêve allait se traîner comme un oiseau qui a du plomb dans l'aile, — le premier plomb de la réalité !

Luc revint à pied vers le Mas. La campagne lui paraissait immensément vide et désolée, sous le ciel pourtant encore vibrant de lumière et d'azur. Ce n'étaient plus les mêmes champs, les mêmes arbres qu'il avait contemplés avec Geneviève. Une terre nouvelle naissait, qu'il ne connaissait pas, qui était lugubre et monotone.

Le Mas des Mourgues lui fit la même impression. Il marcha tristement dans le tapis des feuilles mortes amoncelées sous le bosquet jaune. Son pied en passant les séparait comme un éperon, les jetait à droite et à gauche, elles bruissaient mélancoliquement, elles disaient :

— O cruel, pourquoi viens-tu troubler notre immense sommeil ? Nous étions si bien dans le repos, tassées les unes contre les autres, à demi désagrégées déjà par l'humidité du sol ! Et voici que tu viens nous réveiller, nous soulever brutalement, nous meurtrir et nous repousser vers la vie. Et nous avons tant de besoin de dormir ! Nous avons fait notre œuvre, nous sommes lasses. Nous sommes nées avec le printemps, l'été nous a caressées et brûlées, la sève a fait battre nos ailes. Et le vent qui gémit nous a emportées vers la mort. Nous sommes prises jusqu'à mi-feuille par la boue. Passe ton chemin, étranger ! Ne nous dérange plus. Laisse-nous enfin reposer !

Alors Luc abandonna le solitaire bocage et s'en alla au bord de l'eau. Elle était nouvelle, elle aussi. Les pluies l'avaient gonflée et chargée d'argile. Elle roulait un flot jaunâtre et bilieux qui semblait décomposer en lui les chromes purs et les ors éclatants des feuillages. Le poison de l'automne était partout.

— C'est sur cette rivière, alors bleue et blanche, songeait Luc, que j'ai haussé mes lèvres aux lèvres mêmes de l'Amour, c'est ici que mon rêve s'est fait chair avec la plus subtile magie et que j'ai goûté les heures les plus enivrées de ma jeunesse.

Il aimait ces souvenirs et ces tristesses. Elles composaient en se mélangeant une liqueur amère et douce qui avait toute la saveur de la vie. Alchimiste mystérieux des sentiments, il y combinait le venin des mélancolies et l'essence des regrets, le sel des larmes et le miel des baisers, le vin de l'espoir et le parfum de l'amour.

Il traversa la rivière et se dirigea vers le Mas des Olives. Il y avait déjà un air d'abandon et de solitude dans le chemin où les mauvaises herbes se faisaient plus envahissantes. Il nous semble qu'une présence humaine groupe en faisceau, resserre et retienne tous les vains objets qui l'entourent, — arbres ou marbres, fleurs ou meubles, prés ou tapisseries. Mais sitôt qu'elle n'est plus là, tout s'en va à la dérive. La croissance des rameaux s'exaspère et se déforme, devient sauvage et sans harmonie, les statues s'isolent et se fêlent, les fleurs se fanent, les meubles prennent une physionomie indifférente et étrangère, les prairies jaunissent, les tapisseries immobilisent leurs personnages de laine dans des attitudes ridicules et fatiguées.

Luc considéra la maison fermée, vide et rébarbative, les volets clos, cette physionomie égoïste et inhospitalière des habitations que l'on a quittées. Il s'assit sur un banc et regarda tomber des feuilles. Il se rappelait son été, tant d'heures émues, tant de folies et tant de passion. Il se sentit romantique, René et poitrinaire, comme on ne l'est plus. Il se drapa dans un imaginaire manteau byronien. Il ajouta de l'emphase à son élégie et fût prêt à pleurer. L'humidité des larmes, une seconde, gagna ses paupières, puis se résorba...

Luc revint chez lui. Encore une fois, il avait perçu qu'un peu de comédie se dissimulait sous son émotion réelle. Il s'était d'abord apitoyé sur lui-même et sincèrement, puis, évoquant des réminiscences littéraires, il s'était haussé mélancoliquement de son émotion à une attitude plus composée et plus factice où il jouait pour un public fictif. Il agissait comme si quelqu'un, par exemple, caché derrière un fourré eût dû le voir et décrire ensuite ses postures à Geneviève. Et la netteté de ces phrases est d'ailleurs bien brutale et bien exagérée pour un sentiment aussi ténu et aussi ondoyant ; il fallait toute la connaissance que Luc avait de lui-même pour distinguer ce qu'il y avait en lui de franchise et d'artificiel.

Il passa le reste de sa journée à s'ennuyer, sans aucune littérature. Geneviève lui manquait. Il ne savait que faire. A tout moment, il croyait la voir arriver devant lui, il se retournait brusquement comme si elle avait dû se raviser et revenir en hâte vers le Mas.

Toute la semaine se traîna ainsi. Il plut, et le gris du ciel devint écrasant. Les joyeuses flambées de branches de pins ne réussirent pas à chasser le froid qui envahissait la grande demeure. M^me d'Hermany reprenait tranquillement ses habitudes de l'hiver. Et Luc sentait impérieusement le désir de revoir tout ensemble Geneviève et Paris.

Il quitta enfin le Mas au commencement de novembre. Mais quand il jeta un dernier regard sur les arbres d'or, sur la coulée des saules et sur la touffe jaune où se dissimulait la villa des Guiramand, il ne put se défendre du même accès de tristesse qui l'avait envahi le jour du départ de son amie.

Sa première visite fut pour elle aussitôt qu'il fut arrivé à Paris. M^me Guiramand habitait un élégant premier étage dans un quartier silencieux et monastique où l'on n'entendait que le bruit argentin que jetaient parfois les cloches d'un couvent voisin. Le salon, laqué blanc, tendu de clair, orné de vitraux, convenait à la grâce de Geneviève. Elle y était à l'aise, et en beauté.

Une vie exquise recommença pour Luc d'Hermany. Il travaillait, le matin, à Phaéton qu'il avait repris, et après le déjeuner, il accourait chez les Guiramand. Comme ces dames menaient une existence retirée, il n'avait point l'ennui d'y être dérangé par des visites indifférentes. M^me Hardy, la seule qui apportât dans ce milieu un élément mondain, était partie pour Brest où elle passait trois mois d'hiver dans la famille de son mari.

M^me Guiramand, discrète et toujours occupée, vaquait à ses affaires ou sortait pour de brèves courses. Luc restait souvent seul avec Geneviève. Ils s'asseyaient au salon, dans un coin dont ils avaient fait leur demeure. Il y avait là un meuble bas où l'on pouvait se tenir deux et beaucoup de coussins. A droite, des palmiers et des fougères jaillissaient d'une jardinière; à gauche, une table de bois de rose supportait une lampe dont l'abat-jour azuré semblait une étrange fleur. Près d'elle, de menus bibelots éparpillaient leur joliesse fragile, des fleurs ornaient un grand vase d'onyx, et des photographies couvraient le tapis.

Là, Geneviève et Luc se sentaient chez eux. Ils causaient pendant des heures. Ils parlaient de leur avenir ou de leur passé. La jeune fille se rappelait de Luc mille choses qui dataient du temps où ils jouaient ensemble et qu'il avait oubliées.

— Vous souvenez-vous, lui demandait-elle, quand vous me balanciez? Vous étiez d'une complaisance infinie. Pendant des heures, vous tiriez la corde du hamac. Je trouvais cela très agréable, et je pleurais quand maman me forçait à descendre...

— Chère mémoire adorée ! murmurait Luc, en lui baisant les mains.

Et il dissimulait ainsi soigneusement sous des phrases éprises son absence totale de souvenirs sur Geneviève.

Mais l'heure exquise de la journée commençait alors que meurt le jour. Quand la pénombre noyait le salon et que les amoureux étaient las de parler, Geneviève s'asseyait devant le piano et jouait longuement. La clarté des bougies, tamisée par un écran vert, jetait une lueur rêveuse dans les miroirs profonds du palissandre où la vie se transposait par reflets dans une atmosphère de Styx. Les mains de la jeune fille couraient sur l'ivoire, blanches et pareilles et semblables à deux colombes. Et le grand torrent d'harmonies ruisselait sous ses doigts.

Luc s'étendait sur un divan, au fond du salon. Il y entassait des coussins et renversait sa tête sur les carrés d'étoffe. Il goûtait alors des sensations voluptueuses et charmantes. Dans l'ombre, apparaissaient d'étranges formes : des statues de neige y brillaient, immobilisant des attitudes de baigneuses surprises ou de nymphes en chasse ; la nuit, au-dessus d'elles, grimaçait dans les plis des masques japonais, fixés au mur et qui remplaçaient les satyres. Des jets de cristal se couronnaient d'écumes et de roses, — chrysanthèmes agonisants qui signifiaient l'automne du dehors.

Et Luc, après avoir laissé ses yeux errer sur ces détails, les fixait sur Geneviève. Il la voyait de profil, fine et mince, la figure éclairée, resplendissante du feu de l'émotion sacrée. Les accords naissaient et s'épandaient ; une nouvelle existence se créait profonde et plus vraie, plus pure aussi que la quotidienne. Toutes les émotions de l'âme s'y déployaient magnifiquement. Des tempêtes éclataient après des plaintes aussi douces que la voix grêle d'un jet d'eau. Puis la musique évoquait les haines et les désespoirs, jetait des cris de passion ou s'apaisait pour décrire une riante vallée. De sombres et profondes sonorités chantaient la course à l'abîme. Et la poésie immense du rêve et de la vie remplissait majestueusement la soirée. La joie rustique, l'amour et l'amitié, des sanglots, des souvenirs, des hymnes religieux, des consolations et des regrets, la mélancolie, l'extase de la Beauté, la pompe des fêtes, les fanfares dans l'allégresse du triomphe, l'âme adorante en face de la divinité, les luttes héroïques, l'apaisement, tout se déchaînait dans un orage de sons, avec l'éclair brûlant le ciel de la pensée, les rafales d'harmonie courbant les fronts, le déferlement de l'idée, dans un tonnerre de notes.

Tout se heurtait et se confondait dans l'âme de Luc, une extraordinaire ivresse le possédait. Il se sentait débordant de tendresse pour Geneviève, il voulait la presser dans ses bras, la serrer contre sa poitrine, couvrir de baisers cette pâle figure, ces cheveux pareils à un écheveau de pluie, mais son amour s'élargissait, il se rappelait d'autres femmes, de miraculeuses épousées au visage de sainte ou de pivoine, des jeunes filles flexibles comme la cime des peupliers dans le vent, rêveuses comme le matin, roses comme le reflet du soir sur la mer. Et la splendeur des passions humaines lui apparaissait.

Puis il se levait, comme appelé par de sonores trompettes. Il marchait en triomphateur, le désir de créer de la Beauté le hantait à son tour, il désirait la joie du sculpteur faisant jaillir du néant d'un bloc, marbre ou porphyre ! la divine nudité d'une Vénus souriante ou la puissante musculature d'un faune, celle aussi du peintre broyant les couleurs sur la toile pour aveugler les yeux d'une aurore ruisselante de rayons ou pour évoquer un bleu bosquet de rêve, avec des statues de pins dans une forêt de pierre. De confuses images s'ébauchaient dans son cerveau, des personnages romanesques s'y pressaient, le péplum de Phaéton tourbillonnait avec les nuages, et du fouillis de gravures et d'idées, jaillissaient de futurs poèmes, des drames en bourgeons et de fictifs récits légendaires ou modernes.

Et la gloire sonnait aux carrefours de l'Avenir. Elle appelait Hermany par le chant de ses trompes et l'amer parfum de ses lauriers. Les couronnes volaient dans l'air. Et Luc souhaitait son nom dans toutes les bouches, ses hymnes répétés par la voix des siècles.

— Eh bien, Luc ?

Geneviève s'arrêtait de jouer et le regardait en souriant. Il se jetait à ses pieds et roulait sa tête sur ses genoux, avec des baisers qui glissaient sur l'étoffe, rugueuse de sa laine ou douce de sa soie. Il sentait frémir, dans ses bras, les fines jambes chasseresses. Il s'énervait délicieusement.

— Encore, encore un peu de musique, ma chérie !

Il se levait et s'éloignait, et elle se remettait à jouer. C'étaient de Mozart des fragments de *Cosi fan tutte*, musique idéale et légère pour accompagner les féeries de *Comme il vous plaira*

ou de la *Tempête*, des symphonies de Beethoven ou cette douzième sonate si émouvante et qui pleure avec tant de majestueuse douleur sur la mort d'un héros, des plaintes intimes et poignantes de Schumann, les valses poitrinaires de Chopin ou quelque rhapsodie de Liszt, sauvage comme le galop d'un cheval, triste comme une nuit sans lune dans les plaines de la Hongrie.

Et sur les routes, dans l'humidité pénétrante des soirs, mourait l'automne, dehors, tandis que dans le salon tiède et obscur, Luc et Geneviève reprenaient leurs amoureux colloques, renversés l'un et l'autre dans les coussins du grand divan.

II

> Ah ! si tu savais quel travail c'est que de porter cette nonchalance aussi près du cœur que je la porte.
>
> WILLIAM SHAKESPEARE.

Et l'hiver recommença. Le froid, le vent, la pluie se partagèrent les journées. Il neigea. Les arbres nus se fleurirent sous le ciel gris, d'une légère moisson blanche, douce comme la mousse et belle comme le marbre insensible et glacé. On patina sur les étangs fixés par le gel. Il y eut des soirées et des fêtes, des premières représentations et de joyeuses revues, tout le cortège habituel et riant qui accompagne la saison où l'homme veut réagir contre la tristesse.

La vie de Luc fut agréable et monotone. Il venait chaque jour visiter Geneviève. Son amour n'était plus le torrent orageux du début, superbe et s'écroulant sous l'écume, mais une douce rivière paisible et continue. Il oublia les excès de joie délirante ou les inquiétudes forcenées. Il goûtait la tranquille émotion d'un séjour près d'une femme aimée; c'était une impression d'aimable langueur, de souriante tendresse et de repos. Son amour devenait une affection classée, à laquelle il ne réfléchissait plus, qu'il sentait toujours en lui, chaude et vivante. Peut-être était-ce là une diminution de cet amour, mais il ne s'en doutait point. Le roman était bien près du dernier chapitre, et déjà à la passion chevaleresque succédait une tendresse qu'il croyait plus forte et plus durable.

Cependant, cet amour avait bien modifié la vision de Luc. L'excès de pessimisme où il s'était jeté avait amené une réaction inévitable ; Geneviève y avait extrêmement contribué. Elle avait mené son fiancé vers un univers fleuri et vers les gracieuses rives de l'optimisme. Tout maintenant enchantait le poète. Il trouvait partout du plaisir et du charme ; rien ne le rebutait ou ne le lassait ; il avait oublié l'ennui, les vaines tristesses et les anciens désespoirs. Il réapprenait à vivre.

Les premiers temps de son séjour à Paris, Luc passait uniquement ses journées chez Geneviève et chez lui. Puis il reprit, petit à petit, ses précédentes habitudes. Il retourna aux salles de rédaction, il courut les cafés-concerts et les brasseries. Il s'excusait de ce qu'il appelait un compromis en se disant qu'il ne pouvait mener la même existence en Provence et dans une grande ville. Il retrouva quelques-uns de ses amis. Apremont était en Bretagne où il devait passer l'hiver. Luc alla chez Collonges. Son ami le reçut dans son atelier. Des affiches bariolaient les murs. Les chevalets portaient des toiles inachevées. Des femmes à demi-nues y jouaient parmi les iris et des bambous, sous un ciel tendre, au bord des eaux tordues comme des chevelures ; ailleurs, des ruines emmantelées de lierre se mêlaient à de sombres pins, dans la chaleur d'un crépuscule jaunissant ; des sirènes dormaient sous d'obscures grottes, et près d'elles reposaient, au milieu des algues, des poissons brillants comme des poignards d'acier et des coquillages gris et roses. Des satyres poursuivaient des nymphes sur des ponts rustiques qui enjambaient des étangs où le reflet des corps se prolongeait. Mais aucun de ces tableaux n'était fini ; et l'ébauche même ne donnait l'impression ni d'une chose qui vivra, ni d'une œuvre qui sera achevée. Tantôt les draperies étaient peintes et les figures dessinées au crayon, tantôt les visages souriaient et les membres se fondaient dans une grisaille de fusain ; des coins de toile entiers restaient blancs au milieu d'un paysage. Tout respirait la même lassitude et la même impuissance. Un seul de ces tableaux semblait près de l'achèvement : une femme nue dans une forêt d'automne. Mais les feuillages trahissaient le découragement et les mains de la femme étaient grattées.

Collonges, assis devant la fenêtre, regardait des fumées s'envoler sur un morne océan de maisons. Sa figure avait pâli ; ses cheveux plus longs tombaient autour de ses joues amaigries. Il semblait plus triste et plus las. Luc le félicita de ses œuvres.

— Non, fit Collonges, n'en parlez pas. Cela ne vaut rien...

Il eut un vague geste de découragement et s'écria :

— On ne peut rien exprimer, rien du tout, de ce qu'on sent. Voyez cette femme nue qui dort dans une forêt d'automne ; j'ai voulu exprimer là une vision rousse, quelque chose de vénitien, de chaud, un éblouissement de soleil et de tons roux. Regardez ce long serpent de cheveux rouges, parmi ces feuilles rouillées. Eh bien, c'est terne, c'est gris, ça ne gueule pas... Non, vous comprenez, Luc, il faudrait qu'en se plantant là, devant ma toile, on cligne des yeux, on soit ébloui comme en face du soleil... Ça ne yeux vibre pas. C'est morne !

Il se dressa avec un geste violent et cria, les fous, les poings crispés de colère :

— Il ne me reste plus qu'une chose à faire. C'est de flanquer le feu à ma toile ! Au moins ça sera rouge, ça sera chaud, ça rutilera !

Il se rassit avec lassitude et reprit, avec des silence et une voix brisée, une conversation interrompue, hachée, illogique, où tout se mêlait, souvenirs et appréciations artistiques, regrets et admirations.

— Ah ! Claude Lorrain, ces ciels jaunes, ces soleils de cinq heures, ces fonds mordorés, ces patines de cuivre sur les arbres veloutés ! On y est, on y a tiède, on y rêve de douce Italie et de marbres laiteux... Mais non, c'est fini, les secrets de la peinture sont finis, les grandes choses fichent le camp. C'est la démocratie qui monte... Et l'éblouissement de Turner, ce vertige de la lumière, cette folie des rayons, cette brûlure de toute la toile qui flambe comme un brasier... Voyez ces nymphes, là, sous ces basaltes ! Regardez leurs corps, j'aurais voulu qu'ils soient humides, couverts d'une buée glaciale... Et ce sont des femmes comme les autres, ça pourrait être des grues qui vont se coucher ou des paysannes déshabillées... Une nymphe, pensez à cette chose, Luc, peindre une nymphe ! Une créature presque divine, qui couchera avec Apollon ou avec Zeus ! Mais comment faire des sirènes ou des dryades d'après les modèles, ces choses qui enlèvent partout leur chemise, qui posent pour une Jeanne d'Arc ou pour une Amphitrite... Et puis, non, c'est ma faute. Quand on a du génie, on crée avec son cerveau et non avec de la chair copiée... Et je n'ai pas de génie... Ah ! Poussin, croyez-vous qu'il ait été un peintre, celui-ci, avec ses campagnes heureuses, ses bergers dans l'Arcadie, son Diogène ! Mais c'est fini, tout ça, ça se meurt... Je ne peux pas réussir à terminer une toile, je n'arrive pas à aimer une femme, et c'est la même chose. Si je savais avoir une passion, je pourrais travailler ; je suis veule, je ne peux rien... Tenez, mon père a une propriété dans l'Angoumois, il veut que j'en sois le gérant, il a raison, je lâcherai la peinture, je me moquerai de Lorrain, et de Turner, et de Delacroix, je chasserai et je violerai des fermières dans les foins... Et puis, non, Luc, de cela encore je suis incapable, je ne pourrai jamais m'habituer à ne pas aller au Louvre, à ne pas rester des heures à regarder la Joconde ou les Watteau... Je ne pourrai jamais m'habituer à vivre loin des femmes que j'adore, des femmes dont je ne peux pas me passer, qui sentent bon, qui ont des mains douces, des fourrures en hiver et des corsages clairs et les bras nus en été...

Luc, en quittant Collonges, se trouva un peu déprimé par la mélancolie de son ami. Mais il se rasséréna en songeant à son bonheur.

— J'ai été pareil à lui, pensait-il, comme j'en suis loin maintenant ! La grâce m'a touché. Et la vie est devenue aisée pour moi. Il m'a fallu bien peu de choses pour faire fondre en moi ce vieux Luc, égoïste, amer et impuissant. J'avais bien tort de me désoler avant de connaître Geneviève, je n'étais pas aussi malade que je le croyais.

En monologuant ainsi, il arriva chez Guéthary. Le jeune homme fumait placidement sa pipe, oisif et rêveur, et sa figure réjouie, sa barbe d'or se fondaient dans la buée mouvante du tabac.

Il offrit une cigarette à Luc et lui parla, selon sa coutume, des derniers livres qui avaient paru. Puis il fit tout à coup :

— Savez-vous que votre ex-amie Violette Peartree se marie?

— Allons !

— Ma parole ! Et devinez avec qui?

— Je ne sais vraiment...

— Launoy, mon cher, cette brute de Launoy. Ah ! elle a bien manœuvré, Violette, elle lui a jeté le grappin dessus, elle ne l'a pas lâché...

— Mais il l'aime alors?

— Lui ! oh ! vous savez qu'il n'aime personne, mais il la désire sauvagement, elle l'a attisé, elle s'est promise, puis refusée, Launoy parlait déjà de se tuer, bref, il l'épouse.

Et Guéthary conclut philosophiquement :

— Dans deux ans, Launoy retournera à ses maîtresses, et Violette deviendra une des meilleures pouliches des courses adultérines. Alors ce sera notre tour, sans doute, Luc... D'ailleurs, il y a du mariage dans l'air. Durbec aussi est en train d'épouser.

— Ce goujat !

— Oui, et ce goujat a même trouvé une adorable jeune fille, simple et douce, musicienne, et qui a cinq cent mille francs de dot. C'est uniquement ce qui l'a décidé, bien entendu, cette somme. Ah ! la pauvre petite, elle aura ça pour mari ! Et le plus fort, c'est qu'elle l'aime. Il a si bien joué la comédie qu'elle le croit bon, dévoué, intelligent, délicat même, il parle de musique avec elle, lui, l'ignoble Durbec qui n'a jamais pu supporter autre chose que les refrains de café-concert !

— C'est dégoûtant, murmura Luc, et Morhange?

— Morhange est collé avec une jolie femme, déjà sur le retour, et qui a été jadis la maîtresse de Condamin, de Pelvoux et de beaucoup d'autres. Cela ne serait rien, mais elle tient Morhange dans ses griffes comme un chat tient une souris. Ils se battent, ils se saoulent, mais ils ne se quittent pas.

Luc, en sortant de chez Guéthary, se dirigea vers la demeure de Geneviève. Son orgueil lui parlait doucement. Il avait su rompre avec son existence antérieure, il était au seuil du bonheur, tandis que les autres se débattaient sous l'étreinte de misérables souffrances. Il sourit de contentement et sonna à la porte de son amie.

### III

> J'ai pleuré en rêve ; je rêvais que tu étais morte ; je m'éveillai, et les larmes coulèrent de mes joues.
>
> HENRI HEINE.

Vers la fin de février, Luc alla demeurer une quinzaine de jours en Bretagne, chez Apremont. Ils parcoururent ensemble les landes, les côtes déchiquetées où roulent interminablement les grands flots. Ils connurent de tremblants matins bleus sur l'immensité des plaines, des soirs roses sur la mer. L'antique poésie de l'Armorique les pénétra de sa puissante douceur ; ils s'isolèrent hors des temps dans un songe historique et religieux où Apremont confessait toute la taciturne gravité de sa race.

Assis à la nuit tombante dans la chambre d'une vieille maison d'où l'on entendait se plaindre la tempête, Luc, aux sons des sonores orgues du vent, raconta à son ami sa rencontre avec Geneviève, son amour et leurs fiançailles. Apremont, silencieusement, serra la main du poète avec une sourde et profonde émotion. Et Luc se comprit dans la vie comme dans cette chambre, à l'abri des orages qui dehors ravagent les consciences et les vagues. Il eut chaud au cœur, il fut tendre et cordial, il pensa à Geneviève avec un vif désir de la revoir.

Le jeune homme rentra à Paris au déclin d'une journée de mars tiède et merveilleuse de contenir déjà tout le printemps dans son ciel moins gris et les effluves doux qui la parcouraient. Il descendit de la gare à pied et se dirigea vers son quartier pour se changer chez lui avant d'aller retrouver Geneviève. Il se souvint longtemps de l'impression d'allégresse qu'il ressentait, ce soir-là. Il marchait très vite ; il était léger et joyeux. Des bandes de fleurs roses, analogues à de vieilles étoffes soyeuses, s'assombrissaient graduellement au-dessus des maisons. Les lumières naissaient partout. Les magasins étaient en fête avec leurs cascades de soieries, leurs mines de joyaux, leurs robes, leurs dentelles, leurs statuettes, leurs gourmandises.

Les femmes avaient une grâce spéciale. Les trompes des automobiles sonnaient. Luc pensait à l'avenir heureux qui s'ouvrait devant lui. Tout lui était exquis, les figures fraîches des passantes, le mouvement des rues, les bruits et les chatoiements. Comme il serait heureux avec sa femme ! *Sa femme* ! ce mot le frappait d'étonnement et d'une riante émotion. Elle serait à lui cette adorable et fine Geneviève, il aurait toute sa pensée où il tenait déjà une si grande place. L'orgueil se mêlait à sa tendresse. Puis tout cela lui semblait si heureux qu'il n'y croyait pas; c'était un rêve ou une joie inaccessible. Et tout de suite après, il voyait son amour auprès de lui, simple comme un sourire de jeune fille, vivant à le toucher de la main.

En arrivant chez les Guiramand, Luc monta tout droit au premier étage et sonna. Le cœur lui battait. Il était étrangement impatient de revoir Geneviève. Il imaginait déjà sa joie de la regarder et de lui parler. Il attendit une ou deux minutes longues comme des heures. Un valet de chambre parut, il était nouveau, il ne connaissait pas Luc. Il dit d'une voix impersonnelle et grave :

— Madame ne reçoit pas.

Hermany dit en souriant :

— Cela ne fait rien, la consigne n'est pas pour moi, vous pouvez me laisser entrer. .

— Il n'y a pas de consigne, fit le valet avec un peu d'impatience, mademoiselle Geneviève est malade.

— Malade, s'écria Luc, avec une brusque inquiétude aiguë comme une morsure, et qu'a-t-elle donc ?

— Je ne sais pas, dit l'autre, mademoiselle a une forte fièvre, on ne sait pas encore ce que ce sera.

Luc fut si ahuri qu'il resta immobile et sans parler devant la porte que le valet de chambre referma doucement. Luc pensa d'abord à sonner de nouveau, à demander madame Guiramand, à l'interroger. Une bizarre timidité et la peur du ridicule l'en empêchèrent. Puis il craignait d'effrayer la vieille dame en insistant davantage et en manifestant des craintes sans doute exagérées sur la santé de Geneviève. Il

redescendit l'escalier. Mais quelque chose de douloureux venait de s'éveiller, il gardait un peu de cette impression pénible que donne un point de côté quand on respire. Il était devenu superstitieux comme tous ceux qui ont connu le bonheur après avoir beaucoup souffert, et qui, craignant toujours de le voir s'échapper, reconnaissent dans chaque chose une influence fatale. Son esprit naturellement porté à tout exagérer, (il avait d'ailleurs accru cette tendance de toute la fièvre que lui avait communiquée l'amour de Geneviève) n'entrevit pas l'hypothèse si simple d'une maladie éphémère et sans gravité, il alla comme toujours jusqu'au bout de sa terreur, il y trouva la mort de sa fiancée. Ce raisonnement ne reposait sur rien, il ne fut que plus inébranlable. Luc considéra Geneviève comme perdue. Au moment où il sortait de la maison des Guiramand, il rencontra deux femmes qui portaient de funéraires couronnes de perles. Cette coïncidence lui apparut comme l'oracle même du Destin. Toute sa faculté de raisonner chavira ; le pressentiment, la peur instinctive l'emportèrent. Il vit son bonheur à terre, ses espérances écroulées. Une violente tristesse s'empara de son esprit. Mais il n'eut de pensées de pitié que pour lui et pas une seule pour Geneviève.

En monologuant sur sa malheureuse existence, et en maudissant le sort, il arriva, heurté et coudoyé par les passants, sur les boulevards. Il s'assit à la terrasse d'un café et demanda une absinthe. Inattentif aux appels des camelots, aux lumières, aux murmures de la foule, il réfléchit longuement. Il se reprit peu à peu sur son pessimisme et se rassura.

— Ce stupide valet de chambre, pensa-t-il, n'a parlé que d'une fièvre. C'est sans doute l'influenza ou toute autre affection bénigne. Depuis quand peut-elle être malade? Comment n'ai-je pas songé à le demander? Mais aussi, une telle nouvelle ! A moi qui arrivais tout joyeux de penser à la revoir ! Quelle folie de croire qu'elle est très mal ! Ne me corrigerai-je jamais de cette manie? C'est absurde ! Où avais-je la tête de m'inquiéter ainsi ? Ne peut-on être malade sans l'être gravement? Et quand même elle aurait une maladie grave, ce ne serait pas une raison pour mourir...

Il se rassura si bien qu'il sourit de ses frayeurs. Il ne comprit plus comment il avait exagéré à ce point. Il se leva, ragaillardi, persuadé que Geneviève n'avait rien de sérieux, que son bonheur était intact. Comme il venait de traverser un mauvais moment, il fut par réaction très joyeux.

— Demain matin, se dit-il, je verrai madame

Guiramand, elle me rassurera tout à fait.

Il pensa bien un peu à y aller tout de suite, mais il n'osa le faire. Il ne demandait qu'à croire que tout était pour le mieux. Son optimisme se troublait de la perspective d'une douleur à supporter ou même d'une inquiétude à conserver quelques jours. Il voulait une vie facile et agréable, il ne pouvait supporter les soucis qui se dressent entre nous et le mirage peureux du lendemain. Comme il se berçait facilement de rêves, il imagina comme un roman une longue maladie de Geneviève où il jouerait le premier rôle et le plus flatteur. Il se racontait déjà les nuits qu'il passerait à la veiller, les journées occupées auprès d'elle à lui donner, heure à heure, des potions. Ce fut pour lui une nouvelle occasion de s'aimer et de s'admirer. Il vit Geneviève toute pâle et souffrante dans son lit ; et cette vision s'accompagnait d'une vague émotion voluptueuse, il eut une grande pitié subite pour sa fiancée ; son amour s'en accrut. Ce tableau d'une Geneviève douloureuse et misérable et d'un Luc dévoué lui fut infiniment doux. Il s'y complut avec tendresse. Cette scène pathétique le consola tout à fait et il rentra chez lui. Il écrivit à Apremont, il pensa successivement à Phaéton, à Collonges et au mariage de Violette Peartree. Il dîna de bon appétit ; il prit dans sa bibliothèque un des livres jaunes qu'il préférait et l'ouvrit au hasard, il lut :

« Lorsque je me rappelle ceux que j'ai connus et que la même mort menait tous par la main, je vois une troupe d'enfants, d'adolescents et d'adolescentes qui semblent sortir de la même maison. Ils sont déjà frères et sœurs, et l'on dirait qu'ils se reconnaissent entre eux à des marques que nous ne voyons pas, et qu'ils se font, au moment où nous ne les observons plus, le signe du silence. Ce sont les enfants attentifs de la mort précoce... »

Luc ferma le livre avec impatience et marcha fiévreusement dans sa chambre. La morsure de l'amère nouvelle se réveilla en lui, il croyait l'avoir étouffée, elle n'était qu'endormie. Il en gardait une sourde inquiétude qui se mêlait à toutes ses pensées. Il se demanda ce qu'il avait à faire, *demain*, et ce mot de demain lui apporta une crispation intérieure, dans le souvenir qu'il devrait aller chez Geneviève, être fixé sur son sort. Toute réflexion devenant ainsi impossible, Luc désira se coucher. Il eut peur de ne pouvoir dormir. Il se promena dans sa chambre en lisant des vers. Il prit le *Kaïn* de Leconte de Lisle. En récitant tout haut pour s'étourdir, il regarda la pendule, elle marquait neuf heures vingt.

— Si j'ai fini ma lecture avant la demie, Geneviève ne mourra pas...

C'était absurde, mais il avait souvent de ces superstitions inexplicables. Il voulut finir au plus vite, il lut en bredouillant, restant quand même scrupuleux, attentif à prononcer tous les mots. Il jeta les yeux sur le cadran ; cinq minutes encore. Il redoubla de précipitation. A mesure qu'il donnait davantage créance à sa ridicule idée, elle devenait d'autant plus puissante. Il lut aussi passionnément que si vraiment l'arrêt du sort dépendait de sa rapidité. Il crut avoir gagné quand il tourna la dernière page et qu'il n'aperçut que quelques strophes à déclamer. Mais au même instant, solennelle comme un glas, vibrant dans le silence, l'inflexible pendule sonna la demie. Luc fut terrifié, il ne put retenir un juron violent et envoya le livre à l'autre bout de la chambre.

— Mais je deviens idiot ! s'écria-t-il.

Il eut beau se rabrouer, l'impression de fatidique tristesse persistait. La phrase : « Geneviève mourra ! » tintait interminablement dans la tête de Luc comme une boule de plomb dans un grelot. Il était à un de ces tournants de la vie si pathétiques qu'il semble que chaque chose va nous avertir de notre destin. Ne pouvant échapper à la hantise, il se coucha, persuadé d'ailleurs qu'il ne pourrait pas dormir. Mais après avoir tourné un quart d'heure entre ses draps, il se calma et s'endormit bientôt d'un profond sommeil sans rêves.

IV

*Le désespoir est la plus grande de nos erreurs.*
VAUVENARGUES.

Le lendemain à dix heures, Luc alla chez les Guiramand. La matinée était merveilleuse, le soleil souriait comme un enfant qui se lève en songeant qu'il va jouer tout le jour. On vendait des fleurs dans les rues. Elles répandaient des aromes si doux qu'ils donnaient le désir de s'endormir en les respirant.

Luc avait repris sa tranquillité. Il savait que Geneviève n'était malade que légèrement, qu'elle guérirait très vite, que les beaux jours ne tarderaient pas à revenir. Il acheta pour elle des violettes et des roses.

Le même valet de chambre ouvrit la porte au jeune homme et, comme la veille, refusa de le laisser entrer. Luc se fâcha. Comme il parlementait, Marcelle traversa le corridor. Elle reconnut la voix d'Hermany et l'appela.

— Excusez-nous, fit-elle, nous vous pensions encore en voyage, nous n'avons pas dit...

Elle entra dans le salon, et Luc vit avec stupeur qu'elle avait une figure décomposée, des yeux cernés et rouges, un teint plombé par les nuits de veille. La pensée de la mort de Geneviève traversa Luc comme un éclair. Il redouta abominablement l'explication qu'allait lui donner M^{me} Hardy et la désira de toutes ses forces. Une affreuse angoisse le torturait.

— Ah ! mon pauvre Luc ! s'écria-t-elle.

L'angoisse augmenta, serra le cœur du jeune homme comme une main de plomb. Le sentiment de l'irréparable fut sur lui. Son intelligence titubait au seuil du malheur.

Il cria :

— Voyons, Marcelle, dites-moi vite, Geneviève ? est-ce grave ?

Mais la jeune femme ne pouvait répondre, elle sanglotait. Les larmes la suffoquaient, une tempête secouait sa poitrine palpitante, elle pressait contre ses lèvres et mordait son mouchoir, Luc s'affolait, il saisit Marcelle par un poignet et la supplia de répondre.

— Dites-moi, je vous en prie, ce qu'elle a... Est-ce grave ?

Marcelle se remit un peu. Elle murmura :

— C'est la phtisie galopante. Elle est perdue..

La phrase terrible tomba sur Luc comme un bloc s'écroule. Il ne comprit pas de suite le sens trop clair des mots, il les répéta lentement, et tout à coup, la lumière se fit, le cœur de Luc sonna follement dans sa poitrine, un désespoir immense couvrit le monde. Le jeune homme vit tout son bonheur écroulé ; sa première pensée lucide fut égoïste, ce fut sur lui-même qu'il s'apitoya. Puis il se fit en lui un grand calme ; comme il arrive toujours en pareil cas, après une attente trop anxieuse, l'annonce d'une certitude, même affreuse, le soulagea. Et il lui parut alors que Marcelle ne lui apprenait rien de nouveau, qu'il savait depuis longtemps que Geneviève allait mourir.

— Eh bien, fit Marcelle, que dites-vous ?

La froideur de Luc la stupéfiait ; elle s'attendait à des transports de douleur. Il restait calme ; tout se passait intérieurement. Il comprit que son attitude était fausse, il s'écria d'une voix étranglée :

— Oh ! je suis désespéré !

Il reprit avec violence :

— Mais non, c'est impossible, je ne veux pas y croire, vous devez vous tromper, elle était encore bien quand je l'ai quittée, l'autre jour, quand je lui ai fait mes adieux, elle m'a encore dit...

Il s'étourdissait de détails, rappelait vingt faits minuscules, comme si ces petites anecdotes devaient prouver par leur vitalité que la mort ne pouvait pas encore faire son œuvre.

— Mais comment cela lui a-t-il pris ?

— Ah ! sait-on jamais ? Un refroidissement, une fièvre dévorante que l'on croyait d'abord catarrhale, puis elle n'a pas voulu cesser, rien n'y a fait... Le docteur m'a dit aujourd'hui ce qu'il en était... Maman n'en sait encore rien... Oh ! quelle horreur !

Et tout à coup, dans l'excès de sa douleur, Marcelle révéla la tare :

— Nous pensions bien être sauvées, cependant. Ma grand'mère est morte phtisique, mon oncle Charles aussi. Mais qui pouvait penser que cela nous attaquerait un jour ? Oh ! c'est affreux, affreux !

Elle gémissait plaintivement, accroupie dans le fauteuil, tamponnant ses yeux avec son mouchoir. Luc ne savait que dire. Il se leva :

— Je suis absolument stupide, je n'ai plus ma tête à moi, je reviendrai prendre des nouvelles, ce soir. Je crains de vous déranger.

Il s'esquiva.

— C'est fini, c'est fini, pensa-t-il dans la rue en retournant vers sa demeure, Geneviève est perdue. Oh ! vie affreuse ! J'étais là, au seuil du bonheur, tout me souriait, eh bien, non ! le plus atroce coup de dés du Destin, tout par terre ! Geneviève va mourir, mon amie, ma Geneviève, celle pour qui je vivais. C'est fini, ma vie aussi est finie !

Chacune de ces paroles augmentait sa tristesse. Elle lui semblait venir moins de lui-même que de ce qu'il disait. D'ailleurs, quelque profonde qu'elle fût, elle ne dépassait point celle qu'il avait éprouvée quand Geneviève avait quitté le Mas, ni ses anciennes mélancolies de l'hiver précédent. Il se sentait prêt à pleurer, sans aucune contre la fatalité, acceptant l'Inexorable. Sa tristesse restait douce sous son amertume. La mort de Geneviève lui apparaissait comme une chose lointaine et légendaire, pas très réelle, surtout poétique. Brusquement, la lugubre réalité de cette mort se présenta à son esprit, *telle qu'elle serait*, et tout près de lui. Sa tristesse douce chavira ; il eut un accès de révolte furieuse :

— Ah ! non ! c'est trop injuste à la fin, c'est monstrueux ! Une femme jeune, adorable, jolie, née pour l'amour, mourir ainsi ! Et l'on parle d'un Dieu de bonté ! Un dieu de sauvages, oui, un barbare qui ne se plaît que dans la souffrance ! Oh ! misérable Dieu, que je te hais !

Le sentiment de l'inutilité de sa révolte l'affolait. Ne sachant où laisser retomber le poids de sa fureur, ivre d'insatisfaite colère, il invectivait alors la divinité, — à laquelle il ne s'adressait d'ailleurs qu'à ses heures de haine et pour pouvoir s'en prendre à quelqu'un de ce qui lui arrivait de fâcheux.

Il rentra chez lui et s'enfonça dans un fauteuil. Il y continua plusieurs heures à se plaindre et à s'attrister. Il avait le sentiment d'une immense détresse ; tout pour lui se couvrait de cendres, l'avenir était sombre, incertain. Il n'y aurait plus de joies pour lui sur la terre. C'était fini. La vie n'offrait qu'une boue aux lèvres altérées d'eau pure. On ne pouvait s'attacher à rien ; tout fuyait entre les doigts.

Luc se sentit trop angoissé pour dîner, sa gorge était serrée, une barre lui comprimait l'épigastre. Il gaspilla dans son assiette un œuf et une côtelette, but deux verres de rhum et reprit sa méditation en marchant de long en large dans sa chambre.

— Mon existence est finie, pensait-il encore, que ferai-je sans Geneviève? Elle est toute ma vie. Je ne lui survivrai pas.

Et tout à coup, le démon de l'analyse le saisit. Il eut presque l'impression physique qu'il mentait, que ses sentiments étaient autres, qu'il exagérait. Il se connaissait si bien ! Encore une fois, il se dédoublait. Un esprit malicieux d'une terrasse supérieure regardait s'agiter le moi de Luc pris par les événements. Le jeune homme comprit que sa tristesse était plus superficielle qu'il ne le croyait. Apprenant ce qu'il venait d'apprendre, il était naturel qu'il agît comme il venait d'agir. Mais qu'y avait-il de sincère au fond de cette douleur? Cela c'était l'attitude romanesque qu'il voulait avoir, c'était le personnage qu'il jouait pour lui-même. Quel était le vrai Luc ? Il jeta dehors tout le romantisme, il s'étudia. A la surface, son âme était agitée, inquiète, bouleversée par les regrets, la mélancolie de *rater* le bonheur. Au fond, elle restait calme. Et Luc comprit qu'il n'avait pas souffert. Il n'avait pas éprouvé cette douleur aveugle, énorme, physique et morale, qui supprime la conscience, qui fait sangloter et haleter, la douleur des mères, des enfants, des amants et des fiancés, la douleur qu'aurait éprouvée Geneviève si lui, Luc, était mort. Il se rappelait des gens frappés par la perte d'un être cher et qui avaient souffert ainsi. Mais lui? Il n'avait certes pas perdu sa conscience, il restait lucide et froid, très triste, mais calme. Alors il se dit :

— Mais la perspective de cette mort de Geneviève ne me touche pas plus, parce que je n'y crois pas. C'est une notion que ma raison a apprise, mais que mon instinct n'admet pas. Ma croyance optimiste est telle que je persiste à croire que Geneviève va se guérir. Je ne peux me désoler sur un événement auquel je ne crois pas.

C'étaient des faux-fuyants où il s'efforçait de déguiser la vérité, de se la dissimuler le plus longtemps possible. Il s'en aperçut bien.

Comme un théorème géométrique, une fois prononcé, en appelle d'autres qui sont indispensables et le suivent logiquement, comme un fil arraché d'une bande d'étoffe suffit à la déchirer tout entière, la constatation de Luc, qu'il ne souffrait pas, en amena d'autres qui en découlaient et qui étaient terribles. Il essaya d'arrêter le développement de sa pensée ; il ne put y arriver ; elle était plus forte, il ne la dirigeait plus. Il eut l'horrible impression qu'une autre conscience que la sienne commandait à son cerveau, qu'il n'était plus maître chez lui.

De vivants instincts levèrent la tête, aussitôt que furent détachés les liens qui les retenaient. Luc se sentit jeune et fort, robuste, plein de vaillance. Il lui sembla que depuis qu'il connaissait la maladie de Geneviève, sa santé s'accroissait. Sachant son amie au seuil de la mort, il avait l'égoïste satisfaction de se sentir sain et puissant, débordant de vie. La pensée de son avenir lui revint, et une voix qu'il connaissait bien et qu'il ne put maintenir murmura au fond de lui :

— Cela n'entravera pas mon avenir.

Alors il eut horreur de lui-même, il déplora l'inflexible indifférence de cette phrase, son égoïsme le révolta. Il voulut se lamenter, gémir pour se persuader qu'il était malheureux. Il s'écriait :

— Quand je commence ces terribles analyses, un besoin pervers me pousse, je me rends odieux à force de mensonges.

L'autre voix répondit :

— C'est maintenant que tu mens.

Ce fut un abominable conflit d'idées. Toutes se heurtaient, se déchiraient, se remplaçaient, dans un tumulte qui prenait pour scène la pensée de Luc. Deux hommes luttaient, l'un qui avait voulu aimer, arranger sa vie selon son rêve, le Luc amant, romantique, le Luc idéal qu'il voulait être et le Luc réel, égoïste, sec, le Luc pareil à tout le monde, médiocre et trop humain.

— Mais je l'aime enfin, Geneviève !

Le calme se fit. Luc raisonna et constata. Oui, il avait aimé Geneviève, dans le songe du bonheur, dans la nature et les fleurs légères, dans le désir d'une vie charmante et douce. Et il se reprenait par peur de l'inquiétude, maintenant que le malheur venait. Car il était faible, il était lâche, il ne voulait pas de chagrins, il aspirait à une existence ouatée et molle, il reculait devant la souffrance.

— Mais de quel amour alors l'ai-je aimée pour me reprendre si vite et si cruellement?

Et la certitude s'imposait à lui sans pitié. Il avait cru l'aimer avec son cœur, avec sa tendresse forte et solide d'homme qui s'éprend pour la vie, pour toujours. Et il l'avait aimée avec son imagination, avec son cerveau de poète, qui avait créé une Geneviève de rêve et un Luc amant, avec des souvenirs de poèmes et de romans. Il avait trouvé sa vie vide et morte, il avait désiré l'Amour comme le dieu charmant qui fait naître des roses et des lauriers, là où il n'y a que des épines et des pierres. Il avait rencontré Geneviève dans le moment où ce désir de l'Amour était le plus aigu, au milieu d'une nature qui inspirait les plus tendres pensées. L'imagination avait brodé sur ce canevas. Et Luc avait connu les exaltations, les jouissances et les ardeurs de la vraie passion, mais c'était un amour né du plaisir et bâti sur le sable, une fantaisie rêveuse et poétique qui se fondait au premier souffle de la réalité.

— Que puis-je demander de plus? pensa Luc, j'ai goûté la saveur de l'amour sans en connaître les tortures.

La pensée qu'il avait un devoir à remplir envers Geneviève contredisait cette acceptation trop facile de sa sécheresse. Mais c'était surtout en face de sa conscience qu'il avait des obligations.

— Mais alors je suis incapable d'aimer !

Ce fut pour lui une souffrance. Quelque chose de la vie se refusait à sa soif. Il avait la notion d'une émotion qu'il n'atteindrait jamais.

— J'ai menti, menti ! pensait-il tumultueusement, menti à moi-même et menti aux autres. Apremont qui me croit sauvé de l'impuissance ! Ah ! misère ! Et moi qui m'enorgueillissais en me comparant à Collonges ! Je ne vaux pas mieux que lui, je retombe au même point.

Toute sa vie fut par terre. Il retrouva l'analyse qui l'avait désolé, l'inutilité d'une existence qui se dénoue comme un bouquet de fleurs détachées, les aspirations vagues et l'impossibilité de réaliser. Il se revoyait tel qu'il était auparavant, avec en plus la science exacte de sa stérilité. Il se roula sur le canapé ; il jeta les coussins sur des cristaux qui se brisèrent, il renversa des livres. Il voulait pleurer parce que Geneviève allait mourir, il ne pouvait pas, il voulait aimer, il voulait aimer ! Et il savait que cela lui était défendu.

Ce fut une affreuse journée, une des plus tourmentées et des plus douloureuses de sa vie. Il s'était désiré bon, aimant, dévoué, épris jusqu'à l'oubli de soi, et il se retrouvait sec, indifférent glacé, uniquement passionné pour lui-même.

— Mais comment ai-je pu croire si longtemps à un tel amour, se demandait-il?

Et il se répondait que cette fatale imagination et sa vanité avaient tout fait et que d'ailleurs, rien ne pouvait l'empêcher d'y croire, puisqu'il était heureux.

Il s'écria :

— Nous ne pouvons jamais nous connaître par nous-mêmes ; ce sont les événements qui nous révèlent notre caractère. Nous ne voyons ce que nous sommes que quand la vie nous le montre.

Et il cherchait dans ses souvenirs s'il n'aurait pas pu être instruit plus tôt de la réalité de ses sentiments pour la jeune fille. Il se rappelait son impression qu'il jouait un rôle quand il embrassait Geneviève, ses hésitations avant l'aveu et la manière toute livresque dont cela se présentait à sa pensée, ses incertitudes quand il s'inquiétait de savoir s'il l'aimerait encore après le mariage, son accoutumance à la voir souvent et ce sentiment de déclin qui l'avait accablé au départ de Geneviève pour Paris. Mais quel sens donner à ces fugitives et incertaines sensations? Et si toutes ces réflexions ne lui apportaient pas l'amère douleur qu'il regrettait de ne pas avoir, elles lui laissaient cependant une intense et vive tristesse. Car s'il n'aimait point Geneviève avec toute la passion souhaitée, il lui gardait assez de tendresse amoureuse pour se mélancoliser à de certains moments, sur cette cruelle Destinée.

Mais au-dessus de tout cela planait l'horreur que Luc avait de lui-même, son mépris violent. Il s'écœurait, il se regardait avec haine, — comme un général orgueilleux, un jour de bataille, se voulant héroïque, se détesterait de trembler et de révéler, sous ses désirs glorieux, une pauvre carcasse humaine effrayée par les boulets et le bruit des canons.

Toute la soirée, Luc rabâcha ces mêmes pensées. Les clartés s'éteignirent. Il resta dans l'ombre qui s'accumulait graduellement autour de lui. Parfois le doute le prenait. Il croyait se tromper, il s'exaltait, il allait souffrir, aimer encore Geneviève, peut-être, les larmes venaient. Puis non ! C'était un mirage de son imagination qui le tentait comme un démon. Et tout recommençait, souvenirs heureux, sentiments d'impuissance, raisonnements inutiles, terreur de l'avenir, honte de soi-même. Et ces réflexions égoïstes ne laissaient point de place aux pensées de pitié pour Geneviève. Luc se réservait pour lui seul toute sa pitié.

Alors une vie cruelle et double se déroula pour le jeune homme. Chaque jour, il allait prendre des nouvelles de Geneviève, chaque jour, il la savait plus faible, plus inclinée vers la mort. Rien ne faisait cesser la dévorante fièvre, elle brûlait tout ce pauvre corps d'enfant saisi par l'inexorable maladie. Marcelle, qui venait parler à Luc, était chaque jour plus pâle, plus désespérée, ravagé plus par les nuits de veille. Des crises de larmes la secouaient, la terrassaient devant le poète qui ne savait comment la consoler. Ces émotions énervaient Luc qui quittait le salon des Guiramand, l'esprit prostré, ahuri par l'approche de la mort, déprimé par toute cette douleur qu'il ne pouvait pas partager. Mais en sortant, en recommençant sa marche dans la rue qu'il connaissait si bien, il se reprenait peu à peu. Alors, il avait affreusement le sentiment de sa jeunesse, de sa force, de sa santé. Il était honteux de son teint rose, du sang rapide et vif qui courait dans ses membres, leur donnait leur aisance et leur souplesse. Et il goûtait sensuellement la béatitude de vivre. Il avait beau s'efforcer de se mettre au niveau de la désolation de Marcelle, il ne pouvait y arriver. Il aurait pu du moins s'accepter tel qu'il était. Il ne savait pas non plus s'y résoudre. Il ne voulait pas déchoir, et s'admettre dans son imperfection, c'était déchoir devant lui-même.

Pendant ce temps, mars s'avançait dans sa grâce légère et fleurie. Les jours s'allongeaient vers le crépuscule bleu. Les plaisirs jouaient dans la ville. Il semblait que les tristesses, les soucis, les rancœurs de l'hiver morose s'en allaient, une ère naissait pour la joie, l'ère du renouveau qui apportait aux hommes des fleurs et des désirs, des fruits et des baisers, des grappes et des ivresses.

Par un de ces longs soirs clairs, Luc se promena longuement dans la ville. Il voulait échapper au souvenir de la lugubre scène à laquelle il venait d'assister. Marcelle lui avait demandé s'il voulait voir Geneviève qui dormait. Il n'avait pas osé refuser. Il entra à pas de loup dans sa chambre, il la regarda et fut saisi d'épouvante. Elle reposait étendue dans l'inflexible blancheur des draps, qui évoquait déjà d'autres blancheurs, — celle du suaire et celle du tombeau. Que restait-il de la figure qu'il avait aimée dans ce pauvre visage de cire jaune, au nez pincé, aux lèvres livides, aux pommettes rouges, aux yeux enfoncés et bleus? Elle était renversée en arrière ; et ses bruns cheveux répandus coulaient sur l'oreiller comme des serpents.

Et sous les draps, se dessinait une forme à la fois vague et rigide, un être réduit jusqu'à n'être bientôt plus que l'ossature, l'effrayante égalité des corps humains.

L'étreinte d'une intolérable tristesse serra Luc

à la gorge. L'autre Geneviève, celle qu'il avait aimée, était déjà morte, il ne demeurait plus que son ombre, et le bel Amour était mort avec elle.

Luc s'en alla. Le soir tiède se prolongeait, rose et bleu, veiné comme un marbre céleste, comme une eau nuageuse et qui mire l'aurore. Les rues ruisselaient d'une foule joyeuse et rapide, chatoyante et diverse, contente de quitter l'hiver et de s'avancer vers l'été. Les jardins, cachés derrière leurs murailles, jetaient au vent des émanations de fleurs. Des ritournelles de pianos s'évadaient des fenêtres ouvertes. Les nuages légers flottaient comme les plumes blanches que laissent échapper les bourgeons.

Luc marcha plus allègrement. Il sortait de la mort, il était avide et fièvreux. Il voulait vivre, vivre avec passion, avec chaleur, avec furie. Il se sentait dans les reins l'épée du Temps. Ah ! jouir, jouir, de tout avant la fin, la désagrégation des cellules ! — Et l'instinct lui parlait âprement : — Tu es jeune, lui disait-il, vas-tu t'efforcer de pleurer parce que meurt une femme? Tant d'autres sont là qui sont prêtes à t'ouvrir leurs bras, à se dévêtir pour ton plaisir, à te presser contre leur cœur ! Laisse au tombeau celles qui sont déjà du passé, cours vers de plus jeunes, vers celles dont le sein palpite, dont la chair est chaude, dont les yeux invitent à l'Amour !

Et Luc écoutait la voix. Elle bafouait la croyance à la fidélité, au rêve d'une tendresse unique et plus forte que la satiété. Elle raillait cette clôture de l'homme dans les barrières d'une seule beauté qu'est le mariage. Et le vieux sang des races orientales, polygames de naissance, battait sous la poitrine de Luc.

Il s'avançait rêveusement. Le soir était plein de femmes. Elles traversaient les rues, elles marchaient doucement sur les trottoirs. Elles s'arrêtaient devant les magasins, captées par le désir des broches de pourpre et des bracelets d'or, des riches glaciers de soieries roses ou vertes, des chapeaux de fleurs, des velours pareils à des tapis de mousse. Elles étaient jeunes, élégantes et belles. Dans le plus rouge des marbres, l'amour avait taillé leurs lèvres, statuettes sculptées pour le plaisir, elles donnaient au profond crépuscule de mars toute sa fugitive saveur et toute sa mélancolie. Luc frôla une adorable blonde aux cheveux d'un or pâle et comme anémié, mince et qui marchait en relevant ses jupes sur de hautes bottines jaunes ; ses chevilles étaient frêles à les anneler d'une bague, et un coin de bas noir allait et venait sous les dentelles. Comme sa main dorée tordait sa robe, d'un beau pli, en la relevant un peu, elle moulait le dessin du ventre rond et des cuisses nerveuses. La mer du Nord, triste et glacée, vivait dans le gris de ses yeux. Luc la désira violemment. Il allait la suivre, quand d'autres femmes passèrent, qui l'intéressèrent tout autant. Ce fut une courtisane à la vénitienne et riche toison rousse, à la peau rose et tentante comme un péché, aux lèvres lourdes, au menton d'empereur romain. Ce fut une ouvrière brune dont la taille étroite supportait une opulente poitrine, dont les yeux étaient mélancoliques sous de longs cils retroussés du bout ; ce fut une jeune fille fine et gracieuse, aux joues veloutées comme une pêche, au regard malicieux, aux lèvres minces ; ce fut une veuve, grande et de démarche imposante, de peau blanche comme le marbre le plus pur et que Luc déshabilla en pensée, imaginant la fête de toute cette chair laiteuse et grasse, jaillie par jambes et par seins des lourdes étoffes de deuil, sombres comme les nuits qui ne veulent pas leurs étoiles.

Et d'autres venaient, d'autres défilaient dans la nuit naissante. Elles laissaient tomber au passage de voluptueuses senteurs. Et à la diversité d'émotions qu'il éprouvait devant elles, Luc pénétrait une vérité qu'il ne connaissait pas encore. — On n'aime pas toutes les femmes de la même façon, pensait-il, en marchant, les unes sont nées pour être aimées par les sens, et les autres par le cœur, et d'autres par l'esprit ; et il y en a pour qui l'on n'éprouvera jamais que de l'amitié, et il y en a d'autres avec qui l'on ne goûtera qu'une affection presque fraternelle ; et quelques-unes appellent à elle les vertus, les dévouements et les heureuses modifications de soi-même, et la seule vue de plusieurs autres convie aux luxures dépravées, aux perversités et à l'amour du sang.

Et Luc était pénétré de mélancolie et de désespoir à la pensée qu'il ne pourrait jamais aimer toutes ces femmes.

Alors l'avenir lui sembla jonché de joies. Il connaîtrait les plaisirs troublés des intrigues et les douceurs de la volupté, il serait aimé, il rirait de tendresse et d'orgueil entre des bras frais comme des rameaux de neige ou les blancs cailloux qui reposent au fond des sources. Que de satisfactions il allait récolter tout le long de sa vie ! Et le souvenir de Geneviève ne lui apporta que l'impression d'une délivrance. Sa jeunesse allait s'enchaîner, elle se délivrait. Il était libre, libre enfin ! Et il n'avait plus de remords, ni de regrets. Son optimisme se reformait comme la chair sur une plaie. La mort ne devait point gêner le beau développement de son existence.

Le crépuscule agonisant le baignait d'un délice sensuel. Il allait toujours, fièvreusement

et sans fatigue ; il avait soif d'eau et de femmes. Il souhaitait sur ses joues enflammées des brises plus fraîches et pour sa bouche sèche des fruits humides d'été, des pulpes juteuses et glaciales. Une douce ivresse l'emportait. La vie était belle, il y avait de bonnes heures pour la joie des hommes. Les lits s'ouvraient à l'amour, les femmes souriaient, on flottait sur leurs chevelures ainsi que sur des lacs de parfums, des roses débordaient des murailles, les vergers et les vierges mûrissaient pour les vagabonds de l'été !

Mais quand la nuit fut venue, quand les lumières électriques scintillèrent sur la cité brumeuse, Luc sentit le besoin de resserrer toute cette tendresse éparse et de la porter sur un être. Geneviève lui manqua; il comprit ses qualités, il la regretta comme une chose déjà ancienne, et son heureuse soirée se termina dans une mélancolie qui n'était point sans douceur.

## V

> *Et se jetant de loin un regard irrité,*
> *Les deux sexes mourront chacun de son côté.*
> ALFRED DE VIGNY

En quittant les Guiramand, le lendemain du soir où la vue de tant de femmes l'avait jeté dans l'allégresse, Luc sentit impérieusement le besoin d'échapper à ses moroses réflexions. Il était allé, le matin même, prendre des nouvelles de Geneviève, et comme elle était beaucoup plus mal, il n'avait pu se dispenser d'y retourner dans l'après-midi. Il y avait vu Mme Guiramand qu'il n'avait plus rencontrée depuis la maladie de sa fille. Elle semblait vieillie de dix ans, maigrie, voûtée, pâlie, elle était l'ombre de l'amour maternel qui se penche vers un sépulcre. Elle se jeta en gémissant dans les bras de Luc.

— Oh ! Luc, Luc ! murmura-t-elle.

Puis elle eut une crise d'exaltation, elle s'écriait :

— Non, non, Dieu ne me la prendra pas, il n'aurait pas le courage de le faire ! Pensez, Luc, ma Geneviève, ma chère enfant, ma pauvre petite, non, n'est-ce pas? elle vivra Elle est si bonne, vous qui l'aimez, vous la connaissez bien, Luc ! Elle vous aime tant !

— Ah ! Madame, c'est désolant, je voudrais faire quelque chose pour elle, lui apporter quelque soulagement... Et je ne peux rien, rien que venir demander comment elle va chaque jour...

— Oh ! oui, je sais combien vous vous montrez attentionné dans cette triste circonstance. Je vous remercie. Et je suis égoïste, je ne pense qu'à mon affliction, j'oublie la vôtre, vous qui devez avoir tant de chagrin !

Luc resta gêné devant ce débordement de douleur et devant ces paroles si cruellement ironiques pour lui. Il essaya de se dégager en raillant un peu, il s'efforça de penser que M^me Guiramand aurait bien pu choisir un autre public pour ses mélodrames, il n'osa continuer, car il comprit subtilement qu'il exagérait et qu'il craignait de se rendre enfin odieux à lui-même. Lentement aussi l'émotion le gagnait. Il sentait comme un besoin de pleurer monter à sa gorge ; cela venait, cela allait jaillir... Mais non, sa pensée changeait, l'émotion se fondait et cela devenait une intolérable angoisse.

Dans la rue, Luc se disait :

— Comment hier ai-je pu me consoler à un tel point de mon malheur? C'est atroce, celle que j'ai aimée, cette Geneviève, — celle avec qui j'allais passer ma vie, ma blanche et douce fiancée, la voici sur un lit qu'elle ne quittera que pour le cercueil, — et moi, non content de m'habituer tout de suite à cette idée, je désire les femmes que je rencontre, je me trouve heureux de vivre, je vois de l'amour encore devant moi...

Puis il s'efforçait de trouver sa conduite simple et de s'en consoler :

— Mais quoi? Que pourrais-je y faire? Je ne peux pourtant pas mourir de chagrin, ni me suicider. Il faut bien que j'accepte la vie et que je me contente, on ne peut pas toujours pleurer !

Luc se sentait fortement déprimé ; il était aussi las qu'il avait été la veille ardent et forcené ; il voulut s'étourdir, noyer son amertume, rire comme s'il était encore heureux. Il alla chercher Collonges et Guéthary pour se promener avec eux. Ils rôdèrent à travers les rues et pénétrèrent dans une brasserie que l'on venait d'inaugurer et que l'on disait pleine de la plus étrange société.

Il y avait encore peu de monde quand ils y entrèrent. Les becs d'acétylène brûlaient lividement au-dessus des tables de marbre et des canapés de cuir. Aux murs, une ronde de femmes et d'hommes valsait et tournoyait en agitant des lanternes vénitiennes dans un brouillard bleuté, une fumée grisâtre où se noyaient les formes.

Luc et ses amis, assis dans le coin le plus obscur de la salle, jouèrent aux dominos en buvant de la bière et en mangeant des sandwichs. La brasserie se remplissait lentement. Des femmes entraient. Les unes étaient seules ; elles cherchaient de l'œil dans les groupes épars si leur amie était arrivée et allaient la rejoindre ; les autres arrivaient par couples. La plupart portaient des canotiers, des vestons d'hommes ouverts sur de rigides plastrons de chemises au col droit, des monocles, des cravaches, des breloques qui battaient sur leurs poitrines. Et leurs yeux machurés de noir, leurs lèvres brûlées, leur attitude ne laissaient point de doute sur leur saphisme.

Condamin entra avec un jeune homme grêle aux cheveux longs collés sur les tempes, aux mains couvertes de bagues. Il semblait efféminé et vicieux, une rose parait sa boutonnière et un blanc mouchoir débordait à demi de sa poche de cœur.

Condamin vint s'asseoir auprès de ses amis et leur présenta son camarade. Il lui parlait doucement, ainsi qu'à une maîtresse, avec des yeux tendres. Comme Collonges discourut du mariage de Violette Peartree, Condamin se mit brusquement à invectiver les femmes. Il vanta l'amitié entre hommes, cette union de deux intelligences, de deux êtres qui se comprennent et s'apprécient, dont l'un plus âgé, prend l'autre sous sa garde, le guide, l'aide et le soutient.

— Messieurs, voici le seul sentiment auquel on puisse encore se fier aujourd'hui...

Guéthary murmura à l'oreille de Luc :

— Ce cher Condamin ! il ne dit pas tout, il oublie volontairement le revers de la médaille.

Le petit éphèbe aux cheveux collés s'écria d'une voix molle et féminisée :

— Et puis ces femmes ont une odeur insupportable ! Oh ! cette odeur des femmes, cette odeur !

Il agita des mains exsangues et parut prêt à défaillir.

— Oui, fit Collonges, railleur et pincé, il y a un mot de Chamfort là-dessus.

Et dans la salle, Luc voyait d'autres couples d'hommes pareils à celui-ci. Et tous avaient les mêmes bandeaux, les mêmes figures fardées et fatiguées, la même allure et la même voix grasseyante et blanche. Et sur cette décomposition, la blancheur crue de l'acétylène étincelait.

Et Luc pense à Geneviève. Il lui sembla que c'était son amour qui agonisait avec elle, toute sa puissance d'amour et de dévouement, et en le quittant, elle le laissait vidé de son cœur, être incomplet et sec, qui ne refleurira pas, arbre sans sève, triste plante d'étiolement et de décadence. Il avait refusé la vie normale et simple par orgueil, et cette vie s'était refusée à lui, le jour où son orgueil l'avait lassé. Il se voyait brisé et sans force, avec une cervelle avide, dévoratrice, qui l'épuisait et des sens sauvages inassouvis, violents, qui le jetteraient à toutes les folies. Et maintenant, il lui semblait que ce n'était pas seulement son amour qui agonisait, mais l'Amour lui-même, la généreuse et divine illusion à qui toutes les races s'étaient sacrifiées, le dieu chaste ou cruel, humble ou superbe, qui avait plané sur la vie, qui avait brûlé comme un phare à travers les siècles, jeté sa magnifique lueur sur les poèmes et sur les visages peints des tableaux, sur les statues et les musiques consolatrices, qui avait uni les lèvres des rois, des artistes et des paysans. Il se mourait à présent, on le chassait vers la terre glacée où les dieux sont en exil, et il n'y avait plus de roses pour lui dans les cœurs. Et Luc voyait comme une dernière insulte et comme un sacrilège les couples unis et dénaturés, les femmes à la tenue garçonnière et les hommes efféminés, séparés les uns des autres, se jetant des regards indifférents ou chargés de mépris. Allons ! c'était bien fini. L'amour nouveau apparaissait, la dérisoire et lugubre simagrée, les stériles affections, fleurs des pourritures morales.

Et d'autres femmes et d'autres hommes pareils à ceux-ci entraient dans la brasserie, et il y en avait qui rôdaient par les rues, et dans toute la Ville, il en grouillait sous la nuit maussade et sans étoiles. Tout se lézardait et croulait. Les eaux de la mort reflétaient les âmes rongées par les chancres et les corps amollis et lâches. Les enfants qui naissaient à la vie reculaient devant elle. Les uns se tuaient à quatorze ou quinze ans, parce qu'ils n'avaient pas la force d'exister, et les autres n'osaient pas entrer dans l'amour, ils s'effaraient et tremblaient, ils ne pouvaient plus sentir, et par dégoût d'un monde dont ils créaient eux-mêmes l'ignominie, par perversité, par lassitude, ils se jetaient vers le morne soleil des affections anormales. Et cette vision s'élargissait devant Luc, la porte de la brasserie, ouverte, un moment, sur la rue, laissait filtrer un vent de sépulcre et de folie. Dehors, régnaient les ténèbres.

Et comme une lamentation sourde s'élevait, le vieil Amour passait dans la nuit, emporté par le corbillard de l'ombre, raillé par les filles qui erraient, les pieds dans les ruisseaux, et parodiaient en gestes obscènes les nécessités de son inéluctable grandeur ! Luc se leva en tremblant, halluciné par les foudroyantes images qui traversaient son cerveau. Ses tempes bourdonnaient d'un bruit de ruche, le sang chantait à ses oreilles.

— Sortons, dit-il, il fait trop chaud ici, je me sens mal...

L'air frais de la rue le vivifia ; il put réagir contre sa fièvre. Il prit le bras de Guéthary et murmura :

— Mon cher, je suis triste, j'ai besoin de m'étourdir, allons rire quelque part, nous amuser, nous oublier !

— Qu'as-tu besoin de t'oublier, fit joyeusement Guéthary, je te croyais bien tranquille et bien heureux ?

— Ne crois pas cela de moi, cher ami, je t'en supplie... Et d'ailleurs, ne le crois de personne. Il y a tant de pathétique au fond des existences qui semblent les plus simples et les plus satisfaites ! Si tu connaissais mon inquiétude, je t'assure que tu ne m'envierais pas...

Guéthary n'insista pas et emmena ses deux amis dans un café doré et brillant, où il rencontrait de coutume quelques femmes. Le lieu était un décor de fêtes, riche et pompeux, avec des statues ruisselantes de lumière et de profondes glaces où la vie se jouait avec éclat et douceur.

Guéthary alla vers une table du fond. Une courtisane petite et mignonne, aux cheveux blonds et qui avait dans son allure et sa façon de porter la tête quelque chose de la légèreté et de l'insouciance d'un oiseau y fumait une cigarette, sous l'énorme plumet noir d'un vaste chapeau.

— Bonjour, Lucy, fit Guéthary.

— Tiens, tu es là, toi.

Elle le regarda en souriant et lui demanda :

— Qu'est-ce que tu payes ? J'suis dans la purée, ce soir. Plus un rond.

— A souper, fit Guéthary, à condition que tu amènes deux de tes amies.

Lucy Avize se leva et passa dans une autre salle. Elle revint bientôt avec une grande blonde dégingandée qui avait le teint pâle, les taches hectiques et les yeux en feu d'une poitrinaire, et une jolie brune à la peau mate. Guéthary les connaissait. Elles s'appelaient Francesca et Grâce.

Les jeunes gens et les femmes sortirent en bande, ils prirent deux fiacres et s'en furent dans un restaurant de nuit.

Guéthary, qui y venait souvent, enfila l'escalier de l'entresol, et le garçon l'introduisit dans un salon blanc, élégant et discret. Un divan, dans un coin, invitait à de lentes pâmoisons. Sur la glace, on avait tracé au diamant des inscriptions galantes ou burlesques.

Les femmes enlevèrent leurs chapeaux, les hommes, leurs pardessus. On s'assit autour de la table où le garçon posa des huîtres. Luc se sentit affreusement triste. Ce décor de fête au lieu de l'égayer ne faisait qu'accentuer son spleen. Il but coup sur coup trois verres de vin blanc pour s'exciter un peu, et commença à parler. Guéthary semblait radieux. Collonges avait quitté tout souci, les trois courtisanes riaient.

Dehors, dans la nuit, un boulevard alignait ses files d'arbres que, par moments, éclairaient des voitures aux lanternes vacillantes. Un roulement de foule montait de la rue où des promeneurs erraient, dans la légère griserie des premiers soirs de printemps.

La conversation était stupide. Guéthary l'égayait d'abominables calembours. Lucy Avize se tordait en confiance, sans les comprendre. Luc but du champagne et commença à sentir sa tête joyeuse. Il parlait beaucoup, il caressait la main de Grâce, sa voisine. Tout à coup, Francesca toussa. Elle eut une quinte affreuse, sa figure rougit, elle râla, une mousse sanglante couvrit son mouchoir qu'elle tenait contre sa bouche. Et Luc alors, au milieu de sa gaieté factice, reçut comme un coup violent qui le frappa au cœur. Dans une horripilation de tout son être, il revit l'*autre*, celle qui allait mourir. Il voulut chasser cette idée, il cria très fort, il eut une profonde horreur de lui-même. Elle mourait, elle mourait, et lui était là, parmi des femmes, à rire et à boire, avant de s'offrir une nuit de plaisir !

— Du champagne, vite, hurla-t-il, du champagne !

Il tendit son verre que Guéthary remplit. Il le but. Il se sentit un peu allégé de la terrible hantise. Il recommençait à sourire, quand Collonges fit :

— Mais avec une toux comme celle-là, Francesca, tu devrais te soigner. C'est pas une vie que tu mènes...

— Je m'en fous, dit-elle, le plus tôt que je crèverai sera le mieux. Oh ! J'en ai plus pour longtemps ! Quand je serai tout à fait bas, j'irai à l'hôpital et bonsoir !

Comme elle était déjà un peu ivre, elle mit sa main sur celle de Collonges et ajouta :

— Quand je serai morte, n'est-ce pas? tu viendras de temps en temps mettre un bouquet de violettes là où on m'aura jetée, parce que j'ai beaucoup aimé les fleurs, tu comprends...

— Ah ! pensa Luc, venir jusqu'ici pour échapper au souvenir qui me torture et tomber sur une phtisique qui ne parle que de sa mort !

Il aurait voulu s'en aller. Il n'osa le faire. Lucy trouva qu'il faisait chaud et dégrafa son corsage. On vit la peau rose de sa poitrine apparaître dans l'entrebâillement. Puis elle l'ôta tout à fait, montrant une gorge ronde, des épaules parfaites, des bras un peu minces que Guéthary baisa avec emportement.

— Finis donc, s'écria-t-elle en le frappant de son éventail.

Francesca toussa encore, et Collonges lui donna quelques conseils. Luc, énervé, chatouilla sous la table les jambes de Grâce. A son plaisir, il mêla bientôt la souffrance. Il les pinça jusqu'au sang.

— Tu me fais mal ! cria-t-elle.

Ce cri fit du bien à Hermany, comme s'il dissipait un peu de son angoisse. Mais elle se reforma, sans tarder. Il éclata de rire, d'un rire excédé et qui sonnait faux. Il brisa d'un coup de manche de couteau sa coupe de cristal pour s'amuser. Il avait envie de crier et de se rouler par terre. Il étouffait. La terrible pensée de l'*autre* ne le lâchait plus. Le remords le mordait comme un chien. Le sentiment de son monstrueux égoïsme et de sa lâcheté l'affolait. Il but encore pour se griser. Mais il gardait toute sa tête. Alors il fit raisonnablement mille folies, il vida une coupe de champagne sur la tête de Grâce pour la baptiser. Il mangea un bouquet de roses, pétale à pétale, il injuria le garçon.

— Tu deviens fou, tu deviens fou, répétait Guéthary.

A peine le souper fini, il se leva et entraîna Grâce. Il prit un coupé à la porte.

— Où demeures-tu? Je vais chez toi.

Le coupé roula dans la nuit. Il faisait sombre. Les nuages avaient caché les étoiles. Des souffles chauds parcouraient les rues. Il allait pleuvoir.

Luc monta chez la courtisane. Il ne vit ni la chambre, ni l'ameublement. Il se jeta lugubrement dans la chair, étouffant sa rancœur, mêlant les baisers aux morsures, rué comme une bête dans la satisfaction de l'instinct. Puis, repu de volupté, brisé, las, il resta immobile, il dormit deux heures d'un sommeil troublé d'abominables cauchemars. L'un d'eux le réveilla. Une demie sonnait. Il se leva, trouva à la hâte ses vêtements, s'habilla dans la nuit, jeta de l'argent sur une table et s'enfuit comme un voleur. Il murmura en descendant :

— J'ai passé à côté du bonheur, c'est fini, fini, Geneviève va mourir !

Il ajouta :

— Je vivrai quand même...

Il pleuvait à seaux. Luc ôta son chapeau et resta immobile sur le trottoir à recevoir sur sa tête brûlante ce ruissellement d'averse froide, comme s'il espérait que toute cette eau croulante le laverait de ses angoisses, de ses doutes, de sa sécheresse, de l'être égoïste et inhumain qu'il était devenu !

## VI

Et Gaspard ne tardera pas à lui
survivre.

Jules Laforge.

Pendant la dernière semaine de mars, la
maladie de Geneviève fit d'effrayants progrès.
Il devint à peu près certain que la jeune fille
mourrait avant avril. Elle lutta pourtant les
trois premiers jours du nouveau mois.

Luc vivait dans la tragique angoisse de sa
Destinée. Il passait ses journées dans une
affreuse trépidation de tout son être. Comme
un malade, qui a une dent gâtée, ne se lasse pas
de la. fatiguer davantage en l'agaçant avec sa
langue, Luc énervait sa sensibilité en aiguisant
continuellement contre le point douloureux de
sa conscience l'acuité de sa psychologie. Il se
repliait sur soi-même, *s'écoutant* sentir, horri-
pilé par son indifférence, essayant de la secouer
à grands coups de phrases pathétiques, mais
sans arriver à en sortir. Elle résistait. Il comprenait toujours plus âprement que la vie et la
jeunesse ruisselaient joyeusement en lui, que
son optimisme n'était pas atteint. Il se désolait
de constater qu'il vivait avec une ardeur grandissante, avec plus de santé et plus de passion,
maintenant que la mort était auprès de lui.

Un soir, il rêvait dans sa chambre devant la
fenêtre ouverte, lorsqu'on sonna à sa porte. —
Il fit un brusque mouvement. Son domestique
entra et lui parla à voix basse. Il s'élança dans
le corridor. Le valet de chambre des Guiramand
se penchait vers lui.

— Mᵐᵉ Guiramand m'a chargé de prévenir
Monsieur. Mˡˡᵉ Geneviève est morte, aujour-
d'hui, à quatre heures.

Le cœur de Luc battit à coups redoublés ; le
sang lui envahit le visage. Courbé sous le poids
d'une brusque et lourde mélancolie, il entra dans
sa chambre et s'étudia. Que ressentait-il? Il
était triste et calme. Il attendait depuis si longtemps ce résultat ! Voici, c'était fini. Pauvre
Geneviève ! elle était si douce et elle aimait tant
les poètes !

— Mon amour aura été la dernière joie de
son existence, sans doute. Elle est morte avec le
sentiment orgueilleux d'avoir été aimée, de
n'avoir pas complètement raté sa vie... Elle est
morte, maintenant. Il n'y a rien à faire là.

Et pourtant il n'était pas persuadé de cette
mort ; cela lui semblait impossible. Nous avons
une peine infinie à considérer comme hors de la
vie quelqu'un que nous étions habitués à y voir.

Luc se rappela tout à coup qu'il devait faire
sa visite aux Guiramand. Cela entama son
calme. Il se révolta.

— Quelle tristesse ! Il faut pourtant que j'y
aille !

Il s'habilla, et devant sa glace, il s'efforça de
prendre une figure de circonstance. Il se frotta
les yeux pour les rougir un peu et chercha à se
donner un air discrètement navré.

La porte des Guiramand était ouverte. Luc
monta l'escalier. Le cœur lui battit à lui couper
la respiration quand il entra dans le corridor où
Geneviève l'avait si souvent accueilli en frappant ses mains l'une contre l'autre. Le sentiment de l'irréparable l'accabla. Marcelle parut
devant lui, les yeux inondés de larmes. Elle se
jeta dans ses bras. Malgré son émotion, Luc ne
put s'empêcher de savourer le plaisir de baiser
ces joues si belles, maintenant humides et salées.
Il pénétra dans le salon. Des femmes, accourues
au premier appel, étaient assises et silencieuses,
éplorées. Mᵐᵉ Guiramand, effondrée dans un
fauteuil, sanglotait. Luc se pencha vers elle pour
murmurer gauchement des phrases affligées.
Elle lui parla sans cesser de pleurer, avec des
hoquets qui secouaient sa poitrine.

— Ma pauvre Geneviève ! ma pauvre Geneviève ! Nous ne la verrons plus, jamais plus,
jamais... C'est fini, oh ! mon Dieu, mon Dieu !
Elle vous aimait tant, Luc ! A tout moment,
elle parlait de vous, elle disait : « Luc est venu,
quand le reverrai-je ? » Elle disait : « Quand je
serai guérie... » Oh ! mon Dieu, est-ce possible?
non, Geneviève n'est pas morte ! C'est impossible... A mon âge, perdre encore ma fille... Oh !
c'est affreux, je ne sais plus si je vis !

Les sanglots la déchiraient. Elle laissait tomber sa tête dans ses mains. Elle haletait. On
s'empressait autour d'elle avec des tisanes, des
cuillerées de fleurs d'oranger. Luc crut alors
qu'il allait pleurer. Une immense désolation
s'abattit sur lui. Il eut la gorge serrée, une boule
montait à son gosier contracté, il eut peur d'étouffer, ses yeux se mouillèrent, il fut sur le point de
fondre en larmes, et soudain, sans raison, l'émotion disparut, la boule passa. Il respira largement.

— Voulez-vous venir la voir une dernière
fois? fit Marcelle à son oreille.

Il se leva et la suivit. Elle ouvrit une porte...

Geneviève était là ; elle gisait sur les draps,
un crucifix dans ses mains jointes. Sa figure
calme et comme apaisée reposait sur un oreiller
de roses. Une blancheur étrange d'outre-tombe
était répandue sur sa face amaigrie et mécon-
naissable, sur ses paupières retombées. Elle
semblait goûter enfin une grande tranquillité
et être à l'aise dans la mort. Son lit était jonché

de fleurs. Luc reconnut les orchidées, les lilas et les violettes qu'il avait envoyés. D'autres corolles s'y joignaient comme la suprême offrande du jeune Printemps à celle qui lui ressemblait et qui ne le connaîtrait pas. Les cierges brûlaient, avec une longue flamme droite, dans l'air étouffant, et une religieuse, dans un coin, récitait son chapelet. La chambre sentait la pharmacie ; les odeurs de la cire, les émanations des fioles et de la créosote se mêlaient aux parfums des calices...

On entendait gronder les sanglots de Marcelle. Luc, immobile, contemplait le grand sommeil de Geneviève et se disait :

— La voici, la voici ! Rien ne bat plus sous ce corps qui va se dissoudre. Ces lèvres que j'ai baisées sont froides comme la neige. Ces cheveux que j'ai dénoués et laissé couler entre mes mains seront à jamais enfermés dès demain. Ces mains que j'ai pressées, cette bouche qui a prononcé mon nom, ce cœur qui a battu, tout cela est insensible et glacé. Il n'y a plus une idée, plus un souvenir, dans cette tête. Demain, des hommes sinistres viendront mettre ce corps dans une caisse de chêne. On rabattra le couvercle sur elle. On enfoncera les clous à grands coups de marteau, et ce visage qui a été si beau disparaitra pour l'éternité !

Et Luc baissa le front. Ah ! comme il souffrait de sa sécheresse à ce moment-là ! Il se sentait bien un être anormal hors de l'humanité. Cette mort de Geneviève et ce lit funéraire, cela ne lui semblait pas une chose *vécue*. Il avait l'impression d'assister à une scène de théâtre ou de roman. Il regardait et ne se passionnait pas. Il voyait la chambre claire, les bibelots épars, les meubles blancs, tous ces riens qu'avait aimés Geneviève, qui avaient participé à sa vie ; et ce qui le touchait le plus, c'était de se voir en photographie, sur la commode, entre deux urnes de fleurs.

Hermany eut brusquement le sens que son attitude était gênée. Il ne sut que faire. Il n'osait plus quitter la morte du regard. Et une vieille dame entra, une parente humble et mal vêtue, aux yeux en larmes ; elle eut, sans avoir besoin de le chercher, un geste naturel et bon, elle s'agenouilla au pied du lit et pria. Quand elle se fut relevée et qu'elle fut sortie, Luc s'avança à son tour vers la couche de fleurs. Il se pencha vers le doux visage endormi et posa pour un dernier baiser ses lèvres sur le front de sa bien-aimée. Il eut sous sa bouche le contact d'un morceau de glace et frissonna...

— Adieu, fit-il tout bas, d'une voix défaillante.

Il quitta la chambre, embrassa Marcelle et revint chez lui. Il avait le cœur gros, mais sa conscience dédoublée lui montrait que son émotion naissait de l'apparat de la mort, toujours saisissant et non d'une douleur personnelle. Sa tristesse restait vague, elle était à peine un peu plus amère que s'il avait assisté aux derniers moments de M<sup>me</sup> Guiramand, par exemple, ou de quelque ami.

Il refusa de dîner et but un verre de lait. Puis il se coucha. Il dormit mal. D'effrayants cauchemars hantaient son sommeil. C'étaient des corbillards, des cimetières, sa mort à lui, mille formes tourmentées, une persistante angoisse. Il se réveillait en sueur, ahuri, tremblant. Il se rendormait. Les mêmes visions fiévreuses se renouvelaient. Enfin, le matin parut, rose et gai, sous une couronne de nuages rouges. Luc se réconforta d'une douche, se frotta et déjeuna. L'enterrement n'était qu'à deux heures de l'après-midi. Il avait encore tout le matin à passer. Il s'efforça de lire ou d'écrire ; tout lui parut fastidieux. Alors il sortit et se promena dans les rues. Il faisait tiède et doux. Des girandoles de couleur s'enflammaient aux branches des marronniers. Les fenêtres souriaient au Printemps.

— Un printemps qu'elle ne visitera pas, pensa Luc mélancoliquement.

Tandis qu'il marchait, ses réflexions se modifièrent un peu. Il désira, après toutes ces émotions, aller se retremper auprès d'Apremont, en Bretagne. Il songea à cette terre que son ami disait si douce en mai avec ses landes en fleurs et ses parterres roses. Il eut quelques minutes de plaisir et d'oubli. Il se vit, causant de philosophie et d'art, avec Apremont, sur quelque côte aux roches déchiquetées. Il se trouvait au coin d'une rue. Il s'arrêta pour laisser passer une voiture et leva les yeux devant lui. En face, sur l'autre trottoir, un magasin étalait dans un cadre noir ses objets funéraires et ses cadres de perles. Les beaux projets s'évanouirent ; entre tout avenir et l'heure présente, il y avait le lugubre épilogue.

— Jamais plus je ne la verrai, se dit Luc, pour la centième fois. Cette vieille femme qui marche, voûtée par l'âge, est vivante, ce mendiant est vivant, ce vieillard qui s'en va péniblement est vivant, et *elle* est morte. Elle ne verra jamais ce square que je traverse, ces arbres qui bourgeonnent, ce magasin de porcelaines, là, en face, tout ce mouvement des rues. Elle n'ira jamais en Ecosse ou en Italie, dans les beaux pays où je devais la mener.

Ici, sa pensée encore s'égara. Il imagina les merveilles de ces terres. Il irait donc seul, il verrait la grave et l'élégante Florence, avec les

Cascines et les noirs palais encore éclaboussés de sang, les jardins Pallavicini, Gênes, cité de marbre aux mosaïcales églises, les cascades en' larmes de Tivoli, Pise et le Campo-Santo.

Des dalles et des cyprès... L'enterrement de l'après-midi revint à la mémoire de Luc. Et tout le matin, cela dura ainsi. A tout instant, la pensée du poète s'évadait vers les rêves et oublia la noire réalité. Et chaque fois, la moindre des choses, un mot prononcé par un passant, un magasin, une phrase tracée sur un mur, un souvenir ou un projet ramenait l'odieux témoignage de la mort.

Luc rentra brisé chez lui. Il se força à prendre un œuf qu'il eut de la peine à avaler, puis jusqu'à l'heure de repartir, il but du rhum et du café. Enfin, il quitta sa chambre pour aller à la maison mortuaire. Sur la porte, les abominables tentures pendaient avec le double G en écusson. Et cela encore semblait un rêve à Luc, une vision fiévreuse et tragique, née du sommeil et qui allait se fondre pour laisser la place à la vie réelle. Hermany gravit l'escalier si souvent grimpé. Le valet de chambre introduisait dans un salon plein de monde. A la cheminée, s'adossaient quelques messieurs en habit noir que le jeune homme ne connaissait pas. En s'approchant, il reconnut l'un d'entre eux pour l'avoir vu sur une photographie que Marcelle lui avait montrée ; c'était un garçon robuste et trapu, au teint hâlé, à la courte barbe rousse ; Luc comprit qu'il voyait là le lieutenant Hardy, le beau-frère de Geneviève.

La foule des hommes vêtus de sombre montait et descendait l'escalier. Luc n'osa demander Marcelle, il erra dans le corridor et regagna la rue. Il se sentait perdu dans cette société ; il avait été le plus intime ami des Guiramand, il redevenait anonyme, il disparaissait devant le flot des parents que l'on ne voit jamais.

Devant la porte, les groupes stationnaient en causant. Luc pensa que l'on ne devrait pas enterrer les belles jeunes filles de la même façon que les autres êtres, et il chercha une figure de connaissance pour ne pas se sentir seul. Il n'en vit point. Il regarda longtemps le remarquer le char funèbre attelé de deux grands chevaux immobiles sous leurs plumets blancs et noirs. Il se fit tout à coup une rumeur dans la foule, puis un grand silence. Les porteurs du cercueil apparaissaient dans l'encadrement de la porte. Tous les chapeaux se levèrent ; une émotion douloureuse tordit le cœur de Luc, il eut encore une fois l'illusion de croire que les larmes allaient venir.

— C'est elle, c'est elle, criait-il intérieurement, c'est elle !

Le cercueil disparut sous les draperies de velours. Les messieurs en habit noir, chapeau bas, s'approchèrent. La voiture s'ébranla lentement. Le convoi commença à défiler. La foule éparse des assistants se groupa et se coagula, s'allongea en file. Luc s'y mêla. Il savourait âprement l'horreur de cette heure. Il imaginait, là-haut, les femmes écroulées sous les sanglots et la maison vide, — comme sa vie, — de Geneviève. Il eut la vision brusque du corps maigri, jauni, inerte, à jamais fermé dans cette caisse lourde de tout le poids du Destin. L'angoisse recommença, cette boule de sanglots qui ne *peuvent* pas éclater. Soudainement il pensa :

— Mais je suis atrocement désolé, je vais pleurer, je me suis trompé, je l'aime encore...

Il avait tant regretté sa sécheresse qu'il se réjouit presque de cette découverte. Il eut peur alors de la folie ; il lui semblait que sa raison ne dirigeait plus ses pensées ; elles s'en allaient à la débandade, vers des pays intérieurs qu'il ne connaissait pas.

— Je deviens fou, je crois, pensa-t-il.

Des gouttes de sueur perlaient à son front. Il ôta son chapeau pour laisser l'air frais éventer sa tête brûlante et qui bourdonnait. Le calme s'établit dans son cerveau. Il eut le courage de s'analyser. Certainement, il était triste, mais triste nerveusement, comme s'il eût assisté aux funérailles de toute autre jeune fille, ravie précocement par la mort, avec qui il eût vécu assez intimement, mais qu'*il n'eût pas aimée*.

Alors pour s'exciter, il se représenta l'effroyable lendemain de la Beauté, la désagrégation des cellules, l'éparpillement final. Il évoqua ce corps si fin et si beau, merveille humaine, prodigieux assemblage de grâce et de délicatesse, mordu par les vers, liquéfié et réduit à n'être qu'une misérable loque de pourriture. Disparus, les yeux purs qui avaient miré les sources de l'azur, fondues, les chères lèvres roses, émiettés, les bras minces et tièdes, les longues mains de musicienne ! Et le blanc squelette demeurait seul, livide et brillant, triomphant du Néant par son Néant lui-même.

Luc espérait que de telles réflexions réveilleraient son amour. Ce fut le contraire qui arriva. Cette évocation l'écœura, lui fit considérer froidement l'idée de Geneviève souillée, qui ne lui apportait plus le beau rêve auquel il était habitué, mais une pensée odieuse et sinistre.

Mais les contingences changèrent le cours des réflexions de Luc. Des hommes, à côté de lui, parlaient de leurs affaires et des théâtres. Le poète se retint de les invectiver. Que venaient-ils faire là, ces immondes personnages, qui ne pouvaient même pas se taire? Aucune inquiétude ne les troublerait jamais, dans la satisfaction de leur chair grasse et de leurs bestiales figures. Il les laissa passer et se mit dans un autre rang. Là encore, d'autres hommes causaient. Et tout le long du convoi, la même indifférence bavardait, légère et frivole, inattentive à celle qui ne vivait plus.

On entra dans l'église où se donnait l'absoute. Luc regardait le morne cercueil avec des yeux horrifiés ; il cherchait, semblait-il, à percer les planches pour voir Geneviève sous le drap noir. Les lamentations des prêtres s'élevèrent désolément sous les voûtes. Et Luc se répétait :

— C'est l'Amour que l'on a porté ici, c'est lui qui est mort, et l'Eglise l'absout de ses péchés en l'honneur de tout ce qu'il a accompli de grand.

On lui passa le goupillon. Il jeta lentement, gravement, avec un signe de croix, les gouttes d'eau comme des larmes qu'il n'avait pas pu verser. La cérémonie s'acheva. On se pressa vers les portes. Luc se mêla aux parents pour monter en voiture afin d'avoir au moins des voisins discrets. Ses compagnons, en effet, parlèrent peu et simplement de Geneviève, de sa maladie et des Guiramand. Personne ne connaissait Luc. L'un d'eux fit :

— Il paraît qu'elle allait se marier. On m'a dit qu'elle était fiancée à un jeune homme qui l'aimait éperdument.

— Pauvre jeune homme ! dit son interlocuteur, un vieillard à grande barbe blanche, d'une voix apitoyée.

— Quelle ironie ! pensa Luc. Je crois que s'ils me connaissaient à fond, ils me mépriseraient au lieu de me plaindre... Après tout, j'ai droit à leur pitié, et non comme ils le croient, mais plus encore... Est-ce ma faute si j'appartiens à une race inquiète et souffrante, appauvrie et impuissante, qui n'a plus de passions?

On arrivait au cimetière, Hermany descendit de voiture. L'air était tiède et parfumé. Le grand jardin souriait, heureux et tranquille. Des oiseaux chantaient dans les cyprès dont les pyramides de marbre noir montaient vers le soleil. Partout, des fleurs étaient répandues, des roses emperlées, des lilas de cire, d'humbles corolles des champs. Et des parfums légers flottaient dans les allées.

La mort apparaissait ici moins tragique et moins redoutable. C'était simplement le repos, le retour à la nature, l'être qui se fond, se résorbe dans les racines, alimente le sol, fait croître les superbes végétations. Toute une race dormait là, dans un pêle-mêle impressionnant et grandiose ; là, étaient les mains qui avaient écrit des poèmes immortels, taillé des Zeus et des Aphrodites dans la pierre, ordonné la nature

elle-même en la reproduisant sur les toiles et celles qui avaient manié le marteau et la truelle, le râteau et la charrue ; là, les cervelles qui avaient analysé les plus belles pensées humaines, qui s'étaient enivrées de divin et avaient pénétré dans les blancs temples de la métaphysique et celles qui ne s'étaient jamais élevées au delà du désir de gagner le pain de chaque jour ; là, les femmes qui avaient ébloui la vie de tant d'hommes par leur beauté et celles qui s'étaient courbées sur de misérables travaux.

Et sur cette cité souterraine, sur cette histoire du néant, les oiseaux chantaient avec la voix même du cruel et du doux Oubli. Et les fleurs renaissaient sans cesse comme pour affirmer au sein de la mort éternelle l'éternel triomphe de la vie.

Luc, suivant le cortège, s'en alla entre les allées encadrées de statues et de tombeaux. Il fut bientôt au seuil de la fosse creusée. L'atroce angoisse reparut une dernière fois pour lui mordre le cœur, lui écraser l'épigastre, lui serrer la gorge avec des doigts d'acier. Tout revécut dans une minute pathétique et déchirante : le bonheur de l'été, les aveux au clair de lune, la vie facile, les douces caresses, et la maladie de Geneviève, les doutes, l'impuissance à aimer, le sentiment de l'irréparable... Et pendant la terrible cérémonie, Luc se disait :

— Jamais plus, jamais plus ! Adieu, Geneviève ! Il me semble te voir encore avec tes yeux si purs, tes yeux bleus et toujours souriants, et tes cheveux noués, et tes gestes, et tes mains, et ta manière de marcher en penchant la tête en avant ! Il me semble entendre encore le son de ta voix. Et maintenant, c'est fini, c'est irréparablement fini ! Tu vas te dissoudre et disparaître, et jamais plus je ne te verrai, ni ne t'entendrai. Maintenant tu descends dans ton dernier séjour, avec toute la poésie de ta mort précoce. Et peut-être es-tu la plus heureuse? Car tu n'auras pas vu l'ombre de ton rêve et la triste réalité, la sécheresse de mon cœur, mon égoïsme et ma sensualité. Tu n'auras pas connu l'horreur de voir sa beauté se flétrir, jour à jour, s'enfuir sa jeunesse et descendre la décrépitude sur sa splendeur. Ton visage n'aura pas souffert des rides, du sourire qui creuse toujours un peu plus le sillon par où viendra la laideur. Et moi, ton fiancé, ton triste et misérable fiancé, moi qui n'ai pas su t'aimer comme j'aurais voulu pouvoir le faire, je n'ai à t'offrir ici avec mon adieu que le dernier regard d'une amitié émue, que le petit frisson d'une tendresse peureuse qui n'a pas eu le courage d'ouvrir des ailes de passion et de voler au delà de la souffrance et de la mort. Je vais regagner la ville ; la vie va me reprendre, je vivrai encore et lentement, je vais t'oublier. Mais sache bien qu'avec toi c'est tout mon amour que l'on enterre !

Sur le cercueil, les pelletées de terre roulèrent avec un bruit lourd comme le bloc même de l'Oubli. Tout disparut. On se sépara, et ce fut fini pour l'éternité.

Luc redescendait vers la ville.

C'était un soir encore, un soir tiède de printemps, avec des femmes dans les rues, sous un ciel doucement teinté de violet et de carmin. Des fleurs brillaient aux portes des maisons, et les fenêtres souriaient, toutes pleines de roses. L'agitation remplissait la cité, et nul ne s'inquiétait d'une mort de plus. Que faisaient à la vie ceux qui tombent et que l'on emporte et que d'autres remplacent aussitôt? Et Luc se sentait ému, mais de langueur simplement, avec un peu de mélancolie. Toute sa tristesse de la journée s'évaporait. Il acceptait la vie ; elle était belle encore et facile, sous le ciel riant. Les femmes avaient des yeux profonds et voluptueux, et leurs lèvres étaient d'une grâce infinie. Celle qui était morte avait appris à Luc à aimer la vie, et il l'aimait encore, inlassablement, au delà de l'initiatrice. Il se sentait très doux et las, plein d'indulgence et de pitié, et il marchait au hasard des rues, toujours sans fatigue. C'était un soir d'immense amour et de vague tendresse épandue. Et Luc revit cette jeune femme blonde qu'il avait déjà remarquée, qui avait des cheveux d'or pâle et comme anémié, et qui marchait en relevant ses jupes sur de hautes bottines rouges. Alors il la désira ; il la désira sensuellement et sauvagement, car il ne comprenait plus le rêve d'affection qui l'avait si souvent hanté ; il reposait sous le bloc de marbre et de roses, làbas, dans la cité des morts. Et la chair seule demeurait encore, brutale et plus puissante que la Pensée. Et Luc suivit la jeune femme. Il considérait voluptueusement les contours de nymphe sous l'étoffe bleue qui les moulait, comme un linge trempé d'eau. Il voulait savoir où elle habitait pour tâcher de la connaître... Et tout à coup, il eut honte de lui. Ne pouvait-il au moins consacrer au souvenir la soirée du jour où il avait conduit Geneviève au tombeau?

— Mais je suis donc une crapule, murmurat-il avec mépris.

Il était près de sa maison. Il tourna brusquement le coin de la rue et abandonna la poursuite de la jeune femme. Il fit quelques pas encore, sur le trottoir, puis il regretta d'avoir perdu de vue une si jolie blonde. Il s'arrêta et se considéra. Et soudain, il s'accepta tel qu'il était, il renonça à faire de soi-même un héros. Il se remit en marche dans le soir, à la recherche de la passante aux cheveux d'or. Et tournant le dos à sa maison, il se dit :

— Eh bien ! oui, je suis une crapule, mais je ne peux pas me changer.

FIN